KB019485

바람에 흔들리는 갈대

Canne Al Vento

바람에 흔들리는 갈대

그라치아 델레다 지음

나윤덕 옮김

마르코폴로

1

핀토르 가문 아가씨들의 하인 에픽스는 둑을 손보느라 분주한 하루를 보냈다. 농장 아래편 강가에 있는 원시적인 둑은 그가 오랜 세월에 걸쳐 서서히 공들여 쌓아 올린 것이었다. 저녁이 되자, 그는 비둘기들의 언덕이라 불리는 새하얀 언덕 한가운데 펼쳐진 검푸른 갈대밭 아래 초가집 앞에 앉아, 자신이 만든 작품을 내려다보며 감상하고 있었다.

땅거미가 내려앉은 강가는 온통 고요했고 강물은 어둠 속에서 반짝이며 빛을 발하고 있었다. 삼십 년 동안 그곳에서 일하며 지내왔던 에픽스는 농장이 여주인들의 소유가 아닌 자신의 것인 양 느껴졌다. 언덕에서 강가에 이르기까지 길게 이어지는 무화과나무 울타리가 회색 뱀처럼 농장 주위를 구불구불 감싸며 담장을 이루고 있었다. 마치 세상의 경계선처럼 보였다.

하인은 한때 여주인들의 소유였던 농장 너머 땅으로는 눈길을 돌리지 않았다. 과거를 돌아본들 무슨 소용이 있단 말인가? 부질없는 후회일 뿐, 다가올 날들을 생각하며 하느님의 도움을 바라는 게 훨씬 나을 것이다.

하느님께서는 풍요로운 한해를 허락하셨다. 언덕 위에는 아몬드 꽃과 복숭아꽃이 만발했다. 새하얀 꽃들로 수놓아진 언덕 너머, 서쪽으로는 푸르른 산이, 동쪽으로는 바다가 보였다. 봄이 되자, 물가에 자라난 식물과 꽃들, 관목들로 뒤덮인 강가는 초록빛 베일과 하늘색 리본으로 요란하게 치장한 요람 같았고 강물은 곤히 잠든 아이처럼 새근거리며 흘러갔다.

벌써 무더워진 날씨 탓에, 시원한 비라도 한차례 퍼부으면 좋겠다는 생각이 들었다. 둑이 없었더라면 거센 비는 순식간에 괴물로 돌변해 모든 걸 집어삼킬 게 분명했다. 소망을 갖되, 지나치게 믿어선 안 된다. 스쳐가는 바람에도 위험을 알리려는 듯 잎새들끼리 서로 부대끼는 오두막 위편 갈대들처럼 늘 정신을 똑바로 차려야 한다.

낮 동안의 일을 끝마친 그는 밤이 찾아오길 기다리며 왕골 돗자리를 깔고서. 자신의 공든 탑이 무너지지 않도록 하느님께 기도를 올리고 있었다. 하느님께서 든든한 산이 되도록 돌보아주시지 않는다면 하찮은 둑 따위가 무슨 소용이란 말인가?

버들가지 사이로 일곱 개의 갈대가 보이자, 에픽스는 하느님과 치유의 성모마리아에게 일곱 번의 기도를 드리기로 했다. 하늘빛이

바람에 흔들리는 갈대

스며든 땅거미 사이로 내려다보이는 작은 성당과 울타리, 적막한 오두막들이 마치 몇 세기 전에 폐허가 된 마을처럼 보였다. 언덕 위 낮은 나무들 사이로 풍만한 장미꽃 같은 달이 활짝 피어오를 때면, 에픽스의 여주인들도 기도를 드렸다. 에픽스는 어느새 나이를 먹은 에스테르 아가씨를 떠올렸다. 축복받은 그녀와 달리 자신은 죄인이었다. 그러니 힘들게 일하는 건 당연한 일이라고 그는 애써 자신을 위로했다.

*

멀리서 들려오는 발걸음 소리에 에픽스는 눈을 떴다. 그는 어린 소년처럼 사뿐사뿐한 발걸음의 주인공이 누구인지 알고 있었다. 기쁜 소식과 슬픈 소식을 전하러 온 이의 발걸음 소리, 하느님의 명을 받아 좋은 소식과 나쁜 소식을 전하러 온 천사의 발걸음 소리였다. 갈대들이 실타래처럼 은빛으로 반짝이며 몸을 떨자, 에픽스의 심장과 검고 투박한 그의 손가락이 떨려오기 시작했다. 발걸음 소리는 더 이상 들리지 않았다. 하지만 에픽스는 꼼짝도 하지 않고 앉아서 무언가를 기다리고 있었다.

그의 눈앞에 달이 떠오르고 있었다. 저녁의 목소리들이 인간을 향해 당신의 낮은 끝났노라고 일깨워주고 있었다. 소쩍새, 올빼미, 때 이른 귀뚜라미들의 울음소리와 구슬프게 우는 새 소리가 들려왔다. 갈대들이 내쉬는 한숨 사이로 강물 소리가 점점 선명하게 들려왔다. 땅 밑에서 신비로운 숨결을 머금은 입김이 흘러나왔다. 인간이 일하는 낮이 저물고 요괴, 요정, 떠도는 영혼들의 환상적인 시간이 돌아온 것이다. 갈테 마을 꼭대기에 폐허가 된 성에서 오래전에 살았던 남작 가문의 혼령들이 내려와, 강가를 가로지르며 지평선 너머 멧돼지와 여우를 사냥했다. 강가에 자라난 키 작은 오리나무들 사이로 무기가 번뜩였고 개 짖는 소리가 여운을 남기며 멀찌감치 사라져갔다.

아이를 낳다 죽은 여인네들이 죽은 이의 뼈로 만든 방망이를 내리치며 빨래하는 소리가 들려왔고 돛단배를 타고 강을 건너는 사공의 모습이 보였다. 아몬드 나무 숲속에서 보물을 감춰둔 일곱 모자를 쓴 일곱 요괴가 강철 꼬리가 달린 흡혈귀를 뒤쫓아 이리저리 뛰어다니고 있었다. 그들이 지나갈 때마다 달빛 아래 나뭇가지와 바위에서 불빛이 번뜩였다. 사악한 혼령들이 세례를 받지 않은 아이들의 하얀 영혼들을 불러 모아 달 뒤에서 은빛 구름 사이를 날아다녔다. 낮 동안 바위틈에 있는 집안에서 금 베틀에 금실을 걸고 천을 짜던 난쟁이들과 작은 요정들이 울창한 필리레아 관목 그늘에 모여 춤을 추고 있었다. 달빛이 창창한 바위산 사이로 그들만이 몰 수 있는 거대한 녹색 말을 타고 거인들이 모습을 드러냈다. 말고삐를 쥔 거인들은 등대풀 사이에 숨어있는 사악한 용은 없는지, 그리스도 시절부터 지금까지 살아있다는 전설의 뱀이 습지 주변 모래 위를 기어 다니지 않는지 살피고 다녔다.

달이 두둥실 떠오르는 밤이 되자, 신비로운 종족들이 나타나 언덕과 산에 활기를 불어넣었다. 해가 떠 있는 동안 영혼들이 인간의 삶을 존중했듯, 인간 또한 그들의 존재를 방해할 권리가 없었다. 수호천사의 보호 아래 하던 일을 멈추고 눈을 감아야 하는 시간이 돌아왔다.

에픽스는 십자가 성호를 긋고 몸을 일으켰다. 하지만 그는 여전히 누군가를 기다리고 있었다. 그는 작은 문에 빗장을 걸고 초가집 안으로 들어오려는 요괴들을 막기 위해 갈대를 엮어 만든 십자가에 몸을 기댔다.

작고 낮은 방의 갈라진 틈 사이로 희미한 달빛이 파고들었다. 비좁은 방이었지만, 아이처럼 작고 비쩍 마른 그가 몸을 누이기에는 부족함이 없었다. 회벽 위로 갈대와 왕골을 엮어 만든 뾰족한 초가지붕이 덮여 있었고 지붕 한가운데 연기가 빠져나가도록 구멍이 뚫려 있었다. 집안 여기저기에 양파와 말린 풀 다발들, 종려나무로 만든 십자가, 복을 비는 올리브 나뭇가지, 알록달록한 초, 흡혈귀를 물리치는 낫과 아이를 낳다 죽은 여인네의 혼령을 물리치는 보리가 주렁주렁 매달려 있었다. 달빛 아래 빛나는 거미줄 사이로 후하고 입김을 불자, 모든 게 흔들렸다. 바닥에는 옆구리에 손잡이가 달린 물병이 쉬고 있었고 곁에서는 냄비가 엎드려 쿨쿨 자고 있었다.

*

에픽스는 잠자리를 깔았지만, 드러눕지 않았다. 어디선가 아이의 발걸음 소리가 계속 들려오는 듯했고 아무래도 누군가 찾아올 것만 같았다. 갑자기 가까운 농장에서 기르는 개들이 한꺼번에 짖어 대기 시작했다. 조금 전까지 저녁의 목소리들과 속삭이는 기도 사이에서 고이 잠들었던 풍경들이 떨리는 메아리를 일으키며 화들짝 잠에서 깨어났다.

에픽스가 문을 열자, 달빛을 받아 은물결을 이룬 나지막한 콩밭을 지나 언덕을 올라오는 시커먼 형상이 보였다. 캄캄한 밤에는 사람의 모습마저 신비스럽게 보였기에, 그는 다시 한번 십자가 성호를 그었다. 다행히 친숙한 목소리가 그의 이름을 불렀다. 숨을 헐떡이며 그의 이름을 부르는 앳된 목소리의 주인공은 핀토르 아가씨댁 옆집에 사는 소년이었다.

"에픽스 아저씨, 에픽스 아저씨!"

"무슨 일이냐, 잔안토니오? 아가씨들한테 무슨 일이라도 생긴 게야?"

"아가씨들은 잘 계세요, 제가 보기에는 그런 것 같아요. 저더러 아저씨한테 가서 내일 아침 일찍 마을로 오라고 전해 달라고 하셨어요. 할 얘기가 있대요. 노에미 아가씨가 노란색 편지를 들고 있는 걸 제가 봤거든요. 아마 그 편지 때문인 것 같아요. 수녀처럼 머리에 흰 두건을 두른 루트 아가씨가 마당을 쓸고 있었는데, 노에미 아가씨가 편지를 읽자 비질을 멈추고 서서 듣고 있었어요."

"편지라고? 누가 보낸 건데?"

"저야 모르죠, 글을 읽을 줄 모르잖아요. 하지만 저희 할머니께

바람에 흔들리는 갈대

서 아저씨 여주인님들의 조카 자친토가 보냈을 거라고 하셨어요."

에픽스는 가만히 서서 소년의 말을 듣고 있었다. 그렇다. 올 것이 오고야 말았다. 그는 머리를 기울이고 생각에 잠긴 채 볼을 긁적였다. 거짓이 아니기만을 바랐고 한편으로는 걱정이 밀려들었다.

오두막 앞 바위에 걸터앉은 소년은 신발 끈을 풀며 먹을 게 없는지 물었다.

"새끼 사슴처럼 깡충깡충 뛰어왔어요. 요괴들이 나타날까 봐 무서웠거든요…"

에픽스가 청동 가면처럼 단단한 올리브색 얼굴을 들었다. 쪼글쪼글한 주름 사이로 파진 하늘빛이 감도는 가느다란 눈으로 소년을 바라보았다. 생생하게 빛나는 아이 같은 두 눈에 괴로움이 서려 있었다.

"내일 아침에 오라고 하시더냐, 아니면 오늘 저녁이더냐?"

"제가 내일이라고 했잖아요! 아저씨가 마을에 다녀오시는 동안 제가 오두막을 지키고 있을게요."

여주인들의 말에 순종하는 게 몸에 배어 있었던 하인은 다른 것은 묻지 않았다. 그는 다발에서 양파 한 개를 떼어내고 자루에서 빵 한 조각을 꺼냈다. 소년은 연신 웃으며 음식을 먹었고 양파의 매운 향에 훌쩍거리며 에픽스와 수다를 떨었다. 마을에서 가장 중요한 사람들의 이야기가 그들의 입에 오르내렸다. 교장이 먼저 등장했고 다음으로 교장의 여동생, 그리고 그녀의 딸 중 하나와 결혼한 밀레제가 등장했다. 그는 오렌지와 수박을 파는 떠돌이 행상이었는데, 이제는 마을에서 가장 부유한 장사꾼이 되었다. 다음으로 시장이었던 돈 프레두*가 있었는데, 그는 에픽스의 여주인들과 사촌지간이었다. 돈 프레두 또한 부자였지만, 밀레제만큼은 아니었다. 사채놀이를 하는 칼리나도 있었는데, 그녀 또한 아리송한 방법으로 부자가 되었다.

"도둑들이 벽을 부수려고 했지만, 소용없는 짓이었죠. 마법을 걸어 놓았으니까요. 오늘 아침에 칼리나 아주머니가 정원에서 껄껄 웃으며 얘기하는 소릴 들었어요. 집안에 들어와 봤자 잿더미랑 못 밖에 없다면서, 자기는 예수님처럼 가난하다고 했어요. 하지만 저희 할머니는 칼리나 아주머니네 집안에 금이 잔뜩 든 주머니들이 있다고 하셨어요."

에픽스에게는 그다지 중요한 이야기가 아니었다. 그는 잠자리에 누워, 한 손은 겨드랑이에 다른 손은 볼에 갖다 대고 있었다. 그의 심장이 두근거리고 있었다. 오두막 위편 갈대들이 흔들리는 소리가 사악한 영혼이 내뱉는 숨소리처럼 느껴졌다.

노란 편지라니! 노랑, 기분 나쁜 색이다. 여주인들에게 무슨 일이 벌어질지 누가 알 수 있으랴. 이십 년 전부터 핀토르 가문의 단조로운 삶을 무너뜨렸던 사건들은 한결같이 불행한 일들뿐이었다.

---

* 피에트로의 사투리 호칭

소년도 잠자리에 누웠지만, 좀처럼 잘 생각을 하지 않았다.

"에픽스 아저씨, 오늘 할머니가 그러셨는데 아저씨 주인님도 옛날에 돈 프레두 만큼 부자였다면서요. 그래요, 안 그래요?"

"그랬지."

하인이 한숨을 내쉬며 말했다.

"지금은 그런 얘길 할 때가 아니야. 그만 자거라."

소년이 하품을 내뱉었다.

"할머니가 그러는데 나이 많고 착한 마리아 크리스티나 마님이 돌아가신 다음부터 집안에 나쁜 일들이 벌어졌대요. 그래요, 안 그래요?"

"그만 자라고 했잖니, 그런 말을 할 때가 아니라니까…"

"말하게 좀 내버려 두세요! 어린 여주인 리아 아가씨는 왜 도망쳤어요? 할머니가 그러는데 아저씨는 아신다던데요. 아저씨가 리아 아가씨가 도망치도록 도와줬다고 했어요. 다리 있는 데까지 같이 가 줬고 아가씨가 거기 숨어있다가 지나가던 마차를 타고 바다까지 갔대요. 거기서 배를 탔고요. 아저씨 주인님이었던 아버지 돈 차메는 딸을 찾아 헤매다가 죽었대요. 그 다리 바로 옆에서 죽었다던데요. 누가 죽인 거예요? 할머니가 그러는데 아저씨는 아신대요."

"너희 할머니는 마녀야! 할머니랑 너, 너랑 할머니, 죽은 사람들은 가만히 내버려 둬!"

에픽스가 소리쳤지만, 잔뜩 쉰 목소리였고 소년은 버릇없는 웃음을 지었다.

"성내지 마세요. 에픽스 아저씨, 건강에 안 좋다고요! 할머니가 그러는데 돈 차메를 죽인 건 요괴였대요. 그래요, 안 그래요?"

에픽스는 대답하지 않았다. 두 눈을 꼭 감고 양손으로 귀를 가렸지만, 소년의 목소리는 어둠 속에서 계속 왱왱거렸다. 마치 과거로부터 흘러나온 유령들의 목소리 같았다.

＊

벌어진 틈 사이로 스며드는 달빛처럼 모두가 차츰차츰 그의 주위로 모여들었다. 성녀같이 아름답고 차분한 마리아 크리스티나 마님, 악마처럼 혈색이 붉고 폭력적인 돈 차메, 어머니의 고운 심성을 닮았지만, 아버지의 불같은 열정을 눈 속에 감추고 있는 창백한 네 명의 딸들, 하인들, 하녀들, 친척들, 친구들, 바람이 불면 달 주위로 모여드는 구름떼처럼, 모두가 길가에 접해 있던 남작 후손의 부유한 집을 들락거렸던 사람들이었다.

크리스티나 마님이 세상을 떠나자, 딸들의 창백한 얼굴에서 평온함이 사라졌고 눈 속에 감춰져 있던 열정이 타오르기 시작했다. 부인이 세상을 떠난 뒤로, 돈 차메는 조상이었던 남작들의 난폭한 성격을 닮아갔다. 딸들에게 어울리는 남편감이 나타날 때까지 기다려야 한다는 핑계로 딸들을 집안에 가둬놓고 노예처럼 일을 부려먹었다. 빵을 만들고 옷감을 짜고 바느질을 하고 음식을 만들고 집안의 물건들을 지키도록 했다. 무엇보다도 딸들은 신랑이 될 사람이 아닌 다른 남자 앞에서는 절대로 눈을 들어서는 안 되었다. 하지만 세월이 지나도 신랑들은 나타나지 않았다. 딸들은 점점 나이를 먹었고 돈 차메는 딸들에게 더욱 엄하고 못되게 굴었다. 집안에서 창밖으로 얼굴을 내민다거나 허락 없이 집 밖에 나갔다가는, 욕설을 퍼부으며 따귀를 갈겼다. 집 앞으로 난 길을 두 번 이상 지나치는 남자들에게는 죽어버리겠다며 협박을 서슴지 않았다.

돈 차메는 마을 여기저기를 돌아다니다가, 교장 여동생의 가게 앞에 있는 돌로 된 벤치에 앉아 하루를 보냈다. 길모퉁이에서 우연히 그를 본 사람들은 험한 말을 듣게 될까 두려워 일부러 그를 피해서 돌아갔다. 그는 모두에게 시비를 걸었고 무엇보다 다른 사람들이 잘되는 꼴을 못 봐줬다. 부유한 농장 앞을 지나칠 때면, 쌈질이 나서 싹 다 쓸어가 버리라며 고래고래 소리치곤 했다. 하지만 정작 쌈질이 나서 설 자리를 잃게 된 건 그 자신이었다. 하느님께서 그의 오만불손함을 벌하시기라도 한듯, 전에 없었던 비극이 그를 덮쳤다.

어느 날, 그의 셋째딸 리아 아가씨가 집을 나가 사라져버렸고 오랫동안 소식을 알 수 없었다. 집안에 죽음의 그림자가 드리워졌다. 작은 마을에서 그런 일이 벌어졌던 적은 여태 단 한 번도 없었다. 귀족 출신에 배울 만큼 배운 리아 아가씨가 그런 식으로 도망치다니, 그야말로 전대미문의 사건이었다. 돈 차메는 광기에 사로잡혔다. 리아를 찾아 이리저리 돌아다니며, 길가와 해안가까지 샅샅이 살폈다. 하지만 아무도 그녀의 소식을 알지 못했다. 그러던 어느 날, 자매들은 리아로부터 편지 한 통을 받았다. 자신은 안전한 장소에서 지내고 있으며, 자신의 족쇄를 끊었다는 사실이 기쁘다는 내용이었다. 하지만 자매들은 그녀를 용서하지 않았고 답장을 보내지 않았다. 돈 차메는 남은 딸들에게 더욱 못되게 굴었다. 재산을 팔아넘겼고 하인을 학대했고 소송과 불평을 일삼았다. 딸을 찾아서 집으로 데려온다는 핑계로 그는 늘 집 밖으로 떠돌아다녔다. 리아의 도주로 인한 불명예는 돈 차메와 그의 가족을 파탄으로 몰아넣었고 죄인 신세로 전락하도록 만들고야 말았다.

어느 날 아침, 그는 마을 밖에 있는 다리 위에서 죽은 채로 발견되었다. 폭력의 흔적이 전혀 없었으므로 심장 발작이었을 것이라고 했다. 목 뒷덜미에 작은 녹색 점 하나가 발견되었을 뿐이었다. 돈 차메가 누군가와 싸움을 벌이다가 몽둥이에 맞아 죽었다는 말이 떠돌았지만, 시간이 지남에 따라, 사람들은 딸의 도주로 충격을 받은 그가 심장 발작으로 사망했을 거라고 여기게 되었다.

그녀의 도주로 불명예를 떠안게 된 자매들이 남편을 찾지 못하게 된 것과 달리, 리아는 어느 날 자신의 결혼 소식을 알리는 편지를 보내왔다. 그녀의 남편은 도망쳐 지내던 중에 만난 가축을 파는 상인이었다. 리아는 남편과 함께 치비타베키아†에서 나름 유복하게

---

† 이탈리아 중부 라치오 주에 있는 도시

지내고 있으며, 곧 아들이 태어날 거라고 했다.

그토록 천박한 방법으로 만난 평민 남자와의 결혼이라니. 자매들은 그녀의 또 다른 잘못을 용서하지 않았고 그녀에게 답장을 보내지 않았다.

얼마 뒤, 리아는 자매들에게 아들이 태어났음을 알리는 편지를 보내왔다. 자매들은 조카를 위해 선물을 보냈지만, 아이의 어머니에게는 편지를 쓰지 않았다.

세월이 흘렀다. 성장한 자친토는 매년 부활절과 성탄절에 이모들께 편지를 보냈고 이모들은 조카에게 선물을 보냈다. 한번은 공부하고 있다는 편지를 썼고 또 한번은 해군에 입대하고 싶다고 썼으며, 또 다른 한 번은 일자리를 구했다고 썼다. 그리고는 아버지가 돌아가셨다고 했고 다음으로는 어머니의 죽음을 알렸다. 마지막으로 그는 이모들을 방문하고 싶다고 했고 일자리를 찾을 수 있다면 어머니의 고향에서 살고 싶다고 했다. 세관의 변변찮은 일자리는 그의 마음에 들지 않는다고 했다. 고생스럽고 시원찮고 젊음을 갉아먹는 일이라고 했다. 그는 부지런히 일하길 좋아했지만, 탁 트인 곳에서 순박한 일을 하고 싶다고 했다. 주변 사람들 모두가 그에게 어머니의 고향 섬으로 가서, 정직한 일을 하며 돈을 버는 게 좋겠다고 충고했다.

이모들은 조카의 방문에 대해 의논하기 시작했고 의논하면 할수록 이견을 좁힐 수 없었다.

"뭐? 일하겠다고?"

제일 차분한 성격의 루트 아가씨가 말했다.

"작은 마을에서 태어난 사람들도 일자리가 없는데?"

반면에 에스테르 아가씨는 조카의 계획에 대해 호의적이었고 제일 젊은 노에미 아가씨는 차가운 미소를 띠고 조롱하는 투로 말했다.

"여기 와서 신선놀음이라도 할 작정인가 보네. 오라고 해, 와 보라고 해! 강가에서 낚시질이나 할 테지."

"일한다잖아, 노에미. 일하겠지, 동생아! 제 아비처럼 장사라도 하면 되잖아."

"그럼 진작에 했어야지. 그나저나 우리 가문에 소를 사고파는 사람이라니 말이나 돼?"

"세상이 변했어, 노에미, 이제 높으신 분들은 죄다 장사치들이야. 밀레제를 봐? 갈테 마을의 남작은 바로 나라고 말하고 다니잖아."

노에미는 사악한 눈빛으로 낄낄거리며 웃어댔다. 동생의 말보다 그녀의 웃음이 에스테르 아가씨의 마음을 아프게 했다.

날마다 같은 상황이 반복되었다. 자친토의 이름이 온 집안에 울려 퍼졌고 세 자매가 입을 다물고 있을 때조차도 그들 사이에서 맴돌았다. 사실 그가 태어난 날로부터 이제껏 하루도 빠짐없이 되풀이되었던 일이었다. 얼굴조차 모르는 조카의 존재는 쇠락한 집에 생기를 불어넣고 있었다.

*

에픽스는 여주인들의 의논에 끼어들 수 없었다. 하인 주제에 감히 그럴 수 없었고 여주인들 또한 그의 의견을 묻지 않았다. 하지만 그는 내심 소년이 고향으로 돌아와 주었으면 하고 바라는 심정이었다. 에픽스는 소년에게 애정을 느끼고 있었고 가족의 일원이라 여기고 있었다.

돈 차메가 세상을 떠난 뒤로, 그는 세 명의 아가씨들과 함께 지내며 떼먹힌 재산을 되찾고 관리하는 일을 돕느라 분주했다. 친척들은 아무도 아가씨들을 돌보지 않았고, 아니 심지어 그녀들을 홀대하며 피하기까지 했다. 아가씨들은 집안일 말고는 딱히 할 줄 아는 게 없었고 마지막으로 남은 재산이었던 농장에 대해서도 까맣게 모르고 있었다.

"딱 일 년만 더 남아서 아가씨들을 도와드려야지."

하지만 에픽스는 차마 그들을 버리고 떠날 수 없었다. 그렇게 이십 년을 줄곧 농장에 머물렀다.

세 아가씨는 그가 농장에서 농사를 지은 수확으로 먹고사는 처지였다. 해마다 수확은 그리 좋지 않았고 하인에게 품삯(일 년에 삼십 스쿠디와 신발 한 켤레였다)을 주는 날이 되면, 에스테르 아가씨는 이렇게 말하곤 했다.

"주님의 사랑으로 참게나. 품삯은 꼭 쳐줄 테니."

참을성 있는 에픽스가 받아야 할 품삯은 해를 거듭할수록 늘어만 갔다. 에스테르 아가씨는 농담 반 진담 반으로, 만일 그가 여주

인들보다 오래 살게 된다면 농장과 집을 넘겨줘야 할 거라고 말하
곤 했다.

에픽스는 노쇠했고 기운이 없었지만, 그래도 남자였다. 그의 그
늘만으로도 세 명의 아가씨들을 지켜주기에 충분했다. 어느덧 그는
아가씨들에게 좋은 일이 생기기만을 바라는 처지가 되었다. 노에미
아가씨만이라도 남편감을 찾는다면! 노란 편지가 기쁜 소식을 전
하는 거라면? 알지 못했던 상속에 관한 거라면? 노에미 아가씨에게
청혼하는 거라면? 핀토르 가문의 아가씨들에게는 여전히 사싸리
와 누오로에 부유한 친척들이 있었다. 왜 그들 중 하나가 노에미와
결혼하지 않는 것일까? 심지어 가까이 사는 친척 돈 프레두가 노란
편지를 보낸 것일 수도 있었다.

하인의 곤궁한 환상 속에서 캄캄한 밤이 환한 대낮으로 뒤바뀌
었다. 모든 게 밝게 빛났고 감미로웠다. 귀족 부인처럼 치장한 여주
인들이 젊음을 되찾았고 독수리처럼 날개를 펴고 하늘로 날아올랐
다. 황폐했던 그녀들의 집은 봄날의 언덕처럼 온갖 꽃들이 피어나
며 되살아났다.

그리고 그 가련한 하인은, 밤의 침묵 속에서 곤히 잠든 땅을 위해
기도하는 갈대들의 속삭임을 들으며 농장에서 여생을 보내다가 돗
자리를 접고 하느님의 품에서 편히 쉬게 되리라.

2

동이 트자, 에픽스는 소년에게 초가집을 맡기고 길을 나섰다.

　마을로 가는 큰길은 오르막이었고 작년에 말라리아를 앓고 난 뒤로 다리를 제대로 못 쓰게 된 그는 느린 걸음으로 언덕을 올랐다. 이따금 발걸음을 멈춰 서서 두 줄의 무화과나무 울타리로 둘러싸인 짙푸른 농장을 바라보았다. 갈대숲과 흰 바위틈으로 보이는 새까만 초가집이 마치 둥지처럼, 진짜 새 둥지처럼 보였다. 멀리서 초가집을 바라보노라면, 그는 늘 이민을 떠나는 철새처럼 아쉬운 기분에 빠져들곤 했다. 세상으로부터 멀찌감치 떨어진 고독을 선사하는 자신만의 소중한 보금자리를 두고 어디론가 떠나는 기분이었다. 그는 작은 모포를 두르고 탁총나무 지팡이를 짚고서 황무지와 갈대숲, 강가에 키 작은 오리나무들을 지나쳐 걸어갔다. 속죄의 장소, 세상을 향해 가는 순례자 같았다. 하느님의 뜻을 이루려면 앞으로 나아가야만 하는 것이다.

*

나지막한 언덕 꼭대기에 황폐해진 성의 잔재가 거대한 폐허와도 같은 모습을 드러냈다. 시커먼 벽에 뻥 뚫린 창으로 내다보이는 하늘은 불그스름한 태양이 떠오르는 풍경을 바라보는 서글픈 눈동자 같았다. 황무지 곳곳에 회색 모래와 누런 갈대가 물결쳤고 정맥처럼 시퍼런 강물이 굽이굽이 흘러갔다. 새하얀 마을 한가운데 종탑 하나가 암술처럼 삐죽 솟아나 있었다. 마을 위편 산 너머 금빛을 띤 누오로의 산들이 보였고 연보랏빛 구름이 서서히 흘러갔다.

광활하고 빛나는 풍경 사이로 작고 검은 에픽스가 발걸음을 옮기고 있었다. 햇살이 비스듬히 비추자, 벌판이 빛을 발하기 시작했다. 갈대들은 은실로 짠 것 같았고 등대풀 덤불마다 새들의 지저귐 소리가 들려왔다. 햇살이 날카롭게 내리쬐자, 초록과 흰색이 뒤섞인 뾰족한 갈테 산봉우리 아래 그늘이 펼쳐졌고 폐허가 된 고대 로마의 도시 같은 마을이 그의 발밑에 모습을 드러냈다.

부서지고 허물어진 벽들, 지붕이 없는 오두막들, 정원과 울타리와 가축우리의 잔재들, 넓적한 돌을 깔아놓은 길가 양옆으로 폐허와도 같은 풍경들이 죽 늘어서 있었다. 화산석들이 여기저기 나뒹구는 풍경은 마치 천재지변이 일어나 오래된 도시를 무너뜨리고 사람들을 흩어놓은 것 같았다. 석류나무와 쥐엄나무, 한 무리의 무화과나무들이 우울한 장소에 한 줄의 시를 더해주고 있었다.

에픽스가 언덕을 오를수록 분위기는 점점 암담해졌고 맨 꼭대기에 다다르자 정점에 달했다. 산 밑 그늘에서 자라는 등대풀 덤불 사이로 오래된 묘지와 허물어져 가는 바실리카 성당이 보였다. 길가는 텅 비어있었고 산꼭대기 바위들은 마치 죽은 이들을 위해 세워진 대리석 기념비처럼 보였다.

＊

에픽스는 오래된 묘지 입구의 커다란 문 앞에서 발걸음을 멈췄다.

엇비슷한 한 쌍의 문 아래 제멋대로 자라난 풀들로 뒤덮인 세 개의 계단이 있었다. 그가 오래된 묘지의 낡아빠진 문턱을 넘어서자, 세 명의 아가씨들이 사는 저택의 아치가 딸린 벽이 모습이 드러냈다. 처마도리에 희미하게 남아 있는 문장의 생김새가 눈길을 끌었다. 'quis resistit hajas?'라는 말이 새겨져 있는 칼을 들고 투구를 쓴 전사의 머리였다.

에픽스는 반듯한 돌이 깔린 정원 한가운데를 가로질러 갔다. 길가와 마찬가지로 틈새마다 빗물이 빠져나가도록 고랑이 파여 있었다. 아가씨 한 분이 밖을 내다보지 않는지 집 쪽을 쳐다보며 그는 어깨에 두르고 있던 모포를 벗었다. 지층 위로 한 층이 더 있는 집은 정원 맨 안쪽에 자리 잡고 있었다. 집 바로 뒤편에는 흰색과 녹색 무늬의 커다란 모자를 뒤집어쓴 산이 보였다.

위층 전체를 가로지르는 나무 발코니 아래 세 개의 작은 문이 나 있었고 낡아빠진 외부 계단을 통해 위층으로 올라갈 수 있었다. 계단 옆면에는 사라져버린 난간을 대신해 나무 사다리를 옆으로 대놓았고 손잡이를 대신해 검은 노끈을 묶어 놓았다. 문과 기둥과 발코니의 난간은 본래 나무를 섬세하게 조각해 만든 것이었다. 하지만 이제 모든 게 쇠락하고 있었다. 썩어 문드러진 나무는 죄다 시커멓게 변해버렸고 살짝 건드리기만 해도 보이지 않는 송곳으로 파낸 것처럼 먼지가 되어 사그라들 것 같았다.

발코니 난간 여기저기에 아직 자취가 남아 있는 작은 기둥들이 보였고 나뭇잎과 꽃과 과일을 부조로 장식한 틀의 형체도 희미하게나마 남아 있었다. 에픽스는 어린 시절부터 그 발코니를 바라보며 성당의 강단과 제단을 대할 때와 같은 신성한 경외심을 느끼곤 했다.

키가 작고 땅딸막한 여인이 검은 옷을 입고 검은빛의 무뚝뚝한 얼굴 주위에 흰 두건을 두르고 발코니에 모습을 드러냈다. 난간 아래로 몸을 굽혀 하인의 모습을 보자, 아몬드 같은 그녀의 짙은 눈동자가 기쁨으로 빛났다.

"루트 아가씨, 좋은 아침이에요, 주인님!"

통나무 같은 다리에 짙은 남색 스타킹을 신은 루트 아가씨는 서둘러 아래로 내려왔다. 솜털이 돋아난 입술 사이로 건강한 치아를 드러내며 그녀는 하인을 향해 활짝 미소를 지었다.

"에스테르 아가씨는요? 노에미 아가씨는요?"

"에스테르는 미사를 드리러 갔고 노에미는 지금 막 일어났네. 날씨가 정말 좋지, 에픽스! 농장은 좀 어때?"

"괜찮습니다, 하느님께 감사하게도 별일이 없습죠."

부엌 또한 중세 분위기를 물씬 풍겼다. 넓은 부엌 위편에는 연기에 그을려 검게 변한 나무 들보들이 천장을 가로지르고 있었다. 거대한 벽난로 주위로 나무 의자들이 여기저기 벽에 기대어져 있었다. 격자 모양 창틀이 달린 창문 밖으로 저 멀리 초록빛 산이 내다보였다. 붉은빛이 감도는 칠이 벗겨진 벽에 구리 냄비를 걸어두었던 자국이 고스란히 남아 있었고 광이 나는 판판한 나무 걸이 위에 안장과 모포, 무기들을 걸어두었던 자국이 오래전 추억처럼 남아 있었다.

"저… 루트 아가씨?"

아가씨가 구리로 된 작은 모카 포트를 불 위에 올려놓는 동안, 에픽스가 말을 꺼냈다. 하지만 하얀 테두리 속 검은 얼굴의 그녀는 눈을 찡긋거리며 기다리라는 눈짓을 했다.

"노에미가 내려올 동안, 가서 물 좀 떠다 줘."

에픽스는 의자 밑에 있는 양동이를 손에 집어 들었다. 흔들거리는 양동이를 쳐다보며, 그는 문을 나서기 전에 그녀를 향해 소심하게 몸을 돌렸다.

"혹시 자친토 도련님의 편지인가요?"

"편지라니? 전보야…"

"세상에나! 무슨 안 좋은 일이라도 생긴 건가요?"

"아니, 아니야! 어서 다녀 와…"

노에미 아가씨가 내려오기 전까지는 어림도 없는 일이었다. 세 자매 중 가장 나이가 많고 집안의 열쇠를 꿰차고 있었지만, (하긴 집안에는 지킬만한 물건이라고는 없었다) 루트 아가씨는 앞에 나서는 법이 없었고 책임지려 하지도 않았다.

에픽스는 정원 한구석에 있는 깨진 돌들로 둘러싸인 누라게*를

---

* 사르데냐 섬에서 발견된 커다란 탑 모양의 선사시대 석조물

닳은 우물로 가서 찌그러진 양동이를 안으로 집어넣었다. 우물 주위에 바이올렛과 쟈스민 꽃이 피어나 있었고 줄기 하나가 저 너머 세상에 뭐가 있는지 보려는 듯 벽을 타고 기어오르고 있었다.

정원 한구석에 그 장소가 하인의 마음속에 얼마나 많은 추억을 불러일으켰던지, 축축한 이끼, 금빛과 보랏빛 꽃들, 보드라운 연둣빛 쟈스민!

그는 다시금 리아 아가씨를 바라보고 있는 것만 같았다. 갈대처럼 창백하고 여리여리한 그녀가 발코니에서 얼굴을 내밀고 있었다. 저 너머 세상에 무엇이 있는지 살피려는 듯 그녀의 두 눈은 머나먼 곳을 향하고 있었다. 그녀가 도망쳤던 날, 에픽스가 보았던 바로 그 장면이었다. 신비로운 바다를 향해 모험을 떠나고 싶다는 눈빛으로 그녀는 미동조차 없이 그 자리에 서 있었다. 어찌나 묵직한 기억이던지! 우물에서 꺼낸 물이 가득 담긴 양동이만큼이나 무거운 기억이었다.

고개를 든 에픽스의 눈에 들어온 검은 끝단을 두른 옷을 입고 발코니에 손목을 걸치고 있는 여인은 그러나 리아 아가씨가 아니었다.

"노에미 아가씨, 좋은 아침이에요, 주인님! 안 내려오실 건가요?"

그녀는 창백한 얼굴 양옆으로 공단 띠를 두른 듯한 풍성한 검은 머리를 숙이고 아래를 내려다보았다. 기다란 속눈썹 아래 금빛이 감도는 검은 눈동자로 하인을 바라보며 눈인사를 건넸지만, 말을 걸지도 내려오지도 않았다.

유리창이 깨질 정도로 문과 창문들(유리는 이미 오래전부터 없었다)을 세차게 열어젖힌 그녀는 누런 이불을 밖으로 들고나와 햇볕에 마르도록 펼쳐 널었다.

"안 내려오실 거예요, 노에미 아가씨?"

에픽스가 고개를 들어 발코니를 쳐다보며 다시 말했다.

"지금 갈게, 곧 갈 거야."

하지만 그녀는 이불을 다시 잘 펴고서 구무럭거리며, 고개를 돌려 양옆으로 주위를 둘러보았다. 어디를 보아도 스산한 아름다움이 펼쳐져 있었다. 강 주위에 오목하게 파인 모래밭, 줄지어 서 있는 버드나무와 작달막한 오리나무들, 드넓은 밭을 이룬 갈대와 등대풀들, 폐허가 된 거무튀튀한 바실리카 성당, 오래된 묘지를 뒤덮은 초록빛 풀들 사이로 국화꽃처럼 희끗희끗한 죽은 이들의 뼈가 보였다.

금빛 구름이 밀려와 언덕과 폐허들을 감쌌다. 이른 아침의 부드러운 정적이 묘지가 보이는 풍경에 아늑한 기운을 선사하고 있었다. 과거는 여전히 그곳을 지배하고 있었다. 여기저기 널려 있는 죽은 이들의 유골이 마치 갓 피어난 꽃처럼, 왕관처럼, 구름처럼 보였다. 노에미는 그 광경을 바라보면서도 아무런 감흥이 없었다. 그녀는 어릴 적부터 뼈들이 나뒹구는 모습을 바라보는 데 익숙해져 있었다. 겨울이 되면 유골들은 햇빛을 받아 달궈졌고 봄이 되면 이슬이 맺혀 반짝거렸다. 아무도 유골들을 다른 데로 옮길 생각을 하지 않았다. 그러니 그녀도 신경 쓸 필요가 없지 않은가?

*

그즈음, 에스테르 아가씨가 마을의 성당에서부터 차분하고 우아한 걸음걸이로 올라오고 있었다(집안에서는 늘 분주한 그녀였지만, 밖에 나가면 귀족 가문의 아가씨다운 몸가짐을 보이곤 했다). 오래된 묘지 앞에 다다르자 그녀는 성호를 그었고 죽은 이들의 영혼을 위해 기도를 드렸다. 에스테르 아가씨는 무엇 하나 잊는 법이 없었고 어느 것 하나 그냥 지나치는 법이 없었다. 정원에 들어서자마자 그녀는 누군가 우물에 손을 댔다는 사실을 알아차리고 양동이를 제자리에 놓았다. 보랏빛 화병 옆에 굴러온 돌을 치우고 부엌에 들어온 그녀가 에픽스에게 인사를 건네며 커피를 대접받았는지를 물었다.

"네, 에스테르 아가씨. 전 마셨어요, 주인님!"

때마침 노에미 아가씨가 전보를 손에 들고 내려왔지만, 도통 읽을 생각을 하지 않았다. 하인을 애태우는 걸 즐기려는 것 같았다.

"에스테르,"

그녀가 벽난로 옆에 놓인 긴 의자에 앉으며 말했다.

"숄을 좀 벗지 그래?"

"오늘 아침에 성당에서 미사가 있어. 다시 나가봐야 해. 어서 읽어 봐."

그녀가 의자에 앉자 루트 아가씨가 다가와 옆자리에 앉았다. 나란히 앉아 있는 세 자매의 모습은 놀라우리만치 닮아 있었다. 단지, 나이만 다를 뿐이었다. 노에미 아가씨는 아직 젊었고 에스테르 아가씨는 나이가 들었고 루트 아가씨는 이미 늙었으나 우아하고 건강한 모습이었다. 에스테르 아가씨의 눈동자만 금빛이 감도는 개암나무 색으로 다른 자매들보다 밝았고 천진함과 사악함을 동시에 지니고 있었다.

하인은 그들 앞에 서서 계속 기다리고 있었으나 노에미 아가씨는 노란 종이 속 문자들을 해독하려는 듯 뚫어져라 쳐다보기만 했다. 그리고는 종이가 찢어질 정도로 세차게 흔들며 말했다.

"그래, 며칠 안으로 도착한대. 그렇다네!"

그녀는 고개를 들고 심각한 표정으로 에픽스를 바라보며, 얼굴을 붉혔다. 나머지 두 아가씨도 그를 빤히 쳐다보았다.

"말이 돼? 미리 한마디 말도 없이, 마치 자기 집에 오는 것처럼!"

"어떻게 생각해?"

에스테르 아가씨가 숄 밖으로 검지를 꺼내 들며 하인에게 물었다.

에픽스의 얼굴이 환해졌다. 그의 눈빛이 활기를 띠며 자글자글한 주름들이 밝게 빛났다. 그는 굳이 기쁨을 감추려 하지 않았다.

"저 같은 아래 것이 뭘 알겠습니까만, 어쨌거나 섭리는 이루어지기 마련이지요."

"하느님, 감사합니다! 드디어 올바른 일이란 사실을 알아주는 사람이 나타나다니."

에스테르 아가씨가 말했다.

하지만 노에미 아가씨의 얼굴은 다시금 창백해졌다. 그녀는 하인의 의견을 하찮게 여기는 듯했고 절대 안 된다고 우기는 듯한 표정이었지만, 그의 말을 반박하는 데 그쳤다.

"거기서 섭리가 왜 나와? 그건 아니지, 이 문제는 말이야…"

잠시 마음을 가라앉힌 그녀가 말을 이었다.

"우리 집에는 네가 와서 지낼 데가 없다고 간단명료하게 답장해야 맞는 거라고!"

그 말을 들은 에픽스는 손바닥을 위로 활짝 펴고 고개를 한쪽으로 기울였다. 그럴 거라면 왜 나한테 의견을 묻느냐고 항의하려는 것 같았다. 에스테르 아가씨가 어깨에 걸친 숄의 검은 날개를 휘날리며 자리에서 일어나 웃기 시작했다.

"그럼 어디로 가란 말이야? 타지 사람처럼 교장 선생 댁에 가라는 거야?"

"난 아예 답장하지 않는 게 좋을 것 같은데."

신경질적으로 종이를 꼬깃꼬깃 접고 있는 노에미의 손에 들려있던 전보를 빼앗아 들고 루트 아가씨가 말했다.

"우리 집에 온다면 환영해 줘야지. 먼 곳에서 찾아온 손님처럼 말이야. 어서 오십시오, 손님!"

문을 향해 인사하는 시늉을 하며 그녀가 말을 이었다.

"만일 나쁜 짓을 하면 그때 내쫓아도 늦지 않잖아."

에스테르 아가씨는 세 자매 중 가장 내성적이고 우유부단한 그녀를 바라보며 미소를 지었다. 그리고는 한 손으로 루트 아가씨의 무릎을 툭 쳤다.

"내쫓는다고? 참 보기 좋기도 하겠다. 우리 언니도 참, 그럴만한 용기가 있으시려나, 루트?"

잠시 생각에 잠겨있던 에픽스가 순간, 고개를 쳐들고 한 손을 가슴 위에 갖다 댔다.

"그 일이라면 제가 하겠습니다."

그가 단호한 투로 약속했다.

그의 눈이 노에미의 눈과 마주쳤다. 그는 심연처럼 촉촉하고 차가운 그녀의 눈빛을 늘 두려워하곤 했다. 하지만 젊은 여주인은 그의 약속을 진심으로 받아들이고 있는 것 같았다.

에픽스는 자신이 내뱉은 말을 후회하지 않았다. 그리하여 그는 사는 동안 자신이 감당해야 할 또 하나의 책임을 짊어지게 되었다.

*

에픽스는 온종일 마을에 머물렀다.

농장은 평온한 시기였고 훔쳐 갈 거리라고는 딱히 없었다. 겉으로 드러나진 않았지만, 그는 여주인들의 의견이 서로 다르다고 느꼈고 모두가 동의하기 전까지는 출발하지 않겠노라고 마음을 먹었다.

에스테르 아가씨는 집 안을 정리하고 나서, 다시 성당에 갔다. 에픽스도 곧 따라가겠다고 약속했지만, 노에미 아가씨가 위층으로 올라가자, 부엌에 들어가 전보를 자기한테 주십사 하고 작은 소리로 루트 아가씨에게 청했다. 그녀는 바닥에 무릎을 꿇고 앉아 낮은 테이블 위에서 파스타를 반죽하던 중이었다. 고개를 든 그녀는 밀가루로 온통 새하얗게 된 주먹을 펴 행주에다 대고 문질렀다.

"자네도 들었지?"

그녀가 목소리를 낮추며 노에미에 대해 말했다.

"갠 늘 그렇다니까! 자존심이 어쩌고 법이 어쩌고…"

"다 맞는 말씀이에요!"

생각에 잠겨있던 에픽스가 말했다.

"귀족은 늘 귀족이니까요, 루트 아가씨. 땅바닥에서 동전 한 개를 봤다고 생각해 보세요. 새카만 게 쇠붙이인가 보다 하겠지요. 하지만 닦아 놓고 보면 금색이거든요. 금은 늘 금인 법이지요…"

루트 아가씨는 에픽스에게 동생의 뒷담화를 늘어놓는 게 쓸데없는 일이란 걸 알아차렸다. 귀가 얇은 그녀는 하인이 추켜세우는 말을 듣자 이내 기분이 밝아졌다.

"우리 아버지가 얼마나 거만한 사람이었는지 자네도 기억하지?"

새하얀 파스타 반죽 속으로 푸른 힘줄이 튀어나온 붉은 손을 집어넣으며 그녀가 말했다.

"하기야, 아버지라도 그랬을 거야. 아마 자친토가 항구에 발도 못 붙이게 했을걸, 자네 생각은 어때, 에픽스?"

"저요? 저 같은 하인이 뭘 알겠습니까, 하지만 제가 보기에 자친토는 어쨌든 항구에 발을 들여놓았을 걸요."

"그 어머니에 그 아들이라, 그런 말을 하려는 거지!"

루트 아가씨가 한숨을 내쉬자, 하인도 덩달아 한숨을 내쉬었다. 과거의 그림자는 늘 그들 가까이에 머물고 있었다. 하인은 그림자를 쫓으려는 듯 허공에 대고 손을 휘저었다. 하얀 반죽을 이리저리 주무르는 붉은 손을 쳐다보던 그는 차분한 투로 말을 이었다.

"착한 젊은이일 겁니다. 하느님의 섭리가 그 젊은이를 도울 거예요. 열이 나지 않게 건강을 조심시켜야 해요. 말도 한 필 장만해드려야 할 테고요, 육지 사람들은 통 걸어 다니지 않는다던데요. 어쨌든 그건 제가 알아서 하겠습니다. 아가씨들이 모두 동의하시는 게 제일 중요한 일이죠."

그러자 그녀는 차가운 말투로 쏘아붙였다.

"우리가 동의하지 않는다니? 자네가 뭘 안다고 그래? 가서 미사나 드리게, 에픽스."

루트 아가씨의 기분이 상했단 걸 알아차린 에픽스는 정원으로 나왔다. 하지만 미사를 드리러 가기 전에 노에미 아가씨와 다시 이야기해 보고 싶었다. 노에미 아가씨는 마침 이불을 걷으러 발코니에 나와 있었다. 그녀에게 내려오십사 부탁해 보았자 소용없는 일이었다. 그녀가 있는 곳까지 올라가야만 했다.

"노에미 아가씨, 하나만 여쭤봐도 될까요? 괜찮으세요?"

노에미가 놀란 표정으로 그를 쳐다보더니, 두 팔로 이불을 끌어안았다.

"뭐가?"

"자친토 도련님이 오시는 거 말이에요. 착한 젊은이예요. 알게 되실 겁니다."

"당신이 그 아이를 잘 알기라도 하나 보지?"

"편지를 읽어 보면 알 수 있습죠. 열심히 할 겁니다. 말 한 필을 사드려야 하는데…"

"그래서 지금 그 아이를 두둔하는 게야?"

"아가씨들 모두가 동의하신다면요, 그게 제일 중요한 일이죠."

그녀는 이불에 붙어 있던 실 한오라기를 손가락으로 집어 정원으로 떨어뜨렸다. 그녀의 안색이 어두워졌다.

"우리가 언제 동의하지 않았다고 그래? 우린 늘 잘 지내왔어."

"네… 하지만… 자친토 도련님이 오시는 걸 아가씨가 별로 안 좋아하시는 것 같아서요."

"그럼 뭐, 내가 노래라도 불러야 해? 메시아라도 오시나!"

작은 문 안으로 들어가며 그녀가 말했다. 문틈 사이로 낡은 침대와 옷장, 초록빛 산을 향해 열린 유리가 없는 창문이 있는 하얀 방 안이 엿보였다.

*

에픽스는 정원으로 내려와 분홍색 바이올렛 꽃 한 송이를 꺾어들고서 뒷짐을 쥐고 성당으로 향했다. 산에서 내려온 상쾌한 공기가 감도는 주위는 적막하기 그지없었다. 폐허들 사이로 이따금 박새의 울음소리와 성당에 모인 여인들의 단조로운 기도 소리만이 들려왔다. 에픽스는 바이올렛 꽃을 손에 들고 살금살금 성당 안으로 들어가 강단의 기둥 뒤에서 무릎을 꿇었다.

황폐해진 성당 안은 온통 회색빛이었고 눅눅하고 먼지가 쌓여 있었다. 나무 천장에 뚫린 구멍으로 비스듬한 햇빛이 스며들어 은가루처럼 흩날리는 먼지와 땅바닥에 무릎을 꿇은 여인들의 머리를 비췄다. 벽에는 검은 바탕 위에 노란 그림들의 희미한 자취가 남아 있었다. 그림 속 여인들은 기도하는 여인들과 닮은 꼴이었다. 검정과 보라색 옷을 입은 그녀들은 하나 같이, 가장 아름다운 여인조차도 상아처럼 낯빛이 창백했고 납작한 가슴과 말라리아 열병 탓에 볼록해진 배를 지니고 있었다.

느리고 단조로운 그녀들의 기도 소리가 시간을 거슬러 아주 먼 곳으로부터 들려오는 것 같았다. 미사는 삼위일체에 관한 내용이었고 제단의 강단에는 금색 술이 달린 검은 천이 드리워져 있었다. 흑백의 옷을 입은 신부님이 손짓을 섞어가며 느릿느릿 말을 이어갔다. 그의 머리 위로 예언자의 머리에서 흘러나온 듯한 두 줄기 빛이 출렁거렸다. 나이 어린 성당지기가 치는 종소리가 주위에 떠도는 영혼들을 쫓아내려는 듯 덩그렁 덩그렁 울려 퍼졌다. 환한 빛이 눈가에 비춰들고 새들이 지저귀는 소리가 귓가에 들려왔지만, 에픽스는 유령들의 미사에 참여하고 있는 기분이었다.

모두가 여기 다 함께 모여 있다. 가문의 지정석에 무릎을 꿇고 앉아 있는 돈 차메와 오래된 그림 속 여인처럼 검은 숄을 두르고 있는 창백한 얼굴의 리아 아가씨, 부서져 가는 검은 발코니 위에 모인 여자들이 이따금 그녀를 흘낏거리며 쳐다보았다. 실제로 보고 그렸다고 전해지는 막달레나(막달라 마리아)의 모습도 그의 눈앞에 나타났다. 그녀의 깊은 두 눈과 쓰디쓴 입술은 사랑과 슬픔, 후회와 희망으로 웃고 울고 있었다.

에픽스는 막달레나의 모습을 바라보며, 그녀의 감정을 고스란히 느꼈다. 어둠 속에서 그녀의 형상이 등장할 때마다, 과거와의 경계가 허물어졌고 검고 신비스러운 공허 속에 갇혀 있는 듯한 현기증이 그를 엄습했다. 오래전, 아주 오래전의 삶이 떠오르는 것 같았다. 전설 속에 등장하는 환상의 존재들, 그를 둘러싼 모든 게 되살아나는 것 같았다. 죽은 자들이 살아나고 제단의 누런 커튼 뒤에 머물다가 일 년에 두 차례만 사람들에게 보여지는 그리스도가 은신처로부터 내려와 걸어간다. 그 또한 앙상하고 창백하고 말이 없다. 사람들이 그의 뒤를 따라 걷는다. 사람들 사이에 그가, 에픽스가 있다. 사랑에 빠져 두근거리는 가슴으로 꽃 한 송이를 손에 들고 그는 걷고 또 걷는다… 여인들이 노래하고 새들도 노래한다. 에스테르 아가씨가 총총걸음으로 하인 곁에 다가와 숄 밖으로 검지를 꺼내 든다. 행렬은 마을을 벗어난다. 마을은 석류와 덩굴과 꽃들로 뒤덮여 있다. 모든 것이 새롭고 모든 게 아름답다. 마리아 크리스티나 마님이 되살아나 공단 이불을 널어놓은 발코니에서 얼굴을 내민다. 한창 젊은 나이의 노에미 아가씨가 돈 프레두와 약혼을 하고 돈 차메도 행렬을 따른다. 늘 그렇듯 성난 표정이지만, 실은 기쁨으로 충만하다.

*

여인들이 노래 부르길 그쳤고 몇몇은 자리에서 일어나 밖으로 나갔다. 강단 기둥에 머리를 기댄 채 졸고 있던 에픽스는 머리를 부딪히며 꿈에서 깨어나 집으로 가는 에스테르 아가씨를 뒤따라갔다.

이글거리는 태양이 내리쬐는 아침은 벌써 무더웠다. 성당을 빠져나온 여인들이 입을 꾹 다물고 유령들처럼 이리저리 흩어졌다. 핀토르 아가씨들의 집 주위에도 침묵이 감돌고 있었다. 에스테르 아가씨는 우물 가까이 가서 나뭇가지를 땅에 꽂아 작은 패랭이꽃을 기대 놓고는, 재빠른 걸음으로 계단을 올라가 문과 창문들을 닫았다. 그녀가 발걸음을 옮길 때마다 바닥이 덜거덕거렸고 낡은 벽과 나무에서 떨어진 먼지가 회색빛 재처럼 흩날렸다.

에픽스는 그녀가 내려오기를 기다리고 있었다. 해가 쨍쨍 내리쬐는 계단에 걸터앉은 그는 그늘을 만들려는 듯 베레모를 접어 얼굴 위를 가리고 루트 아가씨가 현관문에 받쳐 놓고 싶다고 했던 나무 끝을 뾰족하게 다듬기 위해 주머니칼을 꺼내 들었다. 칼날에 햇빛이 비치자 그는 눈이 부셨고 괴로운 표정을 지었다. 바이올렛 꽃이 그의 무릎 위에서 시들시들해지고 있었다. 에픽스는 심란한 마음으로 작년에 그를 죽도록 괴롭혔던 열병을 떠올렸다.

'설마하니 그 악마가 또 날 찾아오는 건 아니겠지?'

코르크 꽃병을 손에 든 에스테르 아가씨가 다시 내려왔다. 그녀가 지나가도록 옆으로 비키며 에픽스는 베레모로 가리고 있던 얼굴을 들었다.

"다시 나가실 건가요, 주인님?"

"이 시간에 가긴 어딜 가? 점심 식사에 날 초대한 사람도 없는데!"

"하나만 여쭤봐도 될까요. 괜찮으신가요?"

"뭐 말인가, 내 영혼 말인가?"

그녀는 피붙이도 아닌 하인에게 늘 어머니처럼 굴었다. 그녀에게 있어서 하인은 늘 가르쳐야 할 모자란 사람이었다.

"저, 그게… 자친토 도련님이 오시는 일에 다들 동의하신 건가 해서요."

"나야 좋지, 좋다마다. 때가 된 거야."

"훌륭한 젊은이예요. 꼭 성공할 겁니다. 말 한 필을 사 드려야 해요. 그리고…"

"그리고?"

"처음부터 너무 지나치게 자유를 주면 안 될 겁니다. 젊은이들이란 다들 그러니까요. 제가 젊었을 적만 해도, 누가 저더러 새끼손가락을 건드리라고 하면 손 전체를 비틀어놓았어요. 그리고 또, 핀토르 가문 남자들은… 에스테르 아가씨, 아가씨도 아시다시피… 거만하니까요."

"만일 내 조카가 온다면 말이야, 에픽스, 난 그 아이를 손님처럼 대할 작정이네. '편하게 앉으세요' 하면서 말이야. 그 아이는 자기가 손님에 불과하단 걸 금방 깨닫게 될 거야."

에픽스는 팔뚝에 묻은 톱밥을 털어내며 자리에서 일어났다. 모든 것이 잘 되어 가고 있었음에도, 알 수 없는 불안감이 그를 뒤흔들고 있었다. 에스테르 아가씨에게 아직 하고 싶은 말이 남아 있었지만, 입가에서만 맴돌았다.

에픽스는 베레모를 벗고 힘을 주어 나무를 땅속에 묻고서, 에스테르 아가씨가 있는 우물가로 갔다.

"주세요! 이리 주세요."

아가씨의 손에 들린 양동이를 빼앗아 들며 에픽스가 말했다. 물을 긷는 동안, 아가씨의 얼굴을 쳐다보기가 민망했던 그는 괜스레 우물 속만 들여다보았다. 그녀에게 자신의 품삯을 달라는 말을 꺼내고 싶었으나 쉽지 않았다.

"에스테르 아가씨, 저기 있던 갈대 다발이 안 보입니다요. 파셨나 봅니다"

"그렇다네, 일부는 누오로 사람한테 팔고 일부는 지붕을 보수하는 데 썼어. 인부한테도 돈을 줘야 했고. 자네도 알다시피 사순절 마지막 날에 바람이 불어와 기와가 날아가 버렸잖나."

그는 더 이상 고집을 부리지 않기로 마음먹었다. 사랑하는 사람들을 부끄럽게 만들지 않고서도 일을 해결할 방도는 얼마든지 있었다.

*

사채놀이를 하는 칼라나의 집으로 가는 길에 에픽스는 농장을 지키고 있는 소년의 집에 들러 할머께 인사를 드렸다. 이집트 사람처럼 각진 얼굴에 키가 크고 깡마른 그녀는 꽃장식이 달린 검은 손수건을 각지게 접어 머리에 두르고 있었다. 노인은 오두막으로 들어가는 검은 돌계단 위에 앉아 실을 잣고 있었다. 누렇고 주름진 그녀의 기다란 목둘레에 산호 목걸이가 감겨 있었다. 귀에는 그녀의 몸의 일부가 되어 버린 듯한 물방울 모양의 금귀걸이가 대롱대롱 매달려 있었다. 젊은 시절에 걸쳤던 보석들을 빼는 걸 깜빡 잊은 채 늙어버린 것 같았다.

"아베 마리아, 포토이 아주머니, 어떻게 지내세요? 아이가 농장을 지키고 있어요. 오늘 저녁에 돌아올 겁니다."

그녀가 유리알 같은 눈으로 에픽스를 쳐다보았다.

"아, 자넨 에픽스 아닌가? 하느님께서 도우시길. 그래, 편지는 누가 보낸 거지? 자친토 도련님? 여기 오면 잘해 주게나. 어쨌든 제집 아닌가. 돈 차메의 영혼이잖나. 늙은이들의 영혼은 젊은이들의 영혼 속에 살아있는 법이지. 내 손녀 그리젠다를 좀 보게나! 십 육 년 전에 세상에 태어났지. 그리스도의 축젯날, 제 어미가 죽어가던 날이었어. 잘 보게, 제 어미가 다시 태어난 것 같지 않나? 저기 오고 있구먼…"

때마침 그리젠다가 빨래 바구니를 머리에 이고 강가에서 돌아오고 있었다. 키가 크고 늘씬한 그녀는 사슴처럼 죽 뻗은 다리 위로

바람에 흔들리는 갈대

깡총한 치마를 입고 있었다. 고대의 메달을 연상시키는 창백한 얼굴에 기다랗고 촉촉한 두 눈 또한 사슴 같았다. 셔츠 위에 가장자리를 다른 색으로 덧댄 조끼를 입은 그녀는 덜 자란 가슴께에 붉은 리본을 두르고 있었다.

"에픽스 아저씨!" 그녀가 빨래 바구니를 바닥에 내동댕이치며 반가운 목소리로 외쳤다. 빨래 바구니에서 떨어진 자루들이 이리저리 흩어졌다.

"고귀한 영혼을 지닌 분! 전 늘 아저씨 생각을 했는데, 저한테 아무것도 안 주시다니… 아몬드 한 쪼가리도!"

자신을 추켜세우는 말에 기분이 좋아진 에픽스는 소녀가 까불도록 내버려 두었다. 하지만 할머니는 근엄한 표정을 지으며 촉촉한 눈빛으로 그녀를 향해 부드럽게 말했다.

"돈 차메의 선한 영혼이 되돌아온단다."

그 말을 듣자마자, 그리젠다는 까불던 짓을 멈췄다. 그녀의 고운 얼굴과 두 눈에서 얼핏 할머니의 모습이 보였다.

"돌아온다고요?"

"그 얘기는 제발 그만 좀 하세요!"

에픽스가 빨래 바구니를 주워다가 소녀의 발밑에 갖다 놓으며 말했다. 하지만 그녀는 무언가에 홀린 듯한 표정으로 할머니의 말에 귀를 기울이고 있었다.

에픽스 또한 내려가는 길에 지나치던 벽 구석구석에서 다시금 과거가 보이는 듯했다. 저 아래, 밀레제의 집 회색 벽에 기대 놓은 벤치에 뚱뚱한 남자 하나가 앉아 있었다. 붉은 얼굴에 검은 턱수염을 기른 그는 고동색 벨벳 웃옷을 입고 있었다. 돈 차메가 아닐까? 돈 차메처럼 가슴을 앞으로 쑥 내민 그는 붉은 손가락으로 웃옷 주머니에서 꺼낸 회중시계의 금줄을 비비 꼬며 앉아 있다. 그는 온종일 그 자리에 앉아 지나가는 사람들을 쳐다보며 조롱한다. 사람들은 그와 마주치는 게 두려워 일부러 길을 돌아간다. 에픽스 또한 빚쟁이의 집까지 돌아서 간다.

*

무화과나무 울타리가 칼리나 아주머니의 정원을 튼튼한 벽처럼 둘러싸고 있었다. 그녀도 실을 잣고 있었다. 체구가 작고 스타킹을 신지 않은 맨발에 수놓은 신발을 신고 있었다. 머리에 접어 두른 두건의 그림자 속으로 하얀 얼굴에 맹금류 같은 금빛 눈동자가 번뜩이고 있었다.

"에픽스, 친애하는 우리 오라버니! 어떻게 지내셨나? 주인님들은 잘 계시고? 어쩐 일이야? 앉아, 편하게 앉아."

암탉들이 꾸벅꾸벅 졸며 날개 아래로 부리를 쪼아댔고 신이 난 고양이들은 연분홍빛 새끼 돼지들의 뒤를 쫓으며 장난질을 걸고 있었다. 푸른 기가 도는 하얀 깃털의 비둘기들, 사다리에 매어 놓은 노새, 제비들이 날아다니는 울타리 안은 마치 노아의 방주 같았다. 그녀의 아담한 집은 밀레제가 새로 단장한 집 뒤편에 솟아 있었다.

새 지붕을 높게 올린 집이었지만, 약탈자를 위협하려는 듯 여기저기 칠이 벗겨지고 긁힌 자국들이 남아 있었다.

"농장은 좀 어때?"

"괜찮아. 올해는 잎사귀보다 더 많은 아몬드 열매를 거둘 거야."

에픽스가 그녀 곁에서 벽에 몸을 기대며 말했다.

"다 갚을 수 있어, 칼리나! 그러니 잘 생각해 봐."

그녀는 미간을 잔뜩 찌푸리며 물레에 걸린 실을 쳐다보았다.

"그건 좀 곤란한걸, 알아? 다들 당신 같아서야 안 될 말이지, 칠 스쿠디†를 빌려줬는데 백 스쿠디가 되게 생겼으니!"

'이런 벼락 맞을 년 같으니라고!' 에픽스가 생각했다.

'성탄절에 빌렸던 사 스쿠디가 벌써 칠 스쿠디로 둔갑했군!'

"그게 말이야, 칼리나"

에픽스가 쿵쿵거리며 돌아다니는 새끼 돼지들에게 말하려는 듯 고개를 숙이고 작은 소리로 말했다.

"제발 한 푼만 더 빌려줘, 칼리나! 7월에 합쳐서 팔 스쿠디를 갚을게, 태양이 사라지지 않는 한 마지막 한 푼까지 몽땅 갚을게."

사채업자는 아무런 대답도 하지 않고서, 머리끝부터 발끝까지 에픽스를 죽 훑어보았다. 그녀가 주먹을 꽉 쥐는가 싶더니 순식간에 그를 향해 주먹을 날렸다.

---

† 화폐단위 스쿠도(scudo)의 복수형

에픽스가 잽싸게 피하며 그녀의 손목을 잡아챘다. 고양이들에게 쫓기는 돼지들이 꿀꿀거리며 도망쳤고 놀란 닭들이 파닥거렸다.

"칼리나 벼락 맞아 죽을 년 같으니, 나 같은 사람이 없었더라면 넌 빚쟁이 대신 거머리나 잡아 먹고 있었을 거야."

"너처럼 재수 없는 놈 피를 빨아먹느니 거머리나 잡는 게 낫지! 그래, 이 등신아, 돈을 주마, 원한다면 열이고 백이라도 주지. 너보다 훨씬 귀하신 분들, 주인님들, 귀족들, 남작 친척들한테도 주는데 너라고 안 될 게 없지. 그렇게 등신 같이 굴다간 그것들이 죽을 때까지 너를 부려 먹을 거야. 줄게, 준다고…"

그녀는 은화 오 리라를 가져왔다.

에픽스는 주먹으로 동전들을 움켜쥐고 자리를 떴다. 등 뒤에서 그녀가 빈정거리며 인사하는 소리가 들려왔다.

"주인님들한테 잘 간직하시라고 전해."

*

자친토 도련님이 오셨을 때 멋진 선물을 하고 싶었던 에픽스에게 그 정도 수모 따위는 아무것도 아니었다. 환영의 선물로 새 베레모를 장만하고 싶었던 그는 벤치에 앉아 있는 남자에게 인사를 건네고 밀레제의 가게 안으로 들어갔다. 남자는 여주인님들의 부유한 친척 돈 프레두였다.

돈 프레두는 경멸하는 눈빛으로 그를 올려다보며 고개를 까딱하고 인사를 건넸다. 하지만 가게 안에 들어간 하인이 뭘 사려는지는 궁금해하지 않았다.

"베레모 하나 주세요. 안토니 프란치, 챙이 길고 좋은 걸로요."

"자네 여주인들 집에는 필요 없는 물건일 텐데."

점원이 나무 사다리를 타고 올라가 물건을 꺼내는 동안, 남의 일에 간섭하길 좋아하는 밀레제가 다가와 말했다. 어느새 밖에서 엿듣고 있던 돈 프레두가 고개를 끄덕였다.

"모든 건 낡기 마련이죠, 매년 새로 장만해야 하고요."

촌스러운 가죽옷을 걸친 비쩍 마른 밀레제의 모습을 바라보며 에픽스가 대답했다.

비좁은 가게 안은 포도알처럼 촘촘히 늘어놓은 물건들로 발 디딜틈조차 없었다. 붉은 선반 위에는 다홍빛 천 쪼가리들과 박하 시럽을 담아 놓은 윤기 나는 초록색 병들이 놓여 있었다. 청어알이 담긴 시커멓고 불룩한 병들 사이로 밀가루가 가득 담긴 자루들이 하얀 배를 불쑥 내밀고 있었다. 작은 진열장 안에는 벌거벗은 여자들이 웃고 있는 엽서들과 오래돼서 못 먹게 된 사탕들, 색이 바랜 리본 두루마리가 굴러다니고 있었다.

밀레제가 챙이 긴 검은 모직 베레모를 가져오자, 에픽스는 손짐작으로 둘레를 재기 시작했다. 누군가 정원으로 통하는 작은 문을 열자, 생화로 장식한 커다란 아치가 있는 풍경이 나타났다. 우람한 체구의 여인이 기다란 벤치에 앉아 고대의 여왕처럼 우아하게 실을 잣고 있었다.

"우리 장모님이라네. 이 베레모가 아홉 냥 값어치가 되는지 어디 한번 물어보게나."

밀레제가 말하는 동안에도 에픽스는 베레모를 머리에 요리조리 대보며 치수를 가늠하고 있었다.

"제일 좋은 물건을 골랐군. 자넨 사람들 말처럼 멍청하지 않나 보구먼! 신랑이 쓰는 베레모라네."

"하지만 꽉 끼는데요."

"새 것이라 그렇지. 걱정이랑 붙들어 매게나, 하느님의 아들. 아홉 냥이면 거저 주운 거나 마찬가지야."

에픽스는 베레모를 벗어 두고 한참을 생각하더니, 계산대 위에 아홉 냥을 올려놓았다.

돈 프레두가 가게 문 안으로 얼굴을 디밀었다. 에픽스가 값비싼 베레모를 사는 걸 본 밀레제의 장모가 고갯짓으로 그를 부르더니 여주인님들이 어떻게 지내시는지 물었다. 사정이야 어떻든 간에 그녀들은 아직 귀족이었고 사람들로부터 존중받아 마땅했지만, 밀레제 같은 근본 없는 벼락부자들은 대놓고 아가씨들을 무시하곤 했다.

"루트 아가씨께 조만간 찾아뵈러 가겠다고 인사를 전해 주게. 난 귀족은 아니지만, 루트 아가씨와는 늘 좋은 친구 사이였지."

"어르신께서는 귀족적인 영혼을 지니셨지요."

에픽스가 정중하게 대답했지만, 그녀는 그만 가 보라는 듯 모른 척 물레의 바퀴를 돌렸다.

"내 오라버니 교장 선생도 자네 여주인님들을 챙긴다네. 언제 아가씨들과 치유의 마리아 축제에 갈 거냐고 늘 묻곤 하지."

"그래," 그녀가 향수에 젖은 투로 말을 이었다.

"젊었을 적에는 다 같이 축제에 가곤 했는데. 나뭇잎만 굴러가도 까르르 웃으면서 말이야. 요즘 사람들은 웃는 걸 부끄러워하는 것 같아."

에픽스는 베레모를 정성스럽게 접었다.

"하느님의 뜻이라면 제 주인님들도 올해는 축제에 가실 수 있겠죠. 즐기기 위해서가 아니라 기도하기 위해서요."

"거참 듣기 좋은 말이로군. 그나저나 말해 보게나 리아의 아들이 온다는 게 사실인가? 오늘 아침에 가게에서 사람들이 수군거리던데."

문 가까이 다가간 밀레제가 돈 프레두의 귓속말을 들으며 실실 웃고 있었다.

에픽스가 다들 들으라는 듯 소리높여 말했다.

"맞아요! 도련님께 말을 사 드리려고 제가 마을에 왔어요."

"갈대로 만든 말을 사려나 보군?"

돈 프레두가 웃음을 터뜨리며 말했다.

"아, 그래서 자네가 칼리나의 소굴에서 나왔던 게로군."

"그게 나리와 무슨 상관이죠? 한 푼이라도 보태주길 했나요?"

"저 멍청한 놈이 감히 나한테 덤비기는! 너 같은 자식한테는 국물도 없어! 그래, 충고 하나만 해 주지! 그 아이를 지금 있는 곳에 그냥 내버려 둬!"

하지만 에픽스는 고개를 꼿꼿이 들고 가게를 나왔다. 겨드랑이 아래 베레모를 끼고서 아무런 대답도 없이 사라져 버렸다.

바람에 흔들리는 갈대

3

머칠이 지나고 몇 주가 흐르도록 핀토르 아가씨들은 부질없이 조카를 기다리고 있었다.

에스테르 아가씨는 축제 때에만 먹는 제병처럼 희고 얇은 빵을 만들었고 자매들 몰래 과자 한 바구니를 사 놓았다. 어쨌든 집에 찾아오는 손님이었고 손님 대접은 신성한 것이었다. 루트 아가씨는 매일 밤 조카가 도착하는 꿈을 꿨고 역마차가 도착하는 오후 세 시 정도가 되면, 문 쪽을 쳐다보곤 했다. 시간은 흘러만 갔고 아가씨들의 집에는 아무도 찾아오지 않았다.

*

5월 초의 어느 날, 언니들은 축제에 갔고 노에미 아가씨만 혼자 남아 집을 지키고 있었다. 치유의 성모 마리아 축제는 속죄의 명분으로 아주 오래전부터 해마다 열리는 축제였지만, 그렇다고 즐길 거리가 없는 건 아니었다.

노에미는 속죄에도 즐거움에도 도통 관심이 없었던지라, 집에 머물러 있기로 했다. 뜨거운 햇살 아래 펼쳐진 그늘에 홀로 앉아 화창한 오후 시간을 보내며, 그녀는 언니들의 여정에 대한 추억 속으로 빠져들었다. 풀로 뒤덮인 드넓은 정원 한가운데 새 둥지처럼 봉긋하게 엎드려 있는 회색빛 작은 성당, 움막들로 둘러싸인 벽 안에 모여든 울긋불긋한 옷차림을 한 사람들은 마치 유랑하는 집시들처

럼 보였다. 신부님이 머무는 움막 위편에는 기둥을 세워 만든 어설
픈 전망대가 있었다. 전망대 위에 오를 때면, 푸르른 하늘을 배경
삼아 나무들이 소곤거렸고 은빛 모래 언덕들 사이로 반짝반짝 빛
나는 바다가 내려다보였다. 감미로운 추억들을 떠올리자, 노에미는
울고 싶어졌고 눈물을 흘리지 않으려 입술을 꼭 깨물었다. 나약한
자신이 부끄러워지지 않도록.

　해마다 봄이 되면, 그녀의 마음은 흔들리곤 했다. 오래된 묘지의
돌 사이로 피어나는 장미꽃처럼 그녀의 내면에도 삶을 향한 꿈들
이 피어올랐다. 하지만 여름의 열기와 더불어 사라져버릴 짤막한
위기라는 사실을 그녀는 이미 잘 알고 있었다. 자신을 둘러싼 고요
하고 나른한 정지된 풍경 속에서 환상이 마음껏 나래를 펼치도록,
그녀는 가만히 내버려 두었다. 붉은 양귀비꽃들이 활짝 피어난 정
원, 구름이 지나가며 만드는 산 그늘, 축제에 간 사람들로 반쯤 비
어버린 마을.

*

그녀의 생각은 어느덧 축제가 벌어지고 있는 아랫마을로 향했다.

　소녀 시절, 5월의 어느 날 저녁, 그녀는 신부님의 전망대 위에 올
라갔던 적이 있었다. 동전을 두드려 만든 것 같은 큼지막한 달이
바다 위에 두둥실 떠 있었다. 온 세상이 금과 진주로 만들어진 것
같았다. 징징거리는 아코디언 연주 소리가 횃불을 밝힌 정원을 가
득 메웠고 희미하고 불그스름한 불꽃 아래 손가락을 바삐 놀리며

연주하는 사람의 갈색빛 그림자가 회색 벽을 타고 이리저리 출렁였다. 보랏빛 얼굴의 여인들과 소년소녀들이 사르데냐 춤을 췄고 그들의 그림자가 짓밟힌 잔디와 성당의 벽에서 환상 속 장면처럼 아른거렸다. 그들의 옷에 달린 금빛 단추와 은빛 휘장들, 흑백의 아코디언 건반이 빛을 발했고 나머지는 달밤의 진줏빛 그림자 속으로 자취를 감췄다. 노에미는 축제를 신나게 즐겼던 적이 단 한 번도 없었지만, 언니들은 웃고 즐기는 사람들의 무리 속에 기꺼이 어울렸다. 리아 언니는 정원 한구석에서 산토끼처럼 웅크리고 앉아 있었는데, 그때에도 도망칠 생각을 하고 있었던 것인지도 모른다.

축제는 9일 동안 이어졌고 마지막 3일 동안에는 반주에 맞춰 노래를 부르며 다 함께 강강술래를 했다. 하지만 노에미는 늘 만찬이 끝난 전망대 위에 머물러 있곤 했다. 텅 빈 병들, 깨진 접시들, 딱딱하게 굳어버린 초록빛 사과, 꽃병, 누군가 두고 간 숟가락이 굴러다녔다. 땅에서 춤을 추는 사람들과 박자를 맞추려는 듯 하늘에서는 별들이 총총 빛났다. 하지만 그녀는 춤을 추지도 웃지도 않았고 자신 또한 인생의 축제에 동참할 수 있으면 좋겠다는 심정으로 즐기는 사람들을 바라보고 있었다.

세월이 흘렀고 그녀의 인생에 벌어진 축제는 마을에서 벌어진 축제와는 거리가 멀었다. 집을 나간 리아 언니를 다시 데려올 수 있었더라면…

노에미, 그녀는 어릴 적 신부님의 전망대에서처럼 쇠락해가는 오래된 발코니에 홀로 머물러 있었다.

＊

황혼녘이 되자, 늘 잠가두는 문을 누군가 두드렸다.

혼자 있는 아가씨를 살피러 찾아온 포토이 아주머니였다. 노에미가 집 안으로 들어오란 말을 하지 않자, 노파는 어깨를 벽에 기대고 땅바닥에 주저앉았다. 그녀가 목걸이 위에 두른 스카프를 벗어들고 향수에 젖어 축제 얘기를 꺼냈다.

"다들 아랫마을에 갔어요. 제 손주들도요. 치유의 마리아여. 그 아이들을 도우소서. 아, 바다가 보이는 아랫마을은 얼마나 선선할까요…"

"어르신도 같이 가시지 그랬어요?"

"집은 어떻게 하고요, 아가씨? 아무리 가난해도 집은 절대 비워두면 안 된답니다. 그랬다가는 요괴들이 집안에 들어와 진을 친다니까요. 늙은이들은 집을 지키고 젊은이들은 가서 놀아야죠!"

한숨을 내쉰 그녀는 고개를 숙이고 가슴께에 걸려있는 산호 목걸이를 가다듬었다. 남편과 딸과 친한 이웃들과 함께 오래전에 축제에 다녀왔던 이야기를 하면서, 그녀는 눈을 들어 오래된 묘지 쪽을 바라보았다.

"축제가 시작되고 나니 마치 죽은 사람들이 되살아난 것 같은 기분이 들어요. 다들 아랫마을로 즐기러 가고 있어요. 아가씨의 어머니 마리아 크리스티나 마님이 넓은 정원 한구석 벤치에 앉아 계시는 모습이 아직도 눈에 선하답니다. 노란 치마와 수놓아진 검은 숄을 두른 모습이 꼭 왕비 마마 같았죠. 다른 마을에서 온 여자들이 시녀들처럼 마님 주위를 둘러싸고 있었답니다… 마님이 제게 말씀하셨죠. 포토이, 이리 와서 커피 맛을 좀 봐, 어때, 맛있지 않아? 네, 정말이지 겸손한 분이셨어요. 아, 그래서인지 전 아랫마을에 가는 게 싫어요. 되찾을 수 없는 무언가를 잃어버린 것 같아서요…"

노에미는 고개를 끄덕이며 노파의 말에 장단을 맞췄다. 그녀의 목소리가 마치 과거로부터 들려오는 메아리처럼 울려 퍼졌다.

"돈 차메 어르신은 또 어땠고요? 축제의 주인공이셨죠. 고함을 지르고 가끔 망나니처럼 보이기도 했지만, 알고 보면 정말 좋은 분이셨답니다. 폭풍이 지나가고 나면, 늘 무지개가 떴지요. 아, 정말이지, 요즘 집 앞에 앉아 실을 잣고 있노라면 말발굽 소리가 귀에 들려오는 것만 같답니다. 그분이 검은 말을 타고 불룩한 자루를 갖고 축제에 가시는 모습이… 지나가면서 제게 말씀하셨죠. 포토이, 자, 어서 말에 올라타게, 나쁜 요정 같으니!"

감정에 복받친 그녀는 세상을 떠난 귀족의 목소리를 흉내 내며 말했다. 그리고는 갑자기 노에미를 향해 물었다.

"돈 자친토 도련님은 안 오시나 보죠?"

노에미의 표정이 딱딱하게 굳었다. 핀토르 가문의 일에 누군가 간섭하는 건 있을 수 없는 일이었다.

"만일 온다면 환영해 줘야죠."

그녀가 차가운 투로 대답했다. 노파가 돌아간 뒤로 노에미는 생각에 잠겼다. 과거의 일들이 선명하게 떠올라 현재의 일에 대해서는 생각할 겨를조차 없었다.

*

낮 동안 달궈진 집의 그림자가 정원 위로 그늘을 이루고 있었고 벌판에서 등대풀의 향기가 퍼져 나가고 있었다. 그녀는 리아가 도망쳤던 날의 기억 속으로 빠져들었다. 오늘과 똑같은 황혼 무렵, 희고 푸른 산의 그림자가 집 위로 드리워져 있고 하늘은 온통 금빛이다. 위층에 있는 방 안에서 잠자코 있던 리아가 발코니에 모습을 드러낸다. 창백한 얼굴에 검은 옷을 입은 그녀의 짙은 머리카락 위로 금빛 하늘이 반사되고 있다. 저 아래 성을 바라보던 그녀가 돌연 묵직한 눈꺼풀을 위로 향하고 날아오르기 직전의 제비처럼 양팔을 흔들기 시작한다. 우물로 내려간 그녀가 꽃에 물을 준다. 바이올렛 꽃의 달콤한 향기와 등대풀의 시큼한 향기가 뒤섞인다. 첫 번째 별이 산 위편에 떠오른다.

리아는 계단 위편에 앉아 난간 위에 손을 올려놓고 그늘 속에서 물끄러미 어딘가를 응시한다. 노에미는 침실에 가기 위해 지나치며 보았던 그녀의 마지막 모습을 늘 기억했다. 리아 언니와 한 침대에서 잠을 잤던 그녀는 그날 저녁, 언니가 오기만을 애타게 기다렸다. 기다리다 깜빡 잠이 들었고 잠결 속에서도 언니를 기다렸다.

나머지 기억들은 온통 혼란스러웠다. 열이 오를 때처럼 신비스러운 근심과 고통으로 점철된 시간과 나날들… 잿빛 얼굴을 하고 몸을 수그린 채 잃어버린 물건을 찾는 것처럼 땅을 헤집고 다니던 에 픽스의 얼굴만이 생생하게 떠올랐다.

"쉿, 주인님들, 조용히 하세요!"

그는 그렇게 속삭이고서, 마을로 내려가 리아를 본 사람이 없는 지 모두에게 묻고 돌아다녔다. 몸을 굽혀 우물 속을 들여다보았고 멀리까지 살피러 나갔다.

그리고는 돈 차메가 집에 돌아왔다…

노에미의 기억 속에 폭풍우와도 같은 굉음이 울려 퍼졌다. 악몽 에서 깨어나려는 듯 그녀는 몸을 일으켰다.

*

그녀는 한때 리아 언니와 함께 지냈던 방으로 올라갔다. 철제 장식 이 달린 침대는 온통 녹슬어 있었다. 금색이었던 잎사귀들은 빛이 바랬고 포도송이는 진짜 포도가 붉은 보랏빛으로 익어갈 때처럼 몇 알만 색깔을 간직하고 있었다. 하얗게 칠해 놓은 회벽, 집안의 누구도 가치를 알아보지 못하는 검은 액자 틀 안에 있는 오래된 그 림의 인쇄본들, 좀이 슬은 옷장 테두리의 오렌지와 레몬 문양이 황 혼빛을 받아 금 사과처럼 빛나고 있었다.

노에미는 바느질감을 꺼내기 위해 옷장 문을 열었다. 녹슨 경첩 이 내는 삐거덕 소리가 적막을 뚫고 바이올린 소리처럼 울려 퍼졌 다. 짙은 남색 종이를 덧씌운 수틀 위에 고정한 하얀 천 위로 기울어진 해가 붉게 드리워졌다.

옷장 안은 모든 게 가지런했다. 위 칸에는 해진 덮개들, 공단 깔개들, 너무 오래 써서 사프란처럼 샛노랗게 변한 모직 이불들이 놓여 있었다. 아래 칸에는 모과 향이 풍기는 속옷들과 바구니들이 놓여 있었는데, 수선화와 갈대로 짠 바구니 바닥에는 꽃병과 물고기, 사르데냐 원시 예술품의 문양들이 검은색으로 새겨져 있었다.

노에미는 바느질감을 바구니 안에 다시 집어넣고 종이 뭉치가 들어 있는 다른 바구니를 꺼냈다. 재앙을 막아준다는 노란 고무줄로 묶어놓은 뭉치 속에는 구겨진 종이들, 가족관계 서류들, 법률 서류들, 소송 관련 서류들이 들어 있었다. 그러나 노란 고무줄은 토지와 재산이 다른 사람들의 손에 넘어가는 걸 막아주지 못했고 소송에서 이기도록 해 주지도 않았다.

노에미는 종이 뭉치 속에 섞여 있던 편지 한 통을 손에 집어 들었다. 그 편지를 꺼내 들 때마다, 그녀는 잔잔한 파도에 실려 해변으로 떠내려온 익사한 사람의 시신과 마주하는 기분이 들곤 했다.

리아가 도망친 후에 보내왔던 편지였다.

노에미의 마음속에 쓰라렸던 그날의 기억이 번져 나갔다. 언니들의 부재와 본능적인 외로움이 과거를 향하도록 그녀를 이끌고 있었다. 오렌지빛 땅거미, 보랏빛 베일을 쓴 산, 저녁의 내음, 모든 것이 그녀로 하여금 이십 년 전을 향해 눈을 돌리도록 만들었다. 창문을 통해 옷장으로 스며든 황혼 아래, 고요한 그녀의 검은 모습마저도 마치 과거에 존재했던 누군가처럼, 버려진 집을 찾아온 오래된 묘지에 묻혀 있는 누군가처럼 보였다. 이불과 바구니들을 제자리에 넣어둔 그녀가 옷장 문을 닫았다가 다시 열었다. 삐거덕거리는 옷장만이 집안에서 유일하게 살아있는 존재 같았다.

그녀는 마음을 굳게 먹고 종이 뭉치 안에 들어있던 편지를 다시 집어 들었다. 하얀 봉투 속의 편지가 여전히 새하얗다. 마치 아무도 읽지 않은, 방금 쓴 편지 같다.

노에미는 침대에 걸터앉아 한 손에 편지를, 다른 손에 황동으로 된 사과 모양 문진을 집어 들었다.

누가 아래서 문을 두드리기 시작했다. 처음에는 한번, 다음에는 세 번, 그리고는 쉬지 않고 문을 두드렸다.

그녀는 고개를 들고 놀란 눈으로 정원 쪽을 쳐다보았다.

"우체부가 올 시간은 아닌데, 벌써 다녀갔는데…"

문 두드리는 소리가 고요한 정원을 가르며 메아리처럼 울려 퍼졌다. 아버지도 문을 빨리 열지 않으면 저렇게 문을 두드리곤 했었지…

그녀는 편지를 놔두고 아래층으로 내려갔다. 그리고는 현관문 앞에 귀를 갖다 대고 멈춰 섰다. 가슴이 터질 듯 심장이 쿵쾅거렸다.

"주여! 주여! 설마 그 아이는 아니겠지…"

그녀가 살짝 쉰 듯한 목소리로 물었다.

"누구세요?"

"친구들…"

모르는 목소리가 대답했다.

노에미는 떨리는 손으로 손잡이를 잡았다. 하지만 문을 열 엄두가 나지 않았다.

*

막노동꾼처럼 보이는 젊은 남자였다. 그는 키가 크고 핏기 없는 얼굴에, 녹색 옷을 입고 먼지투성이가 된 노란 신발을 신고 있었다. 신발과 같은 색의 콧수염을 기른 그는 자전거에 몸을 기대고 현관문 앞에 서 있었다. 노에미를 보자, 베레모를 벗어든 그가 헝클어진 금발 머리를 쓸어 넘기며, 두툼한 입술 사이로 건강한 치아를 드러내며 활짝 웃었다.

초록빛이 감도는 푸른색의 커다란 아몬드 같은 그의 눈과 마주친 순간, 그녀는 바로 알 수 있었다. 핀토르 집안의 피를 이어받은 눈이었다. 현관문 계단을 성큼 뛰어 올라온 이방인이 두 팔로 그녀를 힘껏 끌어안자, 그녀는 덜컥 겁이 났다.

"에스테르 이모! 저예요… 다른 이모들은요?"

"난 노에미야…"

수줍게 대답한 그녀는 이내 딱딱한 투로 말을 이었다.

"이렇게 올 줄은 몰랐는데. 에스테르와 루트 언니는 축제에 갔어…"

"축제라고요?"

그가 자전거에 묶어놓았던 먼지가 뽀얀 짐가방을 끌어내리며 말했다.

"아, 맞다, 기억나요. 치유의 성모 마리아 축제요. 아, 맞아요…"

그는 마치 이곳에 대해 잘 아는 사람 같았다. 어머니로부터 수도 없이 들었던 그 현관문, 그는 자전거를 세워놓고 수건으로 먼지를 탁탁 털며 짐가방에 묶인 끈을 풀기 시작했다.

그 모습을 바라보며 노에미는 생각했다.

'포토이 아주머니를 불러와야 해. 에픽스한테 사람을 보내야 하는데… 나 혼자 어쩌면 좋지? 아, 언니들은 손님이 오는 줄도 모르고 나를 혼자 남겨 두다니…'

세상 어느 곳에서 왔는지 알 수 없는 남자의 포옹은 그녀에게 크나큰 두려움을 안겨 주었지만, 그보다는 손님을 잘 대접해야 한다는 의무감이 더 컸다.

"안으로 들어와. 우선 씻어야 하겠지? 여행 가방을 위로 올려다 줘야 할 텐데. 가서 일을 도울 아주머니를 데려올게… 나 혼자 집에 있었거든… 네가 올 줄도 모르고…"

그녀는 초라한 집안 분위기를 숨기려고 애썼지만, 그는 그마저도 이미 알고 있는 듯했다. 그는 도움을 기다리는 대신 에스테르 이모가 자신을 위해 마련한 방으로 짐가방을 들고 성큼성큼 올라갔다. 발코니 안쪽에 있는 예전에 쓰던 손님 방이었다. 순식간에 아래층으로 내려온 그는 우물가로 가더니 하인처럼 대충 몸을 씻었다.

노에미가 한쪽 팔에 수건을 걸치고 그의 뒤를 따라갔다.

"맞아요, 전 테라노바에서 왔어요. 길이 어쩌나 근사하던지! 훨훨 날아왔다고요! 오는 길에 성당 앞을 지나치긴 했는데 축제가 열리는 줄은 몰랐죠. 어쩐지, 마을이 텅 비었다 했더니만, 폐허처럼 말이에요. 어쩐지…"

노에미의 모든 질문에 그렇다고 대답하는 그는 왠지 횡설수설하는 것처럼 보였다.

"왜 편지를 쓰지 않았냐고요? 에스테르 이모의 편지를 받고 나서 마음의 결정을 하지 못했어요. 그리고는 몸이 아팠고 또… 모르겠어요… 솔직히 말하자면, 바로 얼마 전에 결정했어요. 길을 떠나는 친구가 있었거든요. 어제 보니까 바다가 잠잠하더라고요, 그래서 저도 길을 나섰죠."

수건으로 물기를 닦은 그는 부엌으로 향했고 노에미가 뒤를 따라갔다.

'에스테르 언니가 편지를 썼다니! 그래서 온 거로군, 축제를 즐기러 온 사람처럼!'

부엌으로 들어온 그는 보랏빛으로 그늘진 산을 향해 놓여 있는 오래된 벤치 위에 긴 다리를 꼬고 팔짱을 끼고 앉아, 새하얀 손으로 팔을 쓰다듬고 있었다. 노에미는 그가 신고 있는 초록색 양말을 쳐다보았다. 남자가 신기에는 정말이지 이상한 색깔이었다. 화덕의 불을 켜며 그녀는 생각했다.

바람에 흔들리는 갈대

'말도 안 돼, 에스테르 언니가 우리 몰래 편지를 썼단 말이지? 그럼 와서 좀 챙겨주던가!'

그녀는 다시는 일어나지 않을 사람처럼 벤치에 앉아 있는, 초록색과 노란색 옷차림의 남자를 향해 몸을 돌리기가 겁이 났다.

하지만 그는 아랑곳하지 않고 여행길에 대해, 인적이 드문 동네에 대해 떠들어대기 시작했고 누오로까지 가려면 얼마나 걸리는지 그녀에게 물었다. 아버지의 친구가 누오로에서 제분소를 관리하는데 일자리를 마련해주기로 했다며, 누오로에 가고 싶다고 말했다.

그의 말을 듣고 마음이 놓인 노에미가 미소를 띠며 말했다.

"얼마나 걸리느냐고? 글쎄, 자전거로 얼마나 걸릴지는 잘 모르겠어. 아마 몇 시간 안 걸릴 거야. 누오로에 가 본 지가 몇 년 전이라서, 그때는 말을 타고 갔었거든. 가는 길도 그렇고 아름다운 도시야. 그래, 공기도 좋고 사람들도 좋아. 여기 사람들처럼 부산스럽지도 않고 다들 일하고 돈을 벌지. 거기서는 타지에서 온 사람들도 다 부자가 됐다던데, 여기는 죽은 사람들이 사는 곳 같으니…"

"맞아요, 맞아. 진짜 그래요!"

그녀는 오믈렛을 만들기 위해 달걀 몇 개를 가져왔다.

"봤지, 여기서는 고기를 구할 수도 없어. 포도주도 귀하고… 제분소를 관리한다는 그분은 이름이 뭐야? 네가 아는 분이야?"

그는 아는 사람이 아니라고 대답했지만, 누오로에 가기만 한다면 일자리를 구할 수 있다고 장담했다.

노에미는 오믈렛을 뒤집으며 씁쓸한 웃음을 지었다. 일자리를 찾았다는 말은 너무 이른 거 아닌가! 일자리를 찾는 사람들이 얼마나 많은데!

"그럼 하던 일을 그만두고 왔겠네?"

노에미가 눈을 돌리지 않은 채로 물었다.

자친토는 그녀의 질문에 곧바로 대답하지 않았다. 그녀가 오믈렛을 태우기라도 할까 봐 걱정하는 것 같았다.

기름 몇 방울이 화덕에 튀자, 부엌이 순식간에 연기로 가득 찼다. 연기가 잦아들고 프라이팬 위에서 다시 지글지글 소리가 들리자, 자친토가 말했다.

"시답지 않은 일이었어요! 확실한 일자리도 아니었고… 책임질 일거리들만 잔뜩 있었죠!"

그는 더 이상 이야기하지 않았고 노에미도 더 이상 묻지 않았다. 어쨌든 그가 곧 누오로에 가게 될 거라는 사실이 그녀를 안심시켰다. 그녀는 부엌에 딸린 창고처럼 버려진 눅눅한 식당 테이블 위에 이것밖에 없어서 미안하다며 음식을 차려 주었다.

"이 마을에서는 만족하며 사는 법을 터득해야 해…"

자친토는 집 뒤편으로 지나가는 양 떼들의 잘랑거리는 방울 소리를 들으며, 힘센 손아귀로 호두를 으깼다. 밤이 다가오고 있었다. 산의 빛깔이 짙어지자, 녹색으로 얼룩진 벽으로 둘러싸인 눅눅한 식당 안은 마치 세상과 동떨어진 동굴처럼 느껴졌다. 그는 축제에 대해 들려주는 노에미의 이야기에 빠져들었다. 지치고 몽롱한 눈빛으로 그는 노에미를 바라보았다. 희미한 빛이 들어오는 작은 창문을 배경으로 눈앞에 보이는 그녀의 검은 실루엣, 곱슬머리를 하고 양손을 살포시 테이블 위에 올려놓은 그녀의 모습을 보자, 자친토는 어머니가 들려주었던 추억 속의 이야기들이 떠올랐다. 갑자기 그는 노에미는 관심조차 없는 마을 사람들에 대해 그녀에게 묻기 시작했다.

"피에트로* 삼촌은요? 어떻게 생긴 분이에요? 제일 부자라던데? 얼마나 부자예요?"

"그래, 부자야, 맞아. 하지만 재수 없는 인간이야! 유대인처럼 교만을 떨지."

"이잣돈을 굴려요?"

노에미는 얼굴을 붉혔다. 사촌과 관계가 나쁜 건 사실이었지만, 그렇다고 귀족 출신인 핀토르 가문에 이잣돈이란 말을 갖다 붙이는 건 옳지 않았다.

"누가 그런 말을 해? 어디 가서 농담이라도 그런 말은 하지 마…"

"교장 선생님과 여동생은요? 그 사람들은 진짜 고리대금을 하는 거 맞죠? 부자예요? 얼마나 부자예요?"

"그 사람들도 아니야, 무슨 말을 하는 거니? 아마, 아마도 밀레제

---

* 돈 프레두의 표준어 호칭

는 맞을 거야, 하지만 정당한 이자를 받을걸. 백에 삼십이라던가, 그보다 더는 아닐 거야…"

"그게 정당한 이자라고요? 저런, 그렇다면 정당하지 않은 건 대체 얼마죠?"

노에미는 식탁을 내려다보며 중얼거렸다.

"백에 천도 있지… 그보다 더 심할 때도 있고."

자친토는 놀라는 기색이 없이 잔에 마실 거리를 따르더니, 생각에 잠겨 말했다.

"맞아요, 제가 살던 곳에서도 고리대금이 엄청났어요… 람폴라 추기경의 조카도 순식간에 폭삭 망해 버렸다니까요!"

저녁을 먹고 나서 그는 밖에 나가보고 싶다고 했다. 노에미는 우체국이 어딘지 묻는 그를 길가까지 데려다주며 밀레제의 집 가까이 있는 작은 광장을 손가락으로 가리켜 알려줬다.

*

그가 멀어지자마자, 노에미는 주위를 두리번거리며 포토이 아주머니의 오두막까지 갔다. 열려 있는 작은 문틈으로 온통 새카만 집안이 들여다보였다. 노에미가 수줍게 부르는 소리를 듣자, 노파는 오두막의 깊숙한 어둠 속에서 불등걸을 손에 들고 밖으로 나왔다. 불그스름한 불빛 아래 그녀가 걸친 보석들이 광채를 발했다.

"포토이 아주머니, 저예요. 누가 빨리 좀 가서 에픽스를 불러와야겠어요. 자친토가 왔어요. 그리고 아주머니가 오늘 밤 저랑 같이 주무섰으면 해요. 타지에서 온 사람과 혼자 있는 게 무서워서 그래요.”

　“농장에 갈 사람을 찾으러 가 볼게요. 하지만 아가씨 집에 가서 잘 수는 없답니다. 요괴들한테 집을 내줄 수는 없지요…”

　집을 비우는 동안 요괴들이 들어오지 않도록, 그녀는 문지방 위에 불등걸을 켜진 채로 놓아두었다.

4

노에미가 어린 시절에 보았던 거대한 유향 나무 불길이 본당과 주위의 움막들을 밝히며, 치유의 성모 마리아 성당 정원에서 타오르고 있었다.

한 소년이 아코디언을 연주하고 있었고 9일 기도를 마친 사람들이 밖으로 나와 저녁 식사를 준비하거나 움막 안에서 음식을 먹고 있었다. 춤은 아직 시작되지 않았다.

때 이른 시간이었다. 황혼빛으로 물든 하늘에 별들이 하나둘 뜨기 시작했고 전망대 뒤편 서쪽 하늘의 붉은 노을이 차차 사라져가고 있었다. 광활한 평화가 마을을 지배하자, 아코디언 소리와 움막 안에서 들려오는 목소리와 웃음소리가 멀리서 들려오는 소리처럼 느껴졌다. 여기저기 지펴놓은 불 앞에서 음식을 준비하는 여인네들의 검은 그림자가 긴 벽을 따라 출렁거렸다.

필요한 것들을 싣고 미리 와 있던 남자들은 달구지와 말을 몰고 먼저 출발했고 여자들과 노인네들, 아이들과 몇몇 소년소녀들만 남아 있었다. 속죄의 명목으로 모인 사람들이었지만, 축제는 축제였던지라 다들 한껏 즐기려는 분위기였다.

핀토르 아가씨들의 숙소는 가장 오래된 축에 속하는 두 채의 움막이었는데 (매년 새로운 움막들이 지어졌다) 실제로는 가문의 소유나 다름없었다. 사르데냐 교구들을 방문한 피사의 대주교가 근처 항구에 배를 정박하고 성당에 와서 미사를 집전했던 아주 오래전부터, 핀토르 가문이 바쳤던 선물과 헌금에 대한 답례의 뜻이었다.

두 움막 사이 정원 한구석에는 포토이 아주머니가 보았다던, 마리아 크리스티나 마님이 다른 지역에서 온 여자들에게 둘러싸여 앉아 있던 긴 의자가 그대로 놓여 있었다. 그 의자에는 이제 초라한 검은 옷차림의 에스테르와 루트가 두 명의 수녀처럼 머리에 흰 두건을 두르고 두 손을 앞치마 아래 모은 채, 먼 곳에 있는 노에미와 자친토를 생각하며 앉아 있었다. 저녁 식사는 우유를 데워 만든 형편 없는 수프였고, 채워지지 않은 허기는 광대한 봄날의 하늘 아래 그녀들의 생각이 피어오르도록 만들었다. 에스테르 아가씨는 이따금 후회에 젖어, 죄책감이 뒤섞인 비밀스러운 생각에 잠기곤 했다. 자친토… 몰래 써 보낸 편지…

그들 곁에서는, 그리젠다가 어깨를 벽에 기대고 양팔로 무릎을 감싸고 땅바닥에 주저앉아, 아코디언을 연주하는 소년을 바라보고 있었다. 그녀가 있던 움막 안에서는 여자들이 모여 자루를 테이블보처럼 바닥에 깔고 먹고 즐기고 있었다. 한 여자가 아기의 말랑말랑한 손을 흔들며 재우고 있었고 다른 한 여자가 그녀의 이름을 불렀다.

"그리젠다, 꽃처럼 예쁜 아가씨, 와서 빵 한 쪽이라도 먹지 그래? 너희 할머니가 뭐라고 하시겠어? 너를 굶어 죽게 내버려 뒀다고 하실걸?"

"그리젠다, 너를 부르잖아. 말을 들어야지."

에스테르 아가씨가 말했다.

"아, 에스테르 아가씨! 전 배고프지 않아요… 춤을 추고 싶어요."

"우선 뱃구레부터 채우고 나중에 생각하서!"

핀토르 아가씨들 숙소 오른편에 있는 작은 문에서 나온 사채업자가 손톱으로 이빨을 쑤시며 그녀에게 말했다.

식사를 마친 그녀는 늦을세라, 환한 불 주위에 모여든 여인네들 틈바구니에 끼어들었다.

칼리나와 아가씨들, 그리젠다와 다른 여자들이 한데 모여 수다를 떨기 시작했다. 일년 내내 축제에 대해 이야기꽃을 피웠던 그녀들은 막상 축제가 시작되자 마을에 대해 이야기꽃을 피웠다.

"아니, 대체 어떻게 집을 비워놓고 여기 올 수 있죠, 칼리나 아주머니?"

키 큰 소녀 하나가 신부님이 핀토르 아가씨들에게 선물한 응고된 우유가 들어있는 병을 앞치마 아래 들고 와서 물었다.

"깜찍한 것 같으니, 나톨리아! 우리 집에는 네 주인어른 교장 선생 집처럼 보물이 잔뜩 쌓여 있지 않거든!"

"세상에나! 저한테 열쇠를 좀 줘 보세요. 아주머니 집에 가서 한 번 뒤져 볼게요. 몽땅 챙겨서 큰 도시로 도망쳐버릴 거예요!"

"큰 도시에 가면 잘 지낼 것 같아?"

루트 아가씨가 진지한 투로 물었고 우유병을 비운 에스테르 아가씨는 수고했다며 병 안에 동전 몇 푼을 넣고 십자가 성호를 그었다.

"신의 가호가 있기를."

도망친 리아와 집에 찾아올 자친토에 대한 생각에 잠겨있던 두 명의 아가씨들의 귀에 그리젠다가 중얼거리는 소리가 들려왔다.

"큰 도시에 사는 사람들이 여기까지 오려고나 할까!"

사람들이 점차 정원으로 나오고 있었다. 작은 문마다 여자들이 앞치마로 입가를 닦으며 밖으로 나왔고 뛰어다니는 아이들을 잡아다 잠자리에 눕히려고 꽁무니를 따라다니고 있었다.

그리젠다의 친척 하나가 아코디언을 연주하는 소년에게로 가서 사 등분으로 접은 빵을 입에 넣어 주었다.

"얼른 먹어라, 보석 같은 아이야! 네 할머니가 뭐라고 하시겠니? 너한테 먹을 것도 안 줬다고 하시지 않겠어?"

소년은 얼굴을 앞으로 내밀고 빵 한입을 크게 베어 물더니 연주를 계속했다.

하지만 아무도 춤을 추려고 하지 않았고 그리젠다와 나톨리아가 여자들의 흥을 돋우려는 듯 쾌활한 투로 말했다.

"맞아! 남정네들이 없으니 재미가 없잖아!"

"루트 아가씨, 하인 에픽스만 있었어도 괜찮았을 텐데!"

"돌덩어리 같은 영감탱이! 에픽스를 데려다 뭐에 써먹으려고? 유향나무 가지랑 춤추는 게 낫겠다!"

*

전망대 위에서 짖고 있던 신부님의 개가 갑자기 아래로 뛰어 내려가더니, 세차게 짖으며 정원 밖으로 뛰쳐나갔다. 농담을 주고받던 여인네들도 무슨 일인가 하며 개의 뒤를 따라 나갔다. 두 남자가 큰길을 올라오고 있었다. 한 남자는 작은 낙타를 타고 있었고 다른 남자는 커다란 말 위에서 웅크리고 있는 것 같았는데, 기사처럼 기다란 발을 위아래로 부지런히 움직이고 있었다. 두 남자가 언덕 위로 점점 올라오자, 희미한 불빛이 아리송했던 둘의 형체를 비췄다. 한 남자는 등이 구부정한 말을 타고 짐꾸러미와 관찰레 햄을 들고 있는 에픽스였다. 곧이어, 다른 한 남자가 붉은빛을 내뿜는 자전거를 타고 정원 안으로 미끄러지듯 들어왔다.

벽에 기대어 앉아 있던 그리젠다가 깜짝 놀라 몸을 일으켰고 아코디언 소리도 멈췄다.

"에스테르 아가씨! 조카가 왔답니다."

두 명의 아가씨는 떨며 몸을 일으켰고 에스테르 아가씨가 새끼 염소처럼 떨리는 목소리로 말했다.

"자친토! 자친토! 내 조카… 설마 헛걸 보는 건 아니겠지? 네가 맞지?"

자전거에서 내려 이모들 앞에 선 자친토는 혼란스러운 눈빛으로 주위를 둘러보았다. 그의 손을 움켜잡는 이모들의 까칠한 손길을 느꼈고 검은 벽에 기대어 서 있는 그리젠다의 창백한 얼굴과 진주처럼 또랑또랑한 눈망울이 보였다.

여자들이 다가와 자친토를 둥그렇게 에워싸고 그를 쳐다보고 건

드리며 질문을 던졌다. 그녀들의 따스한 체온이 느껴지자, 자친토는 마치 대가족의 품으로 돌아온 듯한 기분을 느꼈다. 자친토는 미소를 지으며, 한 명 한 명을 꼭 끌어안았다. 그가 다가가자, 어떤 여자는 뒷걸음질을 치며 물러서기도 했고 다른 여자는 고개를 치켜들고 그를 쳐다보며 비웃기도 했다.

"그쪽 마을 예절은 그런가 보지? 에스테르 아가씨, 루트 아가씨, 우리가 전부 자기 이모들인 줄 아나 봐요!"

그러는 동안, 에픽스는 관찰레 햄을 내려 놓고 작은 문으로 들어가 텅 빈 움막 안에 옮겨 두었다. 그리젠다가 그를 도와 바닥을 쓸고 움막 안에 잠자리를 마련하는 동안, 다른 움막에서 자친토가 이모들의 질문에 수줍고 예의 바르게 대답하는 소리가 들려왔다.

"네, 이모, 테라노바에서 자전거를 타고 왔어요. 힘들지 않았냐고요? 훨훨 날아왔는걸요! 평지인 데다 인적이 드문 그런 길이라면 하루 만에 세상을 다 돌아볼 수도 있죠. 네, 노에미 이모는 집에 계세요. 저를 보고서 무척 당황하셨어요. 제가 올 줄은 모르셨겠죠. 저도 집을 잘못 찾은 줄 알았다니까요!"

그가 다른 지방의 억양으로 내뱉는 한마디 한마디가 그리젠다의 마음속에 와서 박혔다. 그녀는 머나먼 땅에서 온 젊은이의 얼굴을 자세히 들여다보지 못했지만, 그의 훤칠한 키와 불꽃처럼 타오르는 금발의 곱슬머리를 진작 알아보았다. 그녀는 아가씨들의 움막 안에서 그와 대화를 나누고 있는 나톨리아에게 질투를 느끼고 있었다.

'뻔뻔스러운 것 같으니, 나톨리아! 움막 안에서 모르는 남자와 농담을 주고받고 있다니, 거긴 너 따위가 있을 자리가 아니야.'

"로마에도 이런 데는 없을 걸요! 정원을 한번 보세요! 거미들을 왕창 갖다가 풀어놓았다니까요."

"쥐들은 또 어떻고요? 오늘 밤에 발이 근질근질하거든 제가 그랬다고 생각하지는 마세요, 자친토 도련님!"

그리젠다는 입술을 깨물고 나톨리아의 입을 다물게 하려고 손으로 벽을 툭툭 쳤다.

"유령들도 있어요. 들리시죠?"

"아니야, 누가 벽을 두드리는 소리야!"

루트 아가씨가 말했다.

"유령, 쥐, 여자들, 지독하기는 마찬가지죠."

자친토가 대답했다.

그의 목소리를 들은 그리젠다는 벽 한가운데 기대서서 깔깔 웃기 시작했다. 조금 전에 아코디언 소리를 들으며 그랬던 것처럼 그녀는 즐거워하며 웃고 있었다. 하지만 어쩐지 울고 싶은 심정이었다.

자친토의 귀환을 모두 함께 기뻐했고 아가씨들의 움막 안에는 숙연한 기쁨이 넘쳐흘렀다.

"꿈을 꾸는 것만 같아."

에스테르 아가씨는 조카를 위해 저녁을 준비하며 말했고 루트 아가씨는 촉촉한 눈빛으로 조카를 바라보았다. 에픽스는 자루 안에서 포도주 한 통을 꺼냈고 구부정한 몸으로 아가씨들을 바라보며 미소를 지었다.

자친토는 테이블로도 침대로도 쓰이는 벽에 기대어 놓은 의자에 앉아 음식을 먹고 있었다. 그 또한 꿈을 꾸는 기분이었다. 노에미의 쌀쌀맞은 환영과 달리, 그는 전혀 다른 사람들에게 둘러싸여 있었다. 이모들은 그를 위해 정성껏 저녁을 준비했고 하인은 그를 바라보며 천진난만한 미소를 지었고 아가씨들은 꼬드기는 듯한 시선으로 그를 바라보고 있었다. 아코디언의 노랫소리가 들려왔고 불길 사이로 춤추는 사람들의 그림자가 보였다. 늘 그렇게, 기쁘고 환상적인 삶이 이어지길 그는 간절히 원했다.

"적응하셔야 해요."

에픽스가 그에게 마실 거리를 따라주며 말했다.

"물을 좀 보세요. 왜 지혜롭다고 하는지 아세요? 자신이 옮겨진 물병의 모양을 그대로 따르잖아요."

"제가 보기에는 포도주도 그런 것 같은데요!"

"맞아요, 포도주도 그렇지요! 하지만 포도주는 이따금 거품이 일어나 흘러넘치기도 한답니다. 물은 다르지요."

"물도 불 위에 올려놓으면 팔팔 끓잖아요."

나톨리아가 말했다.

그러자 그리젠다가 움막 안으로 뛰어 들어오더니 그녀의 팔을 꽉 붙들고 밖으로 잡아끌었다.

"놔둬! 왜 그래?"

"모르는 사람 앞에서 예의를 좀 지켜!"

"그리젠다! 독거미한테 물렸어? 미치기라도 한 거야?"

"그래, 미치도록 춤을 추고 싶어."

몇몇 여자들이 춤을 추기 위해 손을 맞잡고 아코디언 연주자의 주위로 모여들기 시작했다. 그녀들의 조끼에 달린 단추들이 불빛을 받아 반짝였고 그녀들의 그림자가 회색빛 땅 위에서 어른거렸다. 줄을 맞추고 손을 잡고 발을 구르며 서서히 춤이 시작되었지만, 아직 흥이 오르지 않은 서툰 몸짓이었다.

"중심을 잡아줄 사람이 있어야지! 남정네가 없잖아. 에픽스라도 오라고 해!"

나톨리아가 소리치자, 그리젠다가 그녀의 팔을 꼬집으며 덧붙였다.

"아, 벌이 와서 쏘았나 보네! 제발 까불지 좀 말라고."

하지만 에픽스는 노련한 춤꾼처럼 장단에 맞춰 발을 놀리고 팔을 흔들며, 무리 가까이 다가와 사투리로 노래를 읊조리기 시작했다.

축제에… 내 시방 축제엘 갔당께…

*

그리젠다 옆으로 다가온 에픽스가 춤추던 여자들 사이에 끼어들자, 춤판이 활기를 띠기 시작했다. 여인네들의 발짓이 점점 빨라지며, 서로를 붙들고 끌어당기고 뛰어올랐다. 몸이 스르르 풀리자, 그녀들의 얼굴에 광채가 났다.

"가운데로 나가 봐. 자, 얼른!"

"자! 자!"

마법의 줄이 여인들을 흥분의 도가니 속으로 몰아넣으며, 그녀들을 하나로 묶어 나가고 있었다. 줄이 구부러지기 시작하더니, 서서히 원을 그렸다. 이따금 여자 하나가 앞으로 나왔다가 잡은 손을 풀고 원 속으로 다시 끼어들었다. 검고 붉은 화환이 점점 커지며, 그림자가 그녀들의 뒤에서 출렁거렸다. 그녀들의 발놀림이 잠잠하던 땅을 흔들어 깨우려는 듯 옆 사람과 부닥칠 정도로 점점 빨라졌다.

"자! 자!"

아코디언 연주도 점점 흥겹고 빨라졌다. 원시적인 환호성의 메아리가 울려 퍼지며, 너나 할 것 없이 흥에 겨운 소리를 내뱉기 시작했다.

"얼쑤! 얼쑤!"

여인네들이 줄지어 정원 한구석에서 흰 두건을 두른 이모들 사이에 있는 금발의 자친토를 보러 갔다.

"뭐 해요, 에픽스, 당신 아들더러 춤추라고 말 좀 해 봐요!"

나톨리아가 말했다.

"맞아, 진짜 중심 같잖아요!"

"성당 옆에 세워놓으면 종탑인 줄 알겠는걸."

"조용히 좀 해, 나톨리아, 불 같은 네 혀 좀 그만 놀리라고."

"네 눈이야말로 내 혀보다 더 많은 얘길 하고 있는 걸, 그리젠다."

"네 눈꺼풀에 불이 확 붙어서 죄다 타 버리겠다!"

"조용히들 하고 춤이나 추지 그러서."

축제에… 내 시방 축제엘 갔당께…

"얼쑤! 얼쑤!…"

여자들의 외침이 진동하며 울려 퍼졌고 짙은 색 치마 아래 드러난 다리와 붉은 끝단 사이로 보이는 작은 발들이 춤사위에 취해 점점 더 뜨겁고 세차게 움직였다.

"자친토 도련님! 오세요!"

"자! 자!"

"오세요! 빨리요!"

여자들이 웃으며 정원 구석으로 눈을 돌렸다. 그녀들의 입술 사이로 새하얀 이빨이 드러났다.

자친토는 두 명의 늙은 아가씨들 틈바구니에서 빠져나가려는 듯 재빨리 몸을 일으켰다. 정원 한가운데로 온 그는 순간 주춤하는 눈치였다. 그러자 여자들로 이루어진 동그라미 한쪽이 열리고 한 줄로 늘어서는가 싶더니, 이방인에게 다가가 아이들의 놀이처럼 그를 에워싸고 동그라미 속에 가둬버렸다.

그리젠다와 나톨리아 사이에 낀 이질적이고 훤칠한 그는 춤추는 양 떼 사이의 진주 같았다. 그리젠다의 떨리는 작은 손과 연인처럼 꽉 붙드는 나톨리아의 울퉁불퉁한 손이 느껴졌다.

＊

움막에서 나온 신부님이 주위를 둘러보고서 핀토르 아가씨들 곁에 가서 앉았다. 붉게 빛나는 얼굴과 대머리를 한 그의 모습은 머리카락이 아직 돋아나지 않은 아기 같았다.

"아따, 조카가 아주 잘 생겼습디다, 루트 아가씨!"

신부님은 담뱃갑을 흔들어 담배 몇 개비를 꺼내 손바닥에 올려놓고 에스테르 아가씨에게, 루트 아가씨에게, 마지막으로 칼리나에게 건네주었다.

"멋진 청년입니다, 에스테르 아가씨, 하지만 조심하셔야 할 겁니다."

신부복을 걷어 올린 그는 담뱃갑을 속주머니 안에 집어넣고 하늘색 수건을 꽃처럼 접어 윗주머니에 꽂았다.

"잘 단속하세요, 에스테르 아가씨. 하기사 우리도 왕년에는 발에 날개가 달린 것처럼 춤을 췄더랬죠. 지금이야 이 모양 이 꼴이지만요."

기쁨의 눈물을 흘리던 에스테르 아가씨가 콜록거리며 말했다.

"담배에서 왜 후추 맛이 나죠? 파스칼(파스칼레의 애칭) 신부님!"

＊

누구보다 기뻐했던 건 에픽스였다. 비어있는 움막 안에 들어가 폭신한 풀 위에 몸을 눕힌 그의 눈에 춤추는 자친토의 모습이 아른거렸다. 여자들이 자친토를 바라보며 미소 짓는 것처럼, 자친토가 에픽스를 바라보며 환한 미소를 지었다. 춤추는 여인들의 동그라미

속에 있던 자친토의 모습은 그의 삶에 있어서 가장 높은 자리를 차지하고야 말았다.

그는 리아의 아들내미를 보기 위해 아가씨들의 집으로 달려갔던 순간을 떠올렸다. 어찌나 황홀한 순간이었든지! 어찌나 기뻤던지 그 순간 무슨 말을 했고 어떤 행동을 했던지조차 그는 기억나지 않았다. 노에미 아가씨가 불안해하며 비밀이라도 털어놓듯 차가운 투로 던졌던 말만 기억날 뿐이었다.

"가 봐, 어서들, 축제에 가 봐… 다들 기다리고 있을 거야."

휴가라도 얻은 듯한 밝은 표정으로 문을 닫으며 그녀는 에픽스와 조카를 내보냈다.

에픽스와 자친토는 농장 아래편에 다다르자 잠시 발걸음을 멈췄다. 에픽스가 애정 어린 손짓으로 초록빛 사이 황혼에 붉게 물든 초가집이 보이는 언덕 위편을 가리켰다.

"저는 일 년 내내 저기서 삽니다. 언젠가 도련님도 채소와 과일들을 가지러 오셔야 할지도 몰라요… 도련님이 말 등에 짐을 부릴 수 있을지 모르겠지만요."

자전거의 불빛에 눈이 부셨던 에픽스가 눈을 반쯤 감으며 말했다.

"난 누오로에 갈 거야!"

사람을 쳐다보는듯한 눈빛으로 농장을 올려다보며 자친토가 말했다.

"그래도 가끔은 오실 거죠? 너무 더워지기 전에 오세요. 그늘에 있으면 진짜 좋답니다! 밤이 되면 얼마나 더 좋게요? 달님이 각시처럼 곁에 머물러 있습죠. 여기 이 수박들이랑 저 아래 채소들은 보석처럼 빛난답니다."

"알겠어, 가끔 놀러 올게."

자친토가 새처럼 가볍게 자전거에서 내려오며 약속했다.

하인의 묘사에 홀려 농장을 구경하고 싶다고 먼저 말을 꺼낸 건 자친토였다. 말을 아래에 세우고 울타리에서 꺾은 나뭇가지를 지팡이 삼아 그들은 농장을 향해 올라갔다.

에픽스는 자신이 원시적인 방법으로 쌓아 올린 둑을 어린 주인님께 자세히 보여 주었다. 젊은이는 왜소한 남자 혼자서 만든 거대한 둑을 보자 눈이 휘둥그레졌다.

"이걸 다 혼자서 했다고? 야, 정말 굉장한데! 젊었을 적에 힘이 장사였나 봐!"

"힘이 세다마다요. 이 오솔길도 다 제가 만든 거랍니다."

흙더미를 쌓아 만든 낮은 담으로 둘러싸인 구불구불한 오솔길은 농장까지 죽 이어져 있었다. 오래전 조상들이 돌을 쌓아 누라게를 만들었던 것처럼, 강직하고 인내심을 요구하는 일이었다. 언덕을 한 걸음 오를 때마다 자친토는 자그마한 노인의 작품을 감상하며 탄성을 내뱉었다. 어린아이처럼 그에게 질문을 던지기도 했다.

"겨울에는 강물이 불어나?"

"이건 뭐지?"

자친토가 작은 나뭇잎을 따며 그에게 물었다.

자친토는 식물에 대해서도, 풀에 대해서도 전혀 알지 못했다. 강물은 봄에 불어난다는 것도! 뾰족한 깍지 안에서 벌써 희미한 형체를 드러내는 병아리콩들, 길고 축축한 고랑을 따라 토마토가 주렁주렁 열리는 울타리, 수선화와 감자가 자라나는 텃밭, 수선화꽃처럼 바람에 흔들리는 앳된 양파들, 초록색 애벌레처럼 빛나는 구불구불한 양배추들. 완두콩 꽃을 닮은 희고 노란 나비들이 구름떼처럼 날아다니며 여기저기 내려앉는다. 바람에 떠밀린 메뚜기들이 깡충깡충 뛰어다니고 꽃가루를 실은 벌들이 긴 벽을 따라 윙윙거리며 내려와 앉는다. 줄지어 피어난 새빨간 양귀비꽃들이 온통 초록뿐인 콩밭을 환하게 밝힌다.

담벼락 그늘을 따라 고요하고 묵직한 향기가 내려앉았다. 무화과나무 담장으로 둘러싸인 세상의 한구석은 망각의 장소처럼 모든 것이 따사롭고 풍요로웠다. 초가집 앞에 다다른 이방인은 풀밭 위로 몸을 던졌다. 더 이상 여행을 계속하기 싫은 눈치였다. 언덕 위편 갈대들 사이로 5월의 구름이 여인의 희고 부드러운 베일처럼 스쳐 지나갔다. 그는 폭력적일 정도로 짙은 하늘을 쳐다보며 비단 이불이 깔린 침대 위에 누운 듯한 기분을 맛보았다.

에픽스가 초가집 문을 열고 들어가면서, 검지를 치켜들고 그를 향해 짓궂은 미소를 지었다. 등 뒤로 무언가를 숨겨서 갖고 나오더니 그의 곁에서 무릎을 꿇고 한쪽 눈을 찡긋거렸다. 마치 꿈결 같

바람에 흔들리는 갈대

왔다.

자친토는 양팔로 무릎을 감싸고 앉아서, 하인이 요란한 무늬가 새겨진 늙은 호박 술통에 담긴 노란빛 포도주를 건네주자, 잠시 머뭇거리더니 통을 받아들었다. 입을 갖다 대고 호박의 향기가 감도는 달콤한 포도주를 마시자, 감미로운 희열이 밀려들었다. 에픽스는 무릎을 꿇고 앉아 경배하듯 그의 모습을 바라보았다. 술 한잔을 마신 에픽스의 눈에 눈물이 핑 돌았다.

술통 주위로 벌들이 날아들었다. 자친토가 무릎 사이에 솟아난 보리 가지를 꺾어들고 땅바닥을 처다보며 물었다.

"이모님들은 어떻게 살고 계세요?"

진실을 털어놓을 시간이 돌아왔다. 에픽스가 괜스레 술통을 이리저리 들었다 놨다 했다.

"그게 말이죠, 도련님, 언덕 위에서 눈에 보이는 땅 전부가 한때는 도련님 가족 소유였답니다. 대단한 분들이셨죠. 하지만 이제는 늙은이의 하찮은 심장 같은 이 농장만 남아 있을 뿐이에요. 이걸로 어찌어찌 먹고 살고 있습죠."

"이게 다 우리 할아버지 때문이야! 할아버지가 모든 걸 망쳐 버렸어…"

"그분이 안 계셨더라면, 도련님이 세상에 태어나지도 않았을 텐데요."

자친토는 재빨리 눈을 들더니, 다시금 아래를 바라보았다. 절망으로 가득한 눈빛이었다.

"왜 태어난 걸까?"

"오, 그런 말 마세요, 하느님의 뜻이기 때문이죠!"

자친토는 아무런 대답도 하지 않았다. 계속 땅을 바라보고 있는 그의 눈꺼풀이 울음을 터뜨리기 직전처럼 떨려왔다. 포도주 한 잔을 더 마신 그는 눈을 살짝 감았다. 에픽스는 그의 곁에 다리를 꼬고 앉아 손으로 한쪽 발을 쓰다듬고 있었다.

"여기 온 게 기쁘지 않으세요, 자친토 도련님?"

"날 그렇게 부르지 마."

젊은이가 말을 이었다.

"난 귀족도 아니고 아무것도 아니야! 나처럼 당신도 나한테 말을 놓았으면 해. 기쁘냐고? 아니. 사실 마땅히 갈 데가 없어서 여기까지 굴러들어온 거야… 거긴 사람이 너무 많아… 거기서는 성공하려면 나쁜 사람이 되어야 해. 당신은 죽었다 깨어나도 모를 거야! 부자들도 정말 많고… 어쨌든 사람이 너무 많아."

자친토가 한 무리의 군중을 가리키듯 손가락을 들어 먼 곳을 향해 흔들었다. 자기 발을 내려다보던 에픽스가 부드럽게 속삭였다.

"아름다운 영혼이여!"

그는 홀로 내던져진 '소년'을 향해 몸을 굽혀 말해주고 싶은 듯했다. 걱정하지 마세요, 내가 곁에 있잖아요! 하지만 그가 할 수 있었던 거라곤 칭얼거리는 아기에게 젖을 물리는 어머니처럼 술통을 건네주는 것뿐이었다.

"압니다, 네, 알아요. 못돼 먹은 세상이죠! 하지만 여긴 달라요. 성공할 수 있답니다. 밀레제 이야기를 해 드릴게요… 어느 날 둥지 없는 새처럼 날아들어 와서는 말이죠…"

하지만 자친토는 입술을 실룩거리며, 고개를 숙이고 그의 말을 흘려듣고 있었다. 갑자기 팔꿈치를 풀밭에 대고 턱을 괴더니 화풀이하듯 보리를 질겅질겅 씹기 시작했다.

"알지도 못하는 주제에, 당신이 뭘 안다고 그래! 로마에 사는 왕자가 가진 땅이 사르데냐 만큼이나 넓어. 그리고 또 한 사람은 자수성가한 사람인데, 나라에 무슨 일이 생기면 국왕보다 더 많은 돈을 내놓는데."

"사르데냐에도 유산으로 하루에 삼백 스쿠디를 받는 신부님이 있습죠."

에픽스가 부끄러운 듯 말하고서, 목소리를 높여 다시 말했다.

"삼백 스쿠디라니, 아시겠어요, 도련님?"

도련님은 놀라는 기색을 보이지 않더니 잠시 후에 물었다.

"어디 사는데? 알 수 있을까?"

"갈루라에 있는 칼란지아누스에 삽니다."

"거긴 너무 멀잖아."

자친토는 홀린 듯한 눈빛으로 다시 육지에 사는 부자들 이야기를 계속했다. 돈을 물 쓰듯 하는 흥청망청한 사람들.

"그래서 그 사람들이 행복하답디까?"

그의 말이 귀에 거슬렸던 에픽스가 물었다.

"그럼 우린, 우리는 행복해?"

"전 그렇습죠, 도련님! 자, 한잔 마시고 힘내세요!"

자친토가 술통을 비우자 에픽스가 남은 몇 방울을 풀밭 위에 탈탈 털었다. 단 냄새에 이끌린 벌들이 윙윙거리며 주위를 맴돌았다.

*

그러나 치유의 축제에 도착한 뒤로 소년은 무척 행복해 보였다.

이모들과 다른 여자들을 끌어안았고 저녁을 맛있게 먹었고 축제를 즐기러 온 양치기처럼 춤을 췄다. 그는 이제 코를 골며 쿨쿨 자고 있었다. 조금 전, 에픽스는 벽에 기댄 작은 침대 위에 누운 그의 연약한 눈꺼풀이 스르르 감기는 모습을 보았다. 그의 하늘빛 눈동자가 내비치는 듯했고 하얀 뺨 위로는 붉은빛이 감도는 머리카락이 드리워져 있었다. 그는 꿈을 꾸는 아이처럼 두 주먹을 꼭 쥐고서, 등잔불을 끄는 걸 깜빡 잊고 땅에 떨어뜨린 채 잠들어 버렸다. 몸을 굽혀 등잔불을 끄며 에픽스가 생각했다.

'핀토르 가문 사람들은 다 그렇지. 돈과 위험에 도통 관심이 없지! 그래, 어쩌면 그게 더 편할지도 모르지!'

에픽스도 등을 돌리고 누워서 주먹을 꼭 쥐었다. 지붕에 뚫린 구멍 사이로 쉴새 없이 반짝이는 별들이 보였고 쉬지 않고 울어대는 귀뚜라미 소리가 들려왔다. 오리나무와 박하의 향기가 코끝을 스쳤다. 모든 것이 한데 어우러져 흐르는 물속처럼 진득한 침묵 속으로 가라앉았다. 에픽스는 지난날의 저녁을 떠올렸다. 춤, 밤의 노래들, 신발 끈을 물어뜯으며 도망갈 준비를 하는 어린 죄수처럼 정원 한구석에 웅크리고 앉아 있던 리아 아가씨를.

5

다음 날 아침 해가 뜨자마자 마을에 말을 돌려주러 간 에픽스는 젊은 여주인에게 전날 저녁에 얼마나 즐거웠는지 이야기를 들려주었다. 노에미는 안정을 되찾은 것 같았다. 그가 농장으로 출발하려고 하자, 대문 앞까지 달려 나와 필요한 물건들을 챙겨서 사흘 후에 성당으로 가져가라고 말했다.

사흘 뒤가 되자, 말을 빌리는 삯을 아끼고 싶었던 에픽스는 어깨에 짐꾸러미를 짊어지고 걸어서 마을까지 가기로 했다.

날이 부쩍 선선해졌다. 누오로의 산기슭에서 내달려온 바람이 강가의 풀밭을 지나 바다까지 다다를 기색이었다.

에픽스는 수박밭 끄트머리 모래밭에서 자라는 오리나무들 곁에 앉아, 울창한 포도나무 잎새 아래 넝쿨이 뱀처럼 뒤엉켜 있는 농장을 바라보며 잠시 숨을 돌렸다. 그를 둘러싼 풀숲이 동물처럼 그렁그렁 숨을 쉬고 있었다. 에픽스는 그들이 알아듣기라도 하듯, 죽지 말고 마르지도 말고 부디 잘 자라서 풍성한 열매를 맺어달라고 당부했다. 때마침, 길가에서 들려오는 소리가 그의 주의를 끌었다.

검고 살진 말을 탄 우람한 체구의 돈 프레두가 거만한 태도로 울타리 뒤를 지나가고 있었다. 에픽스의 모습을 본 그는 평소와 달리, 말을 멈춰 세웠다.

"세상에나 그 많은 짐을 들고 어딜 가는 거야? 콩이라도 훔치셨나?"

에픽스가 예의를 갖추며 몸을 일으켰다.

"아가씨들한테 필요한 것들입니다요. 나리께서는 어디 가십니까?"

돈 프레두도 마을을 향해 가고 있었다. 꽃봉오리처럼 묶은 짐꾸러미에서 그의 친구인 교장 선생에게 선물할 케이크의 향기가 흘러나왔고 보랏빛 포도주병이 슬쩍 엿보였다.

"자네는 걸어서 가는 중인가? 이제 자네한테 말 삯도 안 보태주나 보지? 내가 갖다줄 테니 짐꾸러미를 나한테 주게. 도망치지 않을 테니! 염려되거든 자네도 말 등에 올라타든가!"

깜짝 놀란 에픽스는 잠시 기도하는가 싶더니, 잠든 것 같은 말 등에 짐을 실었다. 그리고는 무게를 줄이려는 듯 온몸에 힘을 죽 빼고 돈 프레두의 어깨 뒤로 말에 올라탔다.

"나으리 말이 힘들어할 텐데요, 어쩌죠!"

"뭐, 악마가 날 돕겠지. 경주마보다 더 힘센 말이라네. 짐을 싣고 산꼭대기에도 올라갈 수 있지. 안장도 안 느껴지지 않나? 그나저나 자네가 말 좀 해 보게. 내 조카 말일세. 그 떠돌이가 뭘 들쑤시려고 여기까지 왔다고 하던가?"

그의 어깨 너머 에픽스가 얼굴을 찌푸렸다. 아, 그래서 날 말에 태운 게로군!

"떠돌이라니요? 직장을 다녔었답니다."

"무슨 직장? 허송세월이나 하는?"

"세관에 있는 좋은 직장이었습죠! 어쨌거나 그런 곳에서 살려면 많은 돈이 필요하겠지요. 사르데냐만한 땅을 가진 나리들도 있고 왕보다도 더 많은 돈을 내놓는 사람도 있답니다."

돈 프레두가 몸을 부풀리며 웃기 시작했다. 침착하지만 잔혹한 웃음이었다.

"아, 그렇군. 자네 머릿속에도 헛바람이 든 게로군!"

"왜 그런 말씀을 하세요, 돈 프레두 나리?"

에픽스가 자존심이 상한다는 듯 말했다.

"정직하고 성실한 청년입니다. 나쁜 습관도 없지요. 담배도 안 피우고 술도 안 마시고 여자들한테 관심도 없어요. 성공할 겁니다. 누오로에 가면 바로 일자리도 있습죠. 은행에 저축해 놓은 돈도 있고요."

"자네가 그 돈을 세어보기라도 했나? 아, 에픽스, 내가 자네를 생각해서 말하는 거야. 자네한테 빵 쪼가리 하나 제대로 주지 않으면서, 자네의 그 귀족 주인님들이 자네한테 줄 돈이 대체 얼마나 되나? 말해 보게나."

"아무것도 주지 않으셔도 됩니다. 오히려 제가 그분들께 드려야 하죠."

"닥치게, 자네를 강물에 던져버리기 전에. 잘 듣게나. 이제 그 아이를 먹여 살리려고 빚을 져야 할 거야. 악마가 물에 처넣을 칼리나한테 가서 돈을 빌리게 될 걸. 농장도 팔아먹을 테고. 그 농장은 내가 살 테니 잘 기억해 두게. 지난번처럼 나한테 먼저 제값을 얘기하지 않고 남들한테 헐값에 팔아버리는 일이 있어서는 절대로 안 되네. 무슨 말인지 알겠나? 에픽스, 그렇지 않았다가는 모가지를 분질러 놓을 테니, 알아들었지?"

에픽스는 자신이 들고 가려던 짐보다 훨씬 더 묵직한 돈 프레두라는 짐으로 인해 숨을 몰아쉬었다.

"하느님 도우소서. 왜 그런 말씀을 하십니까요, 돈 프레두 나리? 불쌍한 친척 아가씨들이 무슨 원수라도 되는 것처럼요?"

"머리에 헛바람이 든 친척들은 악마한테나 가 버리라고 하게! 날 원수 대하듯 한 건 그 여자들이야. 원수지간처럼 말이지. 어쨌든 기억해 두게. 에픽스, 농장은 내가 살 테니…"

길을 가는 내내 고문이 이어졌다. 걸어서 가느니보다 더 심한 고통에 시달리던 에픽스는 마침내 말에서 미끄러지듯 내려와 짐보따리를 끌어내렸다.

*

성당의 울타리 안으로 들어가자, 반가운 풍경이 그를 반겼다. 아가씨들이 앞치마 앞에 단정히 손을 모으고 벤치에 앉아 있었고 칼리나가 맨발에 리본이 달린 신발을 신고 실을 잣고 있었다.

움막 안에서는 여자들이 땅바닥에 앉아 커피를 마시고 아기들을 어르고 있었고 전망대 위에서 파스칼레 신부님의 검은 형상이 하늘색 손수건을 흔들며 그에게 인사를 건넸다.

"잘들 지내고 계시죠?"

에픽스가 아가씨들의 발밑에 짐꾸러미를 가져다 놓으며 말했다.

"도런님은요?"

"계속 춤을 췄지."

에스테르 아가씨가 대답했고 루트 아가씨는 몸을 일으켜 짐을 정리하기 시작했다.

"어찌나 싹싹한 젊은이던지! 말수는 적어도 꿀처럼 착하다네. 아이처럼 놀다가 여기 와서 내가 만든 보리 빵을 먹었지. 지금 그리젠다와 물을 길으러 갔네"

저만치 관목들 사이로 초록색 옷을 입은 훤칠한 자친토와 작고 까무잡잡한 그리젠다의 모습이 보였다. 둘 다 한 손에 반짝이는 양동이를 들고 있었다. 손으로 양동이에 담긴 물을 튕기자 물방울이 튀고 출렁거리며 물이 넘쳤다. 재미난 일이라도 되는 양 두사람은 고개를 숙이고 양동이를 바라보며 웃고 있었다.

에픽스는 묘한 예감에 빠져들었다. 그는 마을 여인이 선물한 과자 한 바구니를 전해 드리러 신부님께로 갔다. 위편에서 돈 프레두가 말에게 물을 먹이려고 샘물 곁에 멈춰 서 있었다. 자친토와 그리젠다 곁으로 간 그는 몸을 굽혀 뭐라고 말을 하는 것 같았다. 셋이 다 함께 웃음을 터뜨렸다. 소녀는 고개를 숙였고 자친토는 말의 목을 쓰다듬었다.

"에픽스,"

신부님이 가슴에 꽂아둔 손수건을 펼쳐 담뱃재를 털며 말했다.

"저 망할 놈의 돈 프레두가 왔구먼. 자친토는 정말 좋은 청년일세. 미사에 나오고 9일 기도도 드리지. 훌륭한 아이야. 하지만 조심해야 할 걸세!"

짐을 내리는 돈 프레두를 도우려고 신부님의 하녀가 달려 나갔고 다른 여자들은 창백해진 얼굴로 문밖을 내다 보았다. 컹컹대며 짖던 개가 말 앞으로 달려가더니 입을 맞추려는 듯 펄쩍 뛰어올랐다.

"살살 좀 해라, 이 여자들아!"

돈 프레두가 말했다.

"짐 속에 너희들처럼 건들기만 해도 부서져 버리는 물건이 들어 있으니…"

"제가 잘 알아서 할게요, 돈 프레두 나리."

정복자를 홀리려는 듯한 비굴한 눈길로 그를 바라보며 나톨리아가 말했다. 아, 그럴 수만 있다면! 이방인의 마음을 사로잡은 그리젠다에게 복수할 수 있을 텐데.

돈 프레두의 모습이 보이자 그리젠다는 흥분한 기색이었다.

"저기 저 사람, 보이죠."

정원을 가로지르며 그녀가 자친토에게 소리 낮춰 말했다.

"당신 삼촌이에요. 축제에 와서 팍팍 쓰고 즐길 줄 아는 사람이죠. 당신 같은 샌님이 아니에요! 백 리라가 있으면 있는 대로 다 써 버린다니까요!"

그녀가 그의 얼굴을 향해 손으로 물을 튕겼다. 욕망으로 가득 찬 눈빛과 장밋빛 입술 사이로 드러난 깨물려는 듯한 새하얀 이빨을 그녀는 굳이 감추려 하지 않았다.

"고작 백 리라 따위가 뭐라고? 난 하룻밤 사이에 천 리라를 쓰고도 별로 재미가 없었는 걸…"

그리젠다는 의자 위에 양동이를 올려놓고 요람 안에 누워있는 아기에게로 갔다. 아기는 토실토실한 다리를 공중에서 흔들며, 무언가를 잡아채려는 듯 지저분한 손을 꼼지락거리고 있었다. 그녀가 분홍과 보랏빛 고랑이 파인 아기의 옆구리에 입을 맞췄다. 아기를 번쩍 들어 올리더니 땅으로 내렸다가, 다시 들어 올렸다. 그녀가 자지러지게 웃는 아기를 품에 안고 움막 밖으로 나왔다.

밖에서는 자친토가 쩍 벌린 다리 사이로 양손을 흔들며 앉아 있었다. 칼라나가 우유로 익힌 콩 요리를 먹으러 오라며 그를 식사에 초대하고 있었다. 둘은 심각한 얘기를 나누는 듯 낮은 목소리로 대화를 이어갔다. 루트 아가씨가 보랏빛 신장이 딸린 하얀 기름투성이의 양 갈비뼈를 손에 들고 움막 밖으로 나오자, 그들은 바로 대화를 멈췄다.

"에픽스를 불러다 나무 꼬치를 만들어야 해. 자친토, 네가 좀 가보련?"

그리젠다가 하인을 부르러 달려갔다. 에픽스 옆에 고양이처럼 달라붙어서는 아기에게 입을 맞추도록 했다.

"제가 얼마나 행복한 줄 아세요? 에픽스 삼촌! 오늘 밤에 또 춤을 출 거에요! 저기 아저씨 도련님을 좀 보세요. 칼리나를 꼬시기라도 하려나 봐요!"

에픽스는 애정 어린 눈빛으로 그리젠다를 바라보았다. 그리고는 눈을 들어 사랑과 염원이 가득한 눈빛으로 자친토를 바라보았다. 그는 마음속으로 두 젊은이를 축복했다. 그래, 마음껏 즐기고 사랑하렴. 축제는 그런 거란다. 축제는 머지 않아 끝날 거란다…

*

에픽스는 벽 그늘에 앉아, 꼬치를 자르기 시작했다. 여자들이 그의 곁에서 웃고 있었고 자친토는 늘 그렇듯 말이 없었다. 때로 소리치듯 때로 애원하듯 정원을 가득 메운 아코디언의 목소리에 귀를 기울이고 있는 것 같았다.

나톨리아가 엉덩이를 실룩거리며 그에게 다가와 말했다.

"제 주인님이랑 돈 프레두 나리가 자친토 도련님을 점심 식사에 초대했어요."

자친토는 바지의 밑단을 펄럭이며 자리에서 일어났다. 에스테르 아가씨의 시선이 조카를 따라가며 전망대까지 향했다. 반질반질한 잔들과 나톨리아가 거울인 양 들여다보는 반짝이는 은쟁반에 마음을 빼앗긴 듯한 눈빛이었다. 부유한 사촌이 가난한 조카를 챙긴다는 것만으로도 그녀는 마음이 든든했다.

정원에 모여 있는 여자들이 자친토를 칭찬했고 사채업자는 엄지와 검지로 실을 잡고 무릎 위에서 방추를 돌리며 그를 칭송했다.

"저렇게 순한 젊은이는 여태 본 적이 없어. 게다가 잘 생기기까지! 꼭 옛날 남작 같이 생겼다니까…"

"누구? 아직 성에 살고 있다는 죽은 남작 말이야?"

루트 아가씨가 쉿 하고 검지를 입술에 갖다 댔다. 축제 때 죽은 사람들에 대해 말하는 건 금기였다.

"혼령이라니, 살아서 손가락을 움직이는 걸 좀 봐. 안 그래, 그리젠다? 누구긴? 자친토 도련님이지!"

하지만 그리젠다는 셔츠 단추를 오물오물 씹는 아기를 품에 안고 전망대 위에서 반짝이는 쟁반들을 바라보고 있었다. 그녀의 눈이 달밤에 요괴들이 강가로 내려가는지 감시하는 할머니의 눈빛과 똑닮아 있었다.

*

에픽스는 사흘 후에 또다시 축제에 갔다. 이번에는 혼자가 아니었다. 마을 사람들 대부분이 축제에 가려고 내려가는 참이었다. 여자들은 케이크가 담긴 쟁반을 머리에 이고 빨간 리본을 묶은 암탉을 집어넣은 바구니를 손에 들고 있었다.

설익은 열매가 매달린 나무들이 즐비한 언덕으로 축제 분위기가 점차 퍼져나가고 있었다.

성당에 도착하기 전부터 에픽스는 달구지들이 길가를 점령하고 있는 모습을 보았다. 케이크와 포도주를 싣고 자루와 이불보를 덮은 달구지들이 성당 그늘에 작은 좌판을 펴고 물건을 팔기 위해 가고 있었다.

쭈그리고 앉아 있는 흙빛과 푸른빛의 장사치들 행렬이 오솔길을 가득 메웠다. 어떤 이들의 눈은 끔찍할 정도로 희멀건했고 시뻘건 흉터와 보라색 혹이 난 사람들도 있었다. 껍질을 벗겨 놓은 것처럼 드러낸 가슴팍, 불에 그을린 나뭇가지 같은 팔과 손가락. 그들의 행렬이 관목들 사이에 푸른빛과 우윳빛 선을 그었다. 하지만 초록빛 저 너머로 눈길을 돌리면 말과 망아지들이 모여 있는 광활한 풍경이 눈에 들어왔다.

아코디언을 연주하는 소리가 아래까지도 들려왔다. 춤추고 싶게 만드는 발랄한 곡조였지만, 이따금 쾌락이 지겨워졌다는 듯, 지나간 쾌락을 아쉬워하는 듯, 모든 게 부질없다고 한탄하는 듯 소리 죽여 울부짖기도 했다. 그럴 때면 무리의 쓸쓸한 눈빛 속에 감미로운 향수가 깃들었다.

에픽스는 한 무리의 누오로 마을 사람들 사이에서 발걸음을 멈췄다. 움막 밖에 줄지어 앉아 찬송 미사를 기다리는 여자들의 주홍빛 조끼가 어두침침한 벽의 그늘을 밝혀 주었다.

미사는 계속 미뤄지고 있었다. 전망대 위에서 신부님들이 웃고 있었고 나톨리아가 나르는 쟁반이 반짝거리며 하늘색과 검은색 사이로 오락가락하고 있었다.

에픽스가 도착했을 때 아가씨들의 움막은 비어있었다. 아가씨들은 성당에 가 있었고 에픽스는 그녀들을 찾으러 가던 길에 돈 프레두와 밀레제, 자친토와 마주쳤다. 셋은 포도주 행상 앞에서 웃으며, 노란 포도주가 든 잔을 얼굴 가까이 대고 있었다.

"자네도 한잔 하게나!"

"저한테는 너무 이른 시간입니다."

"건강한 남자한테 이른 시간이 따로 있나. 자네 혹시 어디 아픈 게야?"

돈 프레두가 그의 어깨를 어찌나 세게 쳤든지 에픽스는 앞으로 주춤하며 그가 건네준 포도주잔을 엎질러 버렸다. 하느님이시여! 에픽스는 손으로 문질러 옷을 닦고 잔에 남아 있는 포도주를 들이켰다. 그리고는 자친토가 지갑에서 오십 리라짜리 지폐를 꺼내 행상에게 돈을 치르는 모습을 놀라움과 기쁨으로 지켜보았다. 하느님께 감사하게도 소년은 돈이 있었다.

기쁨으로 충만한 하루였다. 남자들은 자기들끼리 모여 여자들 따위는 관심 없다는 듯 시끌벅적 떠들며 즐겼고 여자들은 촉촉한 눈빛으로 그들의 모습을 바라보았다. 장사치들의 외침, 노름 하는 사람들의 고함, 합창, 즉흥시인들의 낭송 소리와 더불어 아코디언 소리가 온종일 울려 퍼졌다.

한 무리의 사람들이 움막 안에 모여 술병을 둘러싸고 양반다리를 하고 바닥에 앉아 있었다. 시인들이 리비아 전쟁에 대한 즉흥시를 읊는 중이었다. 순서가 계속 돌아가자 남자들과 소년들이 무리

를 점점 에워쌌고 종종 누군가 몸을 수그려 땅바닥에 놓인 포도주
잔을 집어 들기도 했다.

"마시자, 죽 마시자고!"

"건배!"

"앞으로 백 년 더 즐거운 축제가 계속되길."

"마시자, 마셔!"

그리스인 같은 윤곽선에 호메로스의 영웅처럼 옷을 입은 불테이
의 시인 세라피노 마살라가 노래했다.

　　터키인은 항복하지 않는다네,
　　싸우려거든 용감해야 하지,
　　성난 아랍인은 용감하다네,
　　앞서 나가며 도망치지 않지…

남자들이 잔 하나를 돌려가며 포도주를 마셨다. 한 여자가 문 안
으로 수줍게 고개를 디밀었다.

오페라의 주인공 같은 옷차림에 혈색이 붉은 젊은이인 두알키의
그레고리오 조르다노가 양손으로 찰랑거리는 머리카락을 목 앞쪽
으로 빗으며, 흐느끼는 조로 울부짖으며 노래했다.

　　그만, 더 이상 이야기할 수 없다네,

기억할 만한 이야기를 들려주지,
승리를 향한 우리의 발걸음들,
아프리카 전체를 정복할 수 있도록,
평안하고 건강하게 돌아올 수 있도록,
승리의 성인들이 동행하기를,
좋은 기억과 뜻을 지니고
건강하게 그들의 집에 돌아가기를!

박수와 웃음소리가 울려 퍼졌다. 다들 웃고 있었지만, 한편으로는 뭉클한 심정이었다.

에픽스는 성당 그늘에 모여 있던 한 무리의 마을 사람들이 미국과 이민자들에 대해 떠드는 이야기를 들었다.

"미국은 개뿔? 겪어보지 않은 놈은 몰라. 멀리서 보면 털을 자를 때가 된 양처럼 보이지만, 가까이 가면 개처럼 달려들어 물어뜯는다네."

"맞아, 사랑하는 형제들이여, 난 두둑해지길 바라면서 반쯤 채워진 자루를 들고 갔는데, 웬걸, 탈탈 떨려버렸다네!"

키가 호리호리하고 얼굴이 아랍인처럼 검은 남작 후손 같은 남자가 에픽스에게 포도주를 건네며 자신이 참전했던 전쟁 이야기를 들려주었다.

"그렇소."

바람에 흔들리는 갈대

그가 자기 손을 쳐다보며 말했다.

"내 손으로 그놈의 머리카락을 잘랐지. 악마를 숭배하는 놈이었거든. 머리카락 정도가 아니라, 살점이 붙어 있는 머리통을 통째로 들고 갔지. 통째로 말일세. 내 눈을 걸고 말하는데 정말일세! 그놈 머리통을 포도송이처럼 움켜쥐고 내 상관한테 가져갔다네. 까만 포도즙처럼 검은 피가 줄줄 흘러내렸지. 상관이 나한테 한마디 하더군. 잘했네, 콘지누!"

에픽스는 관목에서 딴 작은 장미 한 송이를 손에 들고 그의 말을 듣고 있었다. 꽃잎 하나를 따서 성호를 그으며 그에게 말했다.

"고해성사를 하실 거죠, 콘지누 나리! 사람을 죽였잖아요."

"전쟁에서는 죄가 아닐세. 숨길 일도 아니고."

둘은 그에 대해 논하기 시작했고 에픽스는 장미를 향해 말하려는 듯 중얼거렸다.

"죽이는 건 하느님만 할 수 있습죠."

에스테르 아가씨가 손짓으로 에픽스를 부르는 바람에 둘은 논쟁을 멈췄다. 점심을 먹을 시간이었다. 신부님의 초대를 받은 자친토를 빼고 나머지는 한 상에 둘러앉았다. 모두 함께 모여 식사하는 움막마다 고기 굽는 냄새가 밴 연기가 흘러나왔다.

아가씨들의 움막이 가장 한가로웠다. 두 아가씨는 에픽스와 함께 앉아 양고기를 구워 먹으며, 멀리 있는 노에미와 자친토, 신부님과 밀레제에 대해 악의 없이 웃으며 이야기를 나눴다.

"처음에는 말이지,"

루트 아가씨가 케이크를 똑같이 삼 등분으로 자르며 말했다.

"자친토가 누오로에 간다는 얘기만 했었거든. 제분소에 일자리가 있다면서 말이야. 근데 한 이틀 전부터 그 말을 안 하네."

"이틀 전부터 통 볼 수가 없어. 늘 돈 프레두와 다른 사람들과 어울려 지내니까."

"즐기도록 내버려 두세요."

에픽스가 말했다.

밖에서는 평소와 달리 돌 위에 앉아 게으름을 피우고 있는 칼리나의 모습이 보였고 앞치마 위에 아기를 올려놓은 그리젠다가 창백하고 슬픈 표정으로 신부님의 전망대를 올려다보고 있었다. 아, 자친토는 저 위에서 즐기느라 그녀를 잊은 게 분명했다. 그녀는 사막 끝자락에 앉아 신기루를 바라보는 사람처럼 잔뜩 웅크리고 앉아 있었다.

에픽스가 밖으로 나가 그녀에게 말을 걸었다.

"가서 놀지 않고서?"

그리젠다가 악귀를 물리치기 위해 아기의 머리에 달아놓은 노란 리본을 매만졌다. 그녀의 눈에 눈물이 그렁그렁했다.

"다 끝난 일이에요!"

움막 안에서 친척들이 그녀의 이름을 불렀다.

"그리젠다, 어서 와! 네가 그렇게 야윈 걸 보면 할머니가 뭐라고 하시겠니? 너한테 먹을 것도 안 줬다고 하시지 않겠어?"

"그렇다 마다, 먹는 게 우선이지."

칼리나가 에픽스를 향해 한쪽 눈을 찡긋하며 말했다.

"에픽스, 이리 와서 베르나차* 한 잔 할래? 누가 나한테 선물한 줄 알아? 빵처럼 온순한 너희 도련님. 그나저나 그리젠다한테 가서 너한테는 어울리지 않는 남자라고 말 좀 해주지 그래서!"

"즐기게 내버려 둬! 축제잖아!"

"여긴 속죄하러 오는 데지, 죄지으러 오는 데가 아니야. 그리젠다 친척들은 개를 먹일 생각만 하지, 자친토 도련님이랑 밤낮으로 어디를 쏘다니는지는 관심이 없나 봐."

"내 주인님들은? 알고 계신 거야?"

"아가씨들? 성당 안에 있는 나무 조각상이나 다름없지. 보긴 하는데, 제대로 볼 줄은 모른다고나 할까. 하긴, 그녀들 사전에 악이란 말은 없으니까."

"맞아!"

에픽스가 그녀의 말에 맞장구를 쳤다. 칼리나가 건네주는 포도주를 마시자, 마음이 울적해진 그는 유향나무 덤불 아래로 가서 몸을 눕혔다. 그의 눈에 아코디언의 연주에 맞춰 파도치듯 출렁이는 풀들이 보였다. 광채가 도는 푸른 지평선 위로 말들이 그림처럼 태

---

* 사르데냐산의 백포도주로 알코올 도수가 높아 주로 후식으로 마신다.

양 아래 멈춰 서 있었다. 사람들의 목소리가 침묵 속에서 멀어졌고 사람들의 형체가 빛 아래 흐릿해졌다. 순간 여자 하나가 바로 옆 덤불에서 솟아올랐다. 그리고는 남자 하나가 그녀를 바짝 따라붙더니 둘은 이내 하나의 그림자로 합쳐졌다.

에픽스는 등골이 오싹해짐을 느꼈다. 작은 국화꽃 한 송이를 꺾어, 꽃잎 하나를 질겅질겅 씹으며 그는 그리젠다와 자친토가 서로를 끌어안고 있는 모습을 바라보았다. 하느님께서 그 아이들을 축복하시길. 지금처럼 늘 태양과 빛 아래 거하길.

*

오후가 되자, 축제의 분위기는 후끈 달아올랐다. 남자들이 적극적으로 여자들에게 다가가 춤을 청했다. 해가 기울자, 장밋빛으로 물든 정원 안에 벌통처럼 윙윙거리는 소리가 가득했다.

해가 지자, 사람들은 성당 안으로 모여들었다. 사람들이 한목소리로 부르는 노랫소리가 성당 밖 덤불의 향기를 타고 퍼져나갔다. 성당 한구석에 무릎을 꿇고 앉은 에픽스는 다른 때보다 더한 고통스러운 희열을 느꼈다. 그의 옆에는 그리젠다가 나무로 만든 천사처럼 둔탁한 무릎을 꿇고 앉아, 울부짖으며 노래하고 있었다.

황혼의 붉은빛이 제단을 밝히는 흐릿한 촛불을 압도하며, 성당 안에 모인 사람들 위로 핏빛 베일을 씌워 놓았다. 베일은 차츰 검게 물들었고 촛불의 금빛을 받아 다시 밝아졌다. 신부님의 말씀이 끝났지만, 무리는 성당 밖으로 나갈 생각을 하지 않고서, 계속 성

바람에 흔들리는 갈대

가를 부르고 있었다. 먼 바다에서 들려오는 소리 같았고 숲속에서 반짝이는 저녁별 같았다. 그 옛날 초기 그리스도교도들처럼 무리가 다 함께 앞으로 나아가고 또 나아가며 순전한 기도의 노래를 부르고 있었다. 캄캄한 길을 향해, 고통과 희망으로 그들은 나아가고 또 나아갔다. 감히 도달할 수 없는 머나먼 빛의 장소를 향해.

에픽스는 양손으로 머리를 감싸 쥐고 노래하며 흐느꼈다. 그리젠다 또한 촛불이 반사된 눈동자로 앞을 바라보며, 노래하고 흐느끼고 있었다.

한 사람의 죄는 다른 한 사람의 죄요, 두 사람의 죄는 모두의 죄인 것이다.

어두운 과거 속에서 빛을 보고자 했던 아가씨를 향한 하인의 꿈, 사랑의 죄.

그리고는 모든 게 고요해졌다.

잔안토니오는 아코디언을 연주하고 싶어서 몸이 근질근질한 눈치였다. 베레모를 손에 쥔 그는 제일 먼저 자리에서 몸을 일으켰고 문 앞에 다다르자 멈춰 서서 위를 올려다보며 탄성을 질렀다. 모두가 달려가 위를 쳐다보았다. 성당 안까지 밀려올 듯한 새로운 달이 벽을 스치며 두둥실 떠오르고 있었다.

＊

저녁 식사가 끝나자, 불 주위에 노래와 함성이 다시 울려 퍼졌다. 심지어 돈 프레도도 춤을 추는 무리에 합류했고 여자들은 그의 곁에서 춤을 추고 싶어 안달이었다.

자친토만 춤을 추지 않았다. 그는 사채업자 곁에 앉아서 창백하고 피곤한 기색으로 무릎 사이로 양손을 흔들고 있었다. 에픽스는 그날 누가 가장 많은 돈을 썼고 누가 가장 즐겼는지 이야기하는 여인네들의 말을 엿들었다.

"돈 프레두야."

"아니, 자친토 도련님이야. 삼백 리라도 더 썼는걸. 진짜 부자라던데. 은 광산을 갖고 있대. 어찌나 신나게 놀든지!"

"사람들한테 전부 다 마실 걸 사줬다니까, 모르는 사람한테도."

"왜 그랬대?"

"왜긴 왜야, 있는 사람들은 돈을 팍팍 써야 하는 법이지."

에픽스는 그녀들의 수다를 들으며 흡족하기도, 불안하기도 했다. 그는 자친토 옆으로 가서 앉아 여자들이 했던 이야기를 들려주었다.

"은 광산이라고? 그쯤이야, 뭘, 석유 광산도 아닌데. 내가 아는 어떤 여자가 있는데 꿈에서 돌아가신 어르신 땅에 있는 한 장소를 봤대. 어찌나 돈이 쪼들렸든지 목숨을 끊으려고 했었는데, 꿈에서 본 장소를 파서 석유가 나오는 바람에 벼락부자가 되었대. 여자 혼자 살면서 한 달에 이만 리라를 쓴다던데…"

"근데 그 여자는 왜 결혼을 안 했답디까? 결혼한 여자였나 보죠?"

에픽스가 이해할 수 없다는 듯 물었다.

여자들은 춤을 추고 있었다. 그리젠다는 축제에 모인 무리 중 가장 즐거워하며 밝은 얼굴로 활짝 웃고 있었다. 자친토의 무릎을 어루만지며 에픽스가 말했다.

"그런데요, 도련님… 사람들 얘기가 말입니다… 저 아가씨를 좀 보세요… 착하지만, 가난하답니다. 고아이기도 하고요…"

"저 아이랑 결혼할 거야."

꿈꾸듯 땅을 쳐다보며, 자친토가 중얼거렸다.

6

곡식이 떨어지고 보리를 수확하기 전, 몇 주 동안 보릿고개가 찾아왔다. 사람들이 사채업자를 찾아갔고 포토이 할머니는 거머리를 잡으러 갔다. 그녀가 가장 좋아하는 장소는 핀토르 아가씨들의 농장 근처 비둘기들의 언덕 아래 강어귀였다.

오리나무 그늘에 자리를 잡은 그녀는 몇 시간째 움직이지 않고 있었다. 금물결이 어른거리는 투명한 초록빛 물속에 맨다리를 집어넣은 채 한 손으로 모래 위에 누여놓은 병을 쥐고 다른 한 손으로는 목걸이를 만지작거리고 있었다.

이따금 몸을 굽혀 물속에서 누렇게 흔들리며 부푼 발을 내려다보았다. 젖은 다리 한쪽을 들고 반지르르한 검은 덩어리 하나를 떼어내, 갈대 가지로 쑤시며 병 속에 밀어 넣었다. 이리 꼬이고 저리 엉키는 덩어리들이 마치 검은 양털처럼 보였다. 거머리들이었다.

6월 중순의 어느 날, 노파는 에픽스의 초가집까지 올라갔다. 무척 더운 날이었고 벨벳처럼 보드랍고 파란 하늘 아래 언덕은 온통 누런 빛이었다.

하인은 갈대밭 그늘에서 말라리아 열로 손가락을 떨며 돗자리를 짜고 있었다. 앞치마 아래 병을 들고 와 자신의 발밑에 앉은 노파를 보자, 에픽스는 어쩔 도리가 없다는 듯한 흐린 눈빛으로 그녀를 바라보았다.

바람에 흔들리는 갈대

"에픽스, 자네는 하느님의 사람 아닌가. 양심에 손을 얹고 말해 보게. 자네 도련님 말일세. 우리 집에 와서는 아코디언을 연주하는 남자애한테도 (그 아코디언도 도련님이 사주었지) 나한테도 똑같은 얘길 했다네. 에스테르 이모를 보내서 그리젠다에게 청혼하겠다고 말이야. 하지만 에스테르 아가씨는 찾아오지 않았어. 어느 날 내가 아가씨들의 집에 찾아갔더니, 노에미 아가씨가 날 붙들고 산 채로 잡아먹을 듯 난리를 치더구먼. 집에 돌아오니 그리젠다도 나한테 그 난리를 치고 말이야. 다시는 아가씨들 집에 찾아가지 말라더군. 도대체 내가 누굴 붙잡고 얘기해야 하겠나? 에픽스, 우리가 길 가던 청년을 불러들인 것도 아니잖나. 그 청년이 우리를 찾아온 거지. 칼리나는 나더러 내쫓아버리라고 하는데, 그 청년이 자기 집에 찾아갔을 때는 내쫓았던가?"

에픽스는 미소를 지었다.

"손녀와 정사를 나누려고 찾아간 것도 아니잖아요!"

노파는 거슬린다는 표정으로 평소보다 목을 길게 뺐다.

"감히 우리 집에서 정사라니? 안될 말일세. 정직한 청년이야. 그리젠다와 손도 안 잡는다네. 신실한 기독교인은 결혼 전에 그래서는 안 되는 법이지. 자네 양심에 손을 얹고 말해 보게, 에픽스, 도련님이 대체 무슨 생각을 하고 있나? 돌아가신 자네 주인님의 영혼을 위해서라도 제발 나한테 자비를 베풀어 주게."

에픽스는 생각에 잠겼다.

"그게 말이죠, 도련님이 어느 날 저녁 축제에서 저한테 그랬어요. 그 아이와 결혼하겠다고… 하지만 아무래도 도련님은 그렇게 할 수 없을 것 같은데요."

"왜? 자네 도련님은 귀족도 아니잖나."

"다시 말하지만 그건 안 될 일입니다, 아주머니!"

에픽스가 강한 어조로 말했다.

"돈도 제법 있는 것 같던데, 물 쓰듯 돈을 쓰며 돌아다니잖나. 돌아가신 당신 주인님께서 하셨던 말씀이 생각나는구먼. 그분이 젊었던 시절, 그러니까 우리 할머니가 살아계셨을 적에 말이야. 그분께서 우리 집에 찾아와 대문 앞에 앉아 계시곤 했었지. 남자는 사랑 때문에 여자한테 끌리고 여자는 돈 때문에 남자한테 끌리는 거라고 말씀하셨었다네."

"그분이 그런 말씀을 하셨다고요? 누구한테요?"

"누구긴, 나지. 자네 귀가 멀었나? 그래, 나한테 말씀하셨다네. 그때 난 고작 열다섯 살이었고 남자를 꼬드기기에는 너무 어렸었지. 할머니께서는 돈 차메를 내쫓아버리고 나를 프리아무 피라스와 결혼시키셨어. 내 남편 프리아무는 무시무시한 남자였다네. 내 눈앞에 꼬챙이를 갖다 대며 말했지. 보이지? 돈 차메를 쳐다보기만 해봐라, 산 채로 네 눈알을 뽑아 버릴 테다. 그렇게 세월이 흘렀지. 하지만 죽은 이들은 다시 돌아오는 법이라네. 자친토 도련님이 앉은 뱅이 의자에, 그리젠다가 문지방에 앉아 있는 모습을 보면 나랑 돌아가신 그분의 모습을 보는 것 같다네…"

그녀가 그런 식으로 말문을 열기 시작하면 절대 끝나지 않는다는 것을 알았던 에픽스는 귀찮다는 투로 그녀를 돌려보냈다.

"그만 가 보세요! 가서 손녀딸을 위해서 꼬챙이를 든 남자를 찾아보시라고요!"

노파는 축제 날 저녁에 청년이 손녀와 결혼하겠다고 말했다는 얘기를 듣자 마음이 흡족해졌고 이내 자리를 떴다. 에픽스는 저녁의 흐릿한 연기 사이로 떠오르는 붉은 달을 바라보며 혼자 남았다. 불안이 엄습해왔다. 언덕 전체가 최면에 빠져들었다. 소곤거리던 물소리가 열기를 내뿜으며 으르렁거렸고 귀뚜라미들은 뚜르르 뚜르르 쉬지 않고 울어댔다.

아니다. 자친토의 삶은 하느님께서 원하시는 정직하고 양심적인 삶이 아니었다. 날이 갈수록, 그에 대해 가졌던 커다란 희망이 점차 사라져갔고 심각한 불안이 자리를 차지했다. 그는 쓰기만 할 뿐 벌려고 하지 않았다. 아무리 깊은 우물이라도 지나치게 퍼 올리면 말라버리는 법이지, 에픽스는 생각했다.

✳

자친토는 과일과 채소들을 마을로 가져가고 빵을 갖다주기 위해 이따금 저녁 시간에 농장에 들렀다. 귀족이 채소 따위를 파는 건 금기시된 일이었기에, 그의 이모들은 마치 훔친 물건들처럼 몰래몰래 채소들을 팔곤 했다. 자친토가 하는 일이라고는 그게 전부였다.

그는 온종일 마을 여기저기를 배회하면서 시간을 보냈다. 먼지가 자욱한 자전거를 개처럼 옆에 끌며 자친토가 오솔길을 올라오고 있었다. 다른 세상에서 온 사람처럼 자루를 하인 앞에 내팽개친 그는 숨을 몰아쉬며 죽은 사람처럼 땅바닥에 드러누웠다.

그의 얼굴은 시체처럼 창백했고 입술은 회색빛이었다. 그의 왼쪽 어깨가 덜덜 떨리는 걸 보자, 에픽스는 놀라서 호주머니에서 작은 유리병을 꺼냈다. 손바닥 안에 알약 한 알을 떨어뜨려 자친토의 입 속에 넣었다.

"어서 삼키세요. 열이 납니다!"

자친토는 누운 채로 알약을 삼키고 양손으로 머리를 감싸 쥐었다.

"너무 피곤해, 에픽스! 맞아, 열이 나. 열이 난다고! 이 지긋지긋한 마을에서 어떻게 열이 안 날 수 있겠어? 저주스러운 마을!"

그는 혼잣말하듯 지친 투로 말했다.

"죽겠어, 죽을 것 같다고…"

"일어나세요."

에픽스가 그를 향해 몸을 굽히며 말했다.

"밖에 그렇게 누워있으면 안 됩니다. 저녁 공기는 몸에 나빠요."

"죽게 내버려 둬, 에픽스! 놔두라고! 너무 더워! 이렇게 더운 건 처음이야. 전에 있던 곳에서는 목욕이라도 실컷 했었는데…"

무슨 말로 그를 위로할 수 있단 말인가? 그럼 왜 그곳에서 지내지 않았느냐고 해야 할까? 에픽스는 만신창이가 된 그를 바라보며 한없는 연민의 정을 느꼈고 차마 그런 말을 입 밖에 낼 수 없었다.

"오늘은 뭘 하셨어요?"

에픽스가 조용히 물었다.

"뭘 했느냐고? 아무것도 할 게 없잖아! 빵을 갖고 여기 올라오고 풀때기를 가지고 돌아가는 일 밖에는! 세 명의 여자들이 미라 꼴을 하고 살고 있다고! 노에미 이모가 오늘 성질을 부렸어. 에스테르 이모가 세금 낼 돈이 부족하다고 했거든. 알겠지? 나 때문에 돈을 쓰면서도 나한테 돈을 달라는 말은 안 한다고! 에스테르 이모한테 내가 그랬지, 징수원한테 가서 말해 볼 테니 걱정하지 마시라고 말이야. 그랬더니 노에미 이모가 노발대발하는 거야! 그런 사람일 줄은 정말 몰랐는데. 성난 고양이처럼 눈깔을 치켜뜨고서, 돈이 있으면 그리젠다한테 아코디언이나 하나 더 사주라고 나한테 쏘아붙이더라고. 내가 그 여자애한테 가는 게 그렇게 잘못된 거야, 에픽스? 내가 갈 데가 어디 있다고, 안 그래? 피에트로 삼촌은 나더러 선술집에 가자고 하지만, 당신도 알다시피 난 술꾼이 아니잖아. 밀레제는 나더러 도박판에 가자고 하지만 (자기는 그렇게 해서 부자가 되었다더군!) 난 그런 짓에도 관심이 없어. 착한 아이니까 그 여자애한테 가는 거라고. 노파가 재미난 이야기를 들려주기도 하고. 그게 그렇게 잘못된 거야? 말해 봐, 말해 보라고?"

그는 빛나는 달빛 아래 부드러운 눈빛으로 애원하듯 위를 올려다보았다. 에픽스는 빵이 든 자루를 집어 들었지만, 차마 먹을 수 없었다. 깊은 슬픔에 잠겨 목이 메었다.

"나쁠 건 없지요! 하지만 그 아이는 착하긴 해도, 너무 가난하답니다. 도련님한테 어울리지 않아요."

"사랑에는 가난도 부귀도 없는 법이야. 얼마나 많은 신사들이 가난한 여자들과 결혼하는 줄 알아? 알기나 하냐고? 영국의 왕족들과 미국의 백만장자들이 하녀, 가정교사, 가수들과 결혼한다고… 왜냐고? 사랑하니까? 그 사람들은 부자들이야. 석유니 구리니 통조림 따위를 거느린 제왕들이라고! 그 사람들에 비하면 나 따위가 뭔데? 여자들도 마찬가지야. 러시아 공주들, 미국 여자들이 누구랑 결혼하는 줄 알아? 가난한 예술가는 그나마 양반이고 자기들의 마부나 하인들과도 사랑에 빠지지. 당신이 뭘 안다고 그래?"

에픽스는 양손으로 빵 조각을 부여잡았다. 사무치는 기억으로 가득한 자신의 마음을 부여잡고 있는 기분이었다.

"그런 짓을 하면서도 하느님을 믿는다고들 하잖아. 그런 사람들도 있는데 이모들은 왜 내가 사랑하는 여자와 결혼하도록 놔두지 않는 거지?"

"그만 하세요, 자친토 도련님! 그분들한테 그렇게 말하면 안 됩니다! 도련님을 생각해서 그러시는 겁니다."

"나를 생각한다면, 나도 내 가족을 이루게 놔둬야지. 내가 그리젠다를 데리고 집에 들어가면, 집안일을 도울 수도 있을 거야. 이모

들도 이제 나이가 들었어. 난 누오로에 가서 치즈며 가축, 양모, 포
도주 심지어 목재까지 사다가 장사를 할 거고, 전쟁통이라 물자가
귀하잖아. 로마에 가서 관청에 군수물자를 납품할 수도 있고 말이
야. 그러면 얼마나 돈을 벌지 알기나 해?"

"글쎄요, 자본금은 어쩌고요?"

"걱정하지 마. 나한테도 돈이 있으니까. 이모들이 날 가만히 내버
려 두기만 하면 돼. 내가 이모들 신세나 지려고 여기까지 온 건 아
니잖아. 아, 노에미 이모는 진짜 끔찍해! 갑자기 손으로 얼굴을 가
리면서 울부짖는다고. 아, 에픽스, 어찌나 마음이 아팠던지! 이모들
이 찢어지게 가난한 모습을 보는 게 너무 창피해. 아이들이 하나둘
손에 동전을 쥐고 훔친 물건을 사러 온 것처럼 살금살금 정원에 들
어오곤 해. 그 애들한테 감자나 배, 사과 따위를 파는 꼴을 보고 있
노라면! 너무나도 창피해! 이제 그런 일은 그만두셔야 해. 날 가만
히 내버려 두기만 하면 이모들이 전처럼 떵떵거리면서 살게 해 드릴
거야. 노에미 이모가 내 생각을 안다면 그렇게 못되게 굴진 않을 텐
데…"

"자친토! 손을 좀 줘보세요, 도련님은 착한 분이에요!"

에픽스가 감정이 벅차올라 대답했다.

둘은 잠시 침묵을 지켰고 자친토가 한층 가라앉은 감미로운 목
소리로 말을 이었다. 달빛 아래 침묵 사이로 어린아이 같은 그의
목소리가 떨리며 울려 퍼졌다.

"에픽스, 당신은 좋은 사람이야. 내 친구한테 일어났던 일을 들려줄게. 나랑 같이 세관에서 일했던 친구 얘기야. 어느 날, 항구에서 일하다 은퇴한 부유한 선장 한 분이 세관에 돈을 내러 찾아왔어. 덩치가 크고 순진한 아이 같은 신사였지. 내 친구가 말했어. 돈을 저한테 주시고 좀 있다가 영수증을 받으러 오시죠. 상관께서 영수증에 서명해 드려야 하는데 자리를 비우셨습니다. 선장은 돈을 맡겼고 내 친구는 돈을 들고 밖으로 나가 노름으로 전부 날려 버렸어. 선장이 돌아오자, 친구는 자기는 돈을 받은 적이 없다고 잡아뗐어. 선장은 아니라고 하며 상관을 찾아갔지만, 증거가 없었기에 놀림감만 되고 말았지. 결국 문제를 일으킨 친구도 자리에서 쫓겨났어. 그렇게 네 달이 흘렀고… 그래, 맞아, 카니발 축제가 열리는 시기였어. 그는 춤을 추러 갔어. 정신이 나갈 정도로 술을 퍼마셨고 결국 빈털터리가 되고 말았지. 춤을 추고 나오는 길에 폐렴에 걸린 그는 길거리에 있는 벤치 위에 쓰러졌어. 사람들이 그를 병원으로 옮겼어.

병원에서 나온 그는 기진맥진했고 집도 절도 없는 상황이었어. 항구의 아치 아래서 기침하며 잠들었고 나쁜 꿈을 꿨어. 꿈속에서 선장이 그의 뒤를 쫓고 또 쫓았어… 영화 속 한 장면처럼 말이야. 그러던 어느 날 저녁, 선장이 아치 아래로 그를 찾아왔어. 친구는 또다시 꿈을 꾸는 줄만 알았지. 선장이 그에게 말했어. 얼마 전부터 당신을 찾고 있었소. 돈을 돌려받을 수 없단 건 알겠소만, 당신의 상관과 모두에게 진실을 밝혀 주었으면 하오. 당신을 위해서도 그게 낫지 않겠소. 양심에 손을 얹고 말해 보시오. 그 돈을 쓰지 않았소? 친구는 그렇다고 대답했어. 그러자 선장이 말했지. 좋소. 일을 제대로 되돌려 봅시다. 난 당신한테 보복하고 싶지 않소. 주소를 줄 테니 우리 집으로 오시오. 내일 와서 당신 상관한테 같이 갑시다. 어떻소! 하지만 친구는 다음날 선장의 집에 가지 않았어. 두려웠고 두려웠어. 날씨는 정말이지 끔찍했고 친구는 몸을 일으킬 수조차 없었지. 기침이 멈추지 않았고 짐꾼들이 이따금 그에게 따뜻한 우유를 가져다줬어. 빌어먹을 날씨!"

자친토가 반복해 말했다. 그는 아름다운 밤을 감상하려는 듯 주위를 둘러보았다.

에픽스는 무릎 위에 팔을 얹고 턱을 괴고서 옛날이야기를 듣는 아이처럼 그의 말을 듣고 있었다.

"어느 날, 난 그를 찾아가겠다고 결심했어…"

침묵. 그늘이 밀려와 두 남자의 얼굴을 뒤덮었고 둘은 약속이라도 한 듯 땅을 쳐다보았다. 자친토의 어깨가 부들부들 떨리고 있었다. 하지만 그는 경련을 멈추려는 듯 어깨를 솟구치며 흔들고는 단호한 목소리로 말을 이었다.

"맞아, 나였어, 당신은 진작 알고 있었을 거야. 난 선장을 찾아갔어. 그는 집에 없었고 창백한 얼굴을 한 앳된 하녀가 나와서 복도에서 기다리라고 하더군. 복도는 어두컴컴했고 열린 문틈으로 피를 뿌려 놓은 듯 시뻘겋게 빛나던 바닥이 기억나. 난 기다리고 또 기다렸지. 마침내 선장이 부인과 함께 집에 돌아왔어. 부인도 그처럼 몸집이 크고 후덕했지. 거대한 두 명의 아이 같았어. 부인이 방문을 열고 날 쳐다보았어. 난 콜록거리며 하품을 하고 있었지. 내가 배고프단 걸 알아채고는 식당으로 들어오라고 했어. 난, 내 기억으로는, 몸을 일으켰지만, 금고에 머리를 부딪히며 다시 쓰러졌어. 그 다음 일은 기억나지 않아. 눈을 떠 보니 침대에 있었고 여전히 그 사람들의 집이었지. 하녀가 은쟁반에 담긴 수프를 가져와서 공손하게 먹으라고 말했어. 그렇게 한 달도 더 그 집에 머물렀어. 에픽스, 무려 40일이나 말이야. 날 치료해줬고 일자리로 되돌아가게 하려고 애를 써 줬어. 하지만 쉽지 않았지. 다들 내 얘기를 들어서 알고 있었으니까. 나 또한 바다 건너 먼 곳으로 떠나고 싶었어. 그 집에 머무는 동안 내가 얼마나 힘들었는지 아무도 모를 거야. 지금도 꿈속에 선장과 부인, 하녀가 나타나곤 해. 실제로 보이기도 하고 지금도 그들이 내 눈앞에 있어. 좋은 사람들이었지. 하지만 난 그들을 보지 않기 위해서라면 물에 빠져 죽기라도 하고 싶은 심정이야. 최악은 뭐였냐 하면, 내가 그들의 집을 떠날 수 없다는 거였어. 거기서, 등신처럼 움직이지 않고 앉아서 쉬지 않고 말하는 부인의 이야기를 들어주어야만 했어. 옆에서는 하녀가 입을 꾹 다물고 서 있었어. 그들과 함께 식탁에 앉아 있을 때면, 내가 자기들 아들이라도 되는 것처럼 농담을 던지고 나를 위한 계획을 세우곤 했었지. 그

　　　　　바람에 흔들리는 갈대

모든 것이 너무도 고통스럽고 수치스러웠지만 난 그 집에서 빠져나올 수 없었어. 마침내 어느 날, 내가 다 나았다는 걸 알게 된 부인이 이제 어떻게 할 작정이냐고 묻더군. 난 이모들한테 가고 싶다고 말했지. 이모들이 부유한 사람들인 것처럼 이야기했었거든. 그러자 부인이 뱃삯을 마련해 주고 자전거도 한 대 선물해 줬어. 난 떠날 때가 되었다는 걸 알았어. 그렇게 여기까지 오게 된 거야. 처음에는 어찌나 자유롭던지! 하지만 지금은, 이모들의 집이 마치 그 집 같아… 모르겠어…"

두 남자가 있는 길가 위편에서 침묵을 깨고 비웃는듯한 소리가 들려왔다. 누군가 그의 이야기를 엿들었다고 생각한 자친토가 움찔하면서 몸을 일으켰다. 회색빛을 띤 기다란 형체가 그의 눈에 들어왔고 그보다 좀 작고 짙은 형체가 뒤를 따랐다. 오두막 주위에 작은 나무들 사이로 날 듯이 껑충껑충 뛰며, 돌을 집어 던질 틈도 주지 않고서 그대로 사라져버렸다.

에픽스도 몸을 일으켰다.

"여우들이랍니다."

에픽스가 속삭이며 말했다.

"뛰어다니게 내버려 두세요. 사랑을 나누고 있는 거랍니다. 어떻게 보면 꼭 요정 같지요."

자친토가 다시 땅에 드러눕자 그가 말을 이었다.

"얼마나 길쭉한지 보셨죠? 악마처럼 설익은 포도를 따먹는답니다…"

자친토는 더 이상 말이 없었다. 이야기를 계속해 달라고 해야 할지, 위로해야 할지, 옳고 그름을 따져야 할지 에픽스는 알 수 없었다. 그래서 온종일 그렇게 우울해했던 거로군요. 인생은 그렇게 흘러가는 거랍니다! 무슨 말을 할 수 있을까? 솔직히 말하면 자친토의 말을 멈춰준 여우들이 고맙게 느껴지기까지 했다. 하지만 어쨌든 무슨 말이든 해야만 했다.

"그러니까… 그 선장은요? 현명한 분이란 건 확실하네요. 젊음이 어떤 건지 알았으니까요… 젊음이란… 잘못을 저지르고… 고아일 경우에는 더더욱 그렇죠! 자, 일어나 보세요, 뭘 좀 드셔야죠?"

오두막에 들어간 에픽스는 껍질을 벗긴 양파 한 개를 갖고 나왔다. 자친토는 아무런 움직임도 없이 그대로 쓰러져 있었다. 자신의 죄를 고백했다는 사실을 후회하고 있는지도 모른다. 에픽스는 감히 말을 건넬 수 없었다.

양파 냄새와 주위의 향긋한 풀들, 포도와 백합의 향기가 한데 어우러졌다. 여우들이 다시 지나쳐 갔다. 에픽스는 저녁을 먹었지만, 빵은 쓰디쓴 맛이었다. 몇 번씩이나 무슨 말을 하려 해 보았으나 좀처럼 입이 떨어지지 않았다. 도저히 할 수 없었다. 마치 꿈을 꾸는 것만 같았다. 마침내 그는 자친토의 몸을 흔들어 끌어 올리며 부드럽게 말했다.

"자, 안으로 들어오세요! 밖에 있다간 열병에 걸릴 거예요"

바람에 흔들리는 갈대

그러나 젊은이의 몸은 동상처럼 묵직했고 영원히 떨어지지 않을 것처럼 땅바닥에 달라붙어 있었다.

에픽스는 오두막 안으로 들어갔지만, 좀처럼 잠을 이룰 수 없었다. 꿈속에서도 그는 자친토에게 무슨 말을 해 줘야 한다는 압박감에 시달렸다. 하지만 좋은 말을 해야 할지, 나쁜 말을 해야 할지, 무슨 말을 해야 할지 그는 도무지 알 수 없었다.

'용기를 내라고 말해야 해. 극복해낼 거라고! 어쨌거나 어린 나이였고 게다가 고아였으니…'

꿈속에서 노에미가 사악한 눈빛으로 그를 바라보며 이를 악물고 낮은 소리로 말했다.

'봤지? 어떤 인간인지 당신 눈으로 똑똑히 봤지?'

에픽스는 무거운 마음으로 눈을 떴다. 아직 한밤중이었지만, 그는 몸을 일으켜 밖으로 나갔다. 자친토는 이미 떠나고 없었다.

＊

자친토는 며칠 동안 농장에 찾아오지 않았다. 에픽스는 그를 걱정하기 시작했고 아무도 가지러 오지 않는 채소와 과일들은 농장의 그늘에서 썩어가기 시작했다.

매일 저녁, 바다가 보이는 거대한 농장의 주인인 돈 프레두가 마을로 돌아가기 위해 에픽스의 오두막을 지나쳐 갔다. 하인의 모습을 본 그는 손가락으로 아가씨들의 농장을 가리키며 손으로 자기 가슴을 툭툭 쳤다. 그 농장은 자기 것이 될 거라는 뜻이었다. 그의 손짓에 익숙했던 에픽스는 인사를 건네며 손짓과 고갯짓으로 아니라고 답하곤 했다.

자친토의 고백 이후 빈정거리는 돈 프레두의 모습을 볼 때면 에픽스는 더더욱 불안해졌다.

어느 날 저녁, 에픽스는 울타리 옆에서 그가 지나가길 기다리고 있다가 돈 프레두에게 물었다.

"돈 프레두 나리, 혹시 저희 도련님을 보셨나요? 며칠 전 여기 오셨을 적에 열이 났거든요. 걱정돼서 그럽니다."

돈 프레두는 높은 말 위에서 웃고 있었다. 입을 다문 채 볼만 부풀어 오른 웃음이었다.

"어제 저녁에 밀레제랑 카드놀이를 하는 걸 봤네. 잃고 있더구먼!"

"잃다니요!"

에픽스가 당황해하며 말했다.

"자네 말마따나 늘 이길 수는 없는 법 아닌가?"

"저한테는 도박한 적이 없다고 했었는데…"

"그 말을 믿나? 총으로 쏴 죽인다고 해도 거짓말을 할걸. 못된 아이는 아니야. 거짓말을 하고는 진실이라고 믿지, 어린애처럼 말이야."

"정말이지 어린애 같군요…"

"날카로운 이빨이 달린 어린아이지! 어찌나 잘 씹어대든지! 조만간 농장도 씹어 먹을 거라네. 에픽스, 내가 우선이란 걸 기억하게! 정 그렇다면 그 아이를 두들겨 패든가…"

에픽스는 두려움에 찬 눈빛으로 그를 올려다보았다. 붉은 덤불 사이에서 말을 타고 서 있는 거대한 남자는 액운을 불러오는 한밤중의 괴물처럼 보였다.

"예수여, 우리를 구하소서. 치유의 성모여, 우리를 기억하소서…"

돈 프레두는 저만치 멀어져갔고 에픽스는 과일과 채소들이 가득 담긴 바구니를 양손으로 감싸 들고 큰길가까지 그를 따라갔다.

"돈 프레두 나리, 하녀더러 이걸 아가씨들한테 전해 달라고 해 주세요. 전 농장을 비울 수가 없어서요… 자친토 도련님도 오시지 않고요…"

그는 놀라서 에픽스를 바라보았다. 그러더니 두툼한 입술에 회심의 미소를 지었다. 다리 한쪽을 쳐들며 그가 말했다.

"여기 자리가 있으니 실어 보게나."

에픽스는 자루들 틈새에 바구니를 껴 넣었다. 돈 프레두는 아무 말도 없이 가 버렸고 에픽스는 오두막으로 돌아왔다. 아가씨들한테 혼쭐이 날 거란 생각이 들자, 그는 두려워졌다. 자신이 돌이킬 수 없는 중대한 실수를 저질렀다는 사실을 그는 잘 알고 있었다. 하지만 후회하지 않았다. 신비로운 손이 그의 등을 떠밀었고 초자연적인 힘에 따르는 행동은 틀리는 법이 없었다.

✳

에픽스는 늦도록 자친토가 오기만을 기다렸다. 보름달이 언덕을 하얗게 비추고 있었다. 어찌나 청명한 밤이든지 그림자의 촉마저 구분할 수 있었다. 빛으로 충만한 그런 밤에는 유령들조차 밖으로 나오지 않았다. 아기를 낳다 죽은 여인네들의 빨랫방망이 소리가 멈춘 물이 고독에 잠겨 속삭이듯 흘러갔다. 그런 밤에는 유령들에게도 평화가 깃들었다. 오직 하인만이 잠을 이룰 수 없었다. 그는 자친토와 항구의 선장 이야기를 떠올리며, 끝나지 않을 감미로운 슬픔에 빠져들었다.

크든 작든, 먼저든 나중이든, 세상 사람들 모두가 죄를 짓는다. 그 때문일까? 선장은 그를 용서했다. 그렇다면 다른 이들도 그를 용서해야 하지 않을까? 아, 만일 모두가 서로를 용서한다면! 세상에는 평화가 찾아올 것이다. 모든 게 달빛 아래 밤처럼 선명하고 평안할 것이다.

그는 일어나서 농장을 한 바퀴 돌아보기로 마음먹었다. 하얀 오솔길 위로 꽃들의 그림자가 펼쳐져 있을 것이다. 그림자 속에서 무화과나무 잎사귀에 돋아난 솜털 같은 가시가 보일 테고 저 아래 강가에서는 잔잔한 물 위로 별들이 보일 것이다.

울타리 너머 오리나무들 사이에서 그림자 하나가 보였다. 은으로 된 다리를 지닌 검고 구부정한 동물이었다. 모래를 긁는 소리가 들리더니 이내 멈췄다.

에픽스는 아래편으로 날 듯이 달려갔다.

"도련님? 도련님이세요? 깜짝 놀랐잖아요."

자친토는 자전거를 끌며 아무 말도 없이 그의 뒤를 따랐다. 하지만 오두막 앞에 다다르자 또다시 울부짖으며 땅에 드러누웠다.

"에픽스, 에픽스, 더는 못하겠어… 대체 뭘 한 거야! 무슨 짓을 한 거냐고!"

"제가 뭘요?"

"어떻게 된 건지 나도 잘 모르겠어. 피에트로 삼촌의 하녀가 바구니를 들고 와서는, 에픽스가 자기 주인님께 맡긴 거라고 말했어. 루트 이모랑 노에미 이모가 집에 있었고 에스테르 이모는 9일 기도를 드리러 가셨거든. 하녀한테 고맙다며 바구니를 받아들고 동전까지 쥐어주면서 보내더라고. 그리고 나서는 노에미 이모가 갑자기 픽 쓰러졌어. 동생이 죽은 줄 알았던 루트 이모가 고함을 질러댔지. 난 에스테르 이모를 데려오려고 뛰어갔어. 이모도 너무 놀랐는지, 처음으로 날 매서운 눈으로 쳐다봤어. 나더러 내가 자기들을 죽게 하려고 왔다는 거야. 오, 하느님, 하느님! 난 노에미 이모의 얼굴에 식초를 발라주며 펑펑 울었어. 내 어머니를 걸고 맹세컨대, 이유도 모르는 채 펑펑 울었다고. 드디어 노에미 이모가 정신을 차렸고 손으로 나를 밀쳐냈어. 차라리 죽는 게 나을 뻔했다고 하더군. 내가 왜냐고 물었지, 왜, 도대체 왜죠, 노에미 이모, 왜죠? 그녀는 한 손으로 날 밀쳐내면서 다른 손으로 자기 눈을 가렸어. 어찌나 참담하던지! 내가 왜 왔을까, 에픽스? 왜?"

하인은 아무런 대답도 할 수 없었다. 돈 프레두에게 바구니를 전해달라고 했던 자신이 실수를 저질렀음을 그는 명백하게 깨달았다.

하지만 그 또한 어찌해야 할지, 무엇 때문인지 알 수 없었다. 그는 주인님들의 불행의 무게가 또다시 자신을 짓누르고 있음을 느꼈다.

"진정하세요."

에픽스가 마침내 입을 열었다.

"제가 내일 마을에 가서 모든 걸 바로 잡을게요."

그러자 자친토가 대답했다.

"그 바구니를 피에트로 삼촌께 전달한 사람은 내가 아니라고 당신이 이모들한테 말해야 해. 이모들은 내가 그런 줄 안단 말이야. 특히 노에미 이모는 내가 자기들을 무시하고 피에트로 삼촌과 친해지려 한다고 생각해. 난 모두와 친구인데 왜 피에트로 삼촌과 친하게 지내면 안 되는 거지? 이모들은 피에트로 삼촌이 농장을 사고 싶어 한다고 생각해. 내가 뭘 잘못한 거지? 내가 농장을 팔고 싶어 하는 것도 아니잖아?"

"아무도 팔고 싶어 하지 않아요. 왜 그런 말을 하세요? 그리고 도련님, 나의 영혼이여, 도련님께서는 지난 저녁에 저한테 이런저런 이야기를 늘어놓고 이모님들을 기쁘게 해 드리고 싶다며 산과 바다까지 들먹여 놓고서는, 어제 저녁에는 도박을 하러 가셨다죠…"

"도박을 하면 돈을 따기도 하잖아. 난 돈을 벌고 싶다고 이모들을 위해서 말이야. 아니, 난 그분들한테 짐이 되고 싶지 않아. 차라리 죽고 싶다고… 알겠어?"

자친토가 속삭이듯 덧붙였다.

"오늘 그런 일을 겪고 나니까, 정말이지 선장의 집에 와 있는 것 같아… 하느님, 절 도우소서, 에픽스!"

에픽스는 겁에 질린 눈으로 그의 이야기를 듣고 있었다. 바위에 들러붙은 이끼처럼 비극적인 가족의 운명과 다시금 마주하는 기분이었다. 아무런 말도, 아무런 행동도 할 수 없었다.

"오,"

자친토가 깊은 한숨을 내쉬었다.

"난 반드시 이곳을 떠날 거야. 이모들이 날 내쫓기 전에! 이모들은 동정심이라고는 없어, 특히 노에미 이모. 내 어머니를 용서하지 않은 사람이 어떻게 나를 용서할 수 있겠어? 하지만 난, 하지만 난…"

그는 고개를 숙이고 주머니에서 편지를 꺼내 들었다.

"보이지, 에픽스? 나도 다 알아. 이 편지를 받고도 노에미 이모는 어머니를 용서하지 않았어. 그런데도 선한 영혼을 지녔다고 할 수 있을까? 이 편지에 뭐라고 쓰여있는지 당신도 알잖아. 당신이 노에미 이모한테 편지를 전해 줬잖아. 내가 편지를 가져왔어. 내가 도착했던 날 침대 위에 놓여 있었지. 그날 몇 줄을 읽었고 오늘 옷장 안에서 꺼내 왔어. 내 거야, 내 어머니 거니까 내 거라고… 이 편지는 거기 있어서는 안 돼…"

"자친토! 저한테 주세요!"

에픽스가 팔을 뻗으며 말했다.

"도련님 물건이 아니에요! 주세요. 제가 주인님들한테 갖다 드릴 게요."

하지만 자친토는 편지를 손아귀에 꼭 쥐고 고개를 내저었다. 에픽스는 어떻게든 편지를 돌려받으려 구걸하는 거지처럼 애원했다.

"자친토 도련님, 이리 주세요. 제가 가져가서 옷장 안에 다시 넣어 둘게요. 제가 아가씨들과 이야기해서 다 풀어 볼게요. 도련님은 그냥 여기 계세요. 편지만 저한테 주시고요."

자친토가 그를 바라보았다. 그의 어깨가 떨려왔지만, 하인을 바라보는 그의 눈빛은 차디차고도 잔혹했다. 그러자 에픽스가 펄쩍 뛰어올라 그의 어깨 위에 손을 올리고 그의 귀에 대고 한마디 말을 속삭였다.

"도둑놈!"

자친토의 모습이 독수리 발톱에 낚여 채인 사람처럼 보였다. 그가 손을 벌리자 편지가 땅 위에 툭 하고 떨어졌다.

바람에 흔들리는 갈대

7

에픽스는 해가 뜨자마자 마을로 향했다.

새들의 노랫소리가 들려왔고 언덕은 반짝이는 하늘빛이 반사된 금빛이었다. 새하얀 조약돌 틈 사이로 고인 초록빛 물가에서 그림 속 한 장면처럼 낚시하는 사람들의 모습이 눈에 띄었다.

마을에 도착한 에픽스는 이른 시간이었음에도, 사채업자가 통통한 새끼 돼지들과 사랑을 나누는 비둘기들 사이에서 실을 잣고 있는 모습을 보았다. 나중에 들르겠다고 손짓하며 에픽스는 그녀를 지나쳐 갔다. 그녀가 방직기를 흔들며 알겠노라고 답했다. 급할 것은 없었다.

위편으로 올라가자, 포토이 아주머니가 손주들에게 아침으로 먹일 우유가 담긴 사발을 들고 있는 모습이 보였다. 에픽스는 모른 척 지나치려고 했으나 그녀가 큰 소리로 말을 걸며 그의 발걸음을 멈춰 세웠다.

"아니, 내가 당신한테 못되게 굴기라도 했나? 아이들이 서로 사랑하는데 우리 늙은이들이 서로 증오해서야 되겠나?"

"제가 일이 좀 급해서요, 포토이 부인."

"나도 아네, 자네 주인님들 집에 난리가 났다더구먼. 하지만 내 책임은 아니야. 나랑은 아무 상관도 없어. 자네의 작은 주인님께서 그리젠다더러 집 안에만 있으라고 하고 맨발로 돌아다니지도 말라고 하셨다네. 그 애는 이제 빨래하러 강가에 내려가지도 않아. 내가 하녀 노릇을 하고 있지. 아이들만 좋다면야 나야 기꺼이 그렇게 하겠지만…"

"주여, 도우소서!"

에픽스가 한숨을 내쉬었다.

"저를 가도록 내버려 두세요, 포토이 부인. 그리스도께 기도하고 치유의 성모 마리아께 기도하세요…"

"치유는 우리 안에 있다네."

노파가 단호하게 말했다.

"마음을 곱게 써야 한다네, 딴 게 아니라…"

"마음을 곱게 써야 한다네."

주인님들의 집에 들어서며, 에픽스가 혼잣말로 그녀가 했던 말을 되뇌었다.

*

햇빛이 비치는 정원 안은 밝고 조용했다. 우물 주위에 자스민 꽃들이 만발했고 오래된 무덤의 금빛 풀들 사이로 죽은 이들의 뼈가 보였다. 흰색과 초록색 모자를 뒤집어쓴 산이 집 주위를 감싸고 있었다. 발코니에서 떨어져 나온 오래된 작은 기둥 하나가 자갈들 틈에서 타다만 불꽃처럼 수그러들어 있었다. 모든 것이 적막했다.

집안에 들어간 에픽스는 자신이 돈 프레두에게 건네주었던 바구니가 거의 빈 채로 의자 위에 놓여 있는 걸 보았다. 채소들이 팔렸다는 표시였다. 성 요한의 노란 사과 몇 알만 남아 있었다. 꿈을 꾸고 있는 것 같았다.

에픽스가 자리에 앉으며 물었다.

"다른 아가씨들은요? 무슨 일 있나요?"

"에스테르는 미사를 드리러 갔고 노에미는 위층에 있네."

루트 아가씨가 커피를 준비하기 위해 몸을 숙이며 말했다. 다른 자매들이 당도할 때까지 그녀는 아무 말도 하지 않았다.

세 아가씨가 모이자, 에스테르 아가씨는 어깨에 두른 숄 위로 검지를 꺼내 들었고 노에미는 창백하고 조용한 얼굴로 보랏빛 눈꺼풀을 내리깔고 있었다. 에픽스는 감히 그녀들을 쳐다볼 엄두가 나지 않았다. 에스테르 아가씨가 그에게 질문을 하자, 에픽스는 의자에 앉은 그녀들을 향해 공손히 몸을 일으켰다.

"에픽스, 무슨 일이 있었는지 알아?"

에픽스는 고개를 들고 재판관이 피고를 쳐다보듯 자신을 노려보고 있는 노에미의 눈동자를 바라보았다.

"압니다. 다 제 책임이에요. 좋은 뜻으로 그랬던 겁니다."

"당신은 늘 좋은 뜻으로 그랬다고 하지! 차라리 나쁜 뜻으로 그랬으면! 어쨌든…"

"하지만 원수는 아니잖아요! 어쨌든 간에 피붙이 아니던가요!"

"당신이 뭘 안다고 그만 좀 해, 에픽스!"

"다시는 그런 일이 없을 겁니다!"

"그럼 떠났다는 거야?"

에스테르 아가씨가 속상하다는 투로 말했다.

"떠났다니요? 돈 프레두 나리 말씀이세요? 어디로요?"

"누가 돈 프레두 얘길 했다고 그래? 난 그 못돼 먹은 아이 얘길 한 거야."

에픽스가 바구니를 쳐다보았다.

"저는 돈 프레두 얘기를 했던 거였어요… 제가 어제 했던 일 때문에 말입죠."

노에미가 미소를 지었다. 그녀의 입술과 눈이 왼쪽 귀를 향해 일그러졌다.

"에픽스,"

그녀가 새침한 목소리로 말했다.

"우리는 지금 자친토 얘길 하고 있는 거야. 자네가 그랬었잖아. 만일 나쁜 짓을 한다면 제가 쫓아버리겠습니다 라고 말이야. 그래 안 그래?"

"제가 그랬습죠."

"그럼 약속을 지켜야지. 자친토가 우리를 망쳐놓고 있어."

에픽스는 잠시 고개를 숙였다. 얼굴이 붉어진 그는 부끄러움을 무릅쓰고 용기 내어 물었다.

"한 가지만 이야기해도 될까요? 제 말이 틀렸다면 못 들은 걸로 해 주세요."

“말해 봐.”

“제가 보기에 나쁜 젊은이는 아닌 것 같습니다. 지금까지 이끌어 줄 사람이 없었던 거죠. 최악의 순간에 부모님을 잃었고 길거리에 버려진 아이처럼 된 겁니다. 길을 잃었던 거지요. 좋은 길로 인도하는 게 중요합니다. 도련님은 지금, 이 마을에서 뭘 해야 할지 모르고 있어요. 열이 나고 지루하고 그러니 도박이나 일삼고 사랑을 나누러 여자애를 찾아가는 거겠죠. 하지만 생각만큼은 착실해요. 예의도 바르고요. 아가씨들한테도 예의 바르게 굴지 않았던가요?”

“그야 그렇지…”

에스테르 아가씨가 하인의 말을 끊으며 대답했고 루트 아가씨도 고개를 끄덕였다. 하지만 노에미는 두 주먹을 움켜쥐고 에픽스를 향해 서서히 들어 보이며 씁쓸한 목소리로 말했다.

“그 아이는 여기 온 이후로 계속 예의 없이 행동했어. 아무런 말도 없이 집에 들이닥쳤고… 우리가 싫어하는 사람들과 친분을 맺었어. 갈테에서 가장 비천한 여자애와 사랑에 빠졌지. 맨발로 강가에 가는 그따위 아이랑! 자네 말마따나 게으른 데다 나쁜 버릇이나 일삼고 말이야. 그게 우리 집에서 우리한테 예의를 갖추지 않은 게 아니면 뭐지? 자네 양심에 손을 얹고 말해 봐…”

“맞습니다.”

에픽스가 사실을 인정했다.

“하지만, 다시 말하지만, 아직 젊은이입니다. 일자리를 찾아주어야 하고 도움이 필요해요. 그리고 또 한 가지 얘기하고 싶은 게…"

"말해 봐!"

노에미가 상대를 얼어붙게 만드는 경멸의 눈빛으로 그를 쳐다보았다. 하지만 에픽스는 굴하지 않고 말했다.

"제 생각으로는 젊은이가 자신만의 가족을 꾸리는 게 좋을 것 같습니다. 만일 도련님이 진심으로 그 여자애를 사랑한다면… 왜 결혼하도록 내버려 두지 않으시는 거죠?…"

노에미는 자리에서 일어나 다리를 부들부들 떨며 의자에 몸을 기댔다.

"우리한테 이런 말을 하라고 그 아이가 자네한테 돈을 줬어?"

그 말을 듣자, 하인은 그녀의 눈을 똑바로 쳐다보며 대답했다.

"저는 돈으로 매수할 수 있는 그런 사람이 아닙니다."

순간 에픽스는 험악한 말을 내뱉고 싶은 심정이었으나 노에미의 웃옷을 잡아당기는 에스테르 아가씨를 바라보며 애써 말을 삼켰다. 루트 아가씨도 애원하는듯한 눈빛으로 하인을 바라보고 있었다. 그는 돈이나 받아먹는 하인이 아님을 아가씨들은 너무도 잘 알고 있었다. 아니, 그는 하인이었지만, 세상의 그 어떤 것으로도 보상할 수 없는 하인이었다.

"노에미 아가씨! 말도 안 됩니다요, 노에미 아가씨! 아가씨의 조카한테는 제게 줄 만한 돈이 없어요, 있다고 해도 턱없이 부족할 테고요!"

에픽스가 분노로 떨리는 목소리로 대답했고 노에미는 다시 자리에 앉아 떨리는 다리를 감추려는 듯 양손을 무릎 위에 올렸다.

"돈이라면! 없지는 않아, 자기 돈은 아니지만."

"누가 도련님께 돈을 줬답니까?"

여섯 개의 눈동자가 놀랍다는 듯 동시에 그를 쳐다보았다. 노에미는 다시 비웃는듯한 눈길을 보냈지만, 에스테르 아가씨가 그녀의 손을 붙잡으며 부드럽게 말했다.

"칼리나한테 가서 돈을 빌린다네. 우리는 자네도 알고 있는 줄 알았지, 에픽스! 칼리나한테 가서 고리대금을 빌린다고. 돈 프레두가 우리 농장을 담보로 보증을 섰다네. 알겠나!"

에픽스는 그녀의 말을 알아들었다. 그는 눈을 감고 고개를 푹 숙였다. 뭐라고 대답해야 할지 알 수 없었다. 그는 멍한 표정으로 주먹을 쥐었다가 폈다가 했다.

"제가 알고 있다고 생각하셨다니요? 어떻게 그럴 수가… 도대체 왜?"

에픽스가 물었다.

"그래."

노에미가 냉정하게 말했다.

"우리는 당신도 알고 있는 줄 알았지. 당신이 칼리나와 친구처럼 지내니까 말이야…"

"제 친구라니요?"

에픽스가 겁에 질린 눈빛으로 소리쳤다. 그의 얼굴이 온통 붉으락푸르락해졌다. 그는 횡설수설 몇 마디를 더 내뱉고는, 베레모를 벗어 흔들며 불을 끄러 가는 사람처럼 황급히 자리를 떴다.

*

정신을 차려보니 그는 사채업자의 정원에 와 있었다.

노아의 방주 안에는 평화가 흐르고 있었다. 포도 넝쿨 밑 작은 문의 처마 그늘에서 산호색 다리의 흰 비둘기들이 금빛을 발하며 울고 있었다. 사채업자는 맨발에 수놓아진 신발을 신고 머리에 두건을 두르고 실을 잣고 있었다.

에픽스의 분노가 평화를 깨뜨렸다.

"자친토 도련님과 무슨 일이 있었는지 빨리 말해."

사채업자가 눈썹을 치켜들고 차디찬 눈빛으로 그를 쳐다보았다.

"그 아이가 당신을 보냈어?"

"너를 쳐 죽이라고 저승사자가 날 보냈다! 말해, 어서 말하라고."

그가 협박하는 모습을 보자, 칼리나는 실 잣는 일을 멈췄다. 그녀는 내심 두려웠지만, 겉으로 드러내지 않았다.

"아, 너희 아가씨들이 보낸 거로군, 맞지? 가서 너무 마음 쓰지 말라고 전해. 아직 돈을 갚을 시간이 있으니까, 난 급하지 않아. 그 아이한테 사백 스쿠디를 줬거든. 축제 때부터 나한테 와서 푼돈을 달라고 하더군. 근사해 보이고 싶었겠지. 육지에서 돈을 보내올 거라고 했어. 돈 프레두가 서명한 보증서를 나한테 주던데. 그러니 내가 어떻게 거절할 수 있었겠어? 그다음에 나한테 와서는, 육지에서 보내준 돈으로 밀레제랑 노름을 해서 몽땅 잃었다고 하더군. 그리고는 에스테르 아가씨의 서명이 있는 보증서를 들이밀었지. 그러니 난 또 돈을 내줄 수밖에. 어떻게 안 된다고 할 수 있었겠어? 당신은 진짜 아무것도 몰랐던 거야?"

다시금 실을 잣으며 그녀가 말을 끝맺었다.

에픽스는 어안이 벙벙해졌다. 에스테르 아가씨가 자친토에게 몰래 편지를 썼었다는 사실이 떠올랐다. 그녀가 몰래 보증서에 서명해 주었던 걸까? 그는 더 이상 꼼짝도 할 수 없었다. 퉁퉁 부은 두 다리가 천근만근처럼 느껴졌다. 심장과 머리와 축 처진 손으로 가야 할 피가 모조리 다리로 내려간 듯했다. 어찌 갚아야 한단 말인가?

사채업자는 다시 실을 잣기 시작했고 비둘기들은 쉬지 않고 울어댔다. 닭들이 햇빛을 받으며 누워있는 새끼 돼지들의 분홍빛 배 위에 앉은 파리들을 부리로 쪼아댔다. 온 세상이 평온했다. 오직 그만이 고통을 겪고 있었다.

"몰랐다니, 당신도 참, 난 아가씨들이 그 돈 중 일부로 당신 품삯을 주려고 하는 줄 알았지. 그럼 자친토 도련님더러 당신이 나한테 빚진 십 스쿠디도 같이 갚으라고 할게. 하긴 그건 좀 그렇지, 합쳐서 계산하려면 보증서도 새로 써야 할 테고…"

에픽스는 몸을 제대로 가누기조차 힘들어졌다. 머리에 쓰고 있던 베레모를 벗어들더니 정신 나간 사람처럼 그녀의 얼굴을 향해 내리치기 시작했다.

"아, 저주받을 년 같으니… 아, 저승사자가 와서 너를 쳐 죽였으면… 아, 대체 무슨 짓을 한 거야?"

정원 안에서 소동이 벌어졌다. 비둘기들이 지붕 위로 날아올랐고 고양이들이 담벼락을 기어올랐다. 여자만이 소리가 밖으로 새어 나가지 않도록 입을 꾹 다물고 있었다. 그녀는 매질을 피하려 몸을 굽히더니, 방추를 앞세우며 뒤로 물러섰다. 뒷걸음질 치며 부엌에 들어간 그녀는 문 구석에 놓여 있던 쇠 막대기를 양손으로 집어 들고 그를 위협하며 벽 쪽으로 밀어붙였다. 그녀의 모습이 곤봉을 든 네메시스*처럼 무시무시했다.

이제는 그녀가 남자를 뒷걸음치게 만들고 있었다. 그녀가 낮은 소리로 그를 협박했다.

"가, 살인자! 가 버려…"

그가 뒷걸음질을 쳤다.

"가라고! 대체 나한테 원하는 게 뭐야? 당신들을 찾아간 게 나야? 나였냐고? 배고프고 나쁜 버릇에 길들어서 당신들이 나를 찾아온 거잖아. 돈 차메가 왔고 딸들이 왔고 조카가 왔고. 이제 당신까지, 살인자! 날 필요로 할 때는 그리도 순하게 굴더니만, 이젠 굶주린 늑대처럼 사납게 굴다니. 가 버려, 어서…"

---

* 그리스 신화에 등장하는 보복의 여신

그녀가 문 가까이 간 에픽스를 향해 발길질을 해댔다.

"아니, 나도 더 이상 참을 수 없단 말을 해둬야겠어. 나를 이렇게 막 대하니 나도 어쩔 수 없지. 9월 기한까지 돈을 갚지 않으면 법대로 할 거야. 만일 서명이 가짜라면 아이를 감옥에 처넣을 거고. 그만 가봐!"

그는 자리를 떴다. 하지만 집으로 돌아가지 않았다. 태양이 내리쬐는 사막 같은 작은 마을을 떠돌고 또 떠돌았다. 여기저기 굴러다니는 화산석들이 그의 발에 치였다. 오래전에 일어났다던 지진이 그날 아침에 일어난 것만 같았다.

그는 폐허들 사이에서 떠돌아다녔다. 땅을 파고 시신을 꺼내고 지하에 묻힌 보물들을 파내야 할 것만 같았다. 하지만 할 수 없었다. 모든 것이 그대로였다. 자신은 그토록 무능했고 어디서부터 다시 시작해야 할지 도무지 알 수 없었다.

*

바실리카 앞을 지나치던 에픽스는 문이 열려 있는 성당 안으로 들어갔다. 미사는 없었지만 일하는 여자가 성당을 청소하고 있었다. 고요한 어둠 속에서 바닥을 쓰는 바스락거리는 빗질 소리가 들려왔다. 오래된 성의 주인들이 수놓아진 비단 옷자락을 질질 끌며 걷는 소리 같았다.

에픽스는 늘 하던 대로 기둥 아래 무릎을 꿇고 앉았다. 기둥에 머리를 기대고 그는 기도를 드렸다. 혈관을 타고 다시금 피가 도는 기분이었지만, 용암처럼 눅진하고 뜨거운 피였다. 열기가 성당 안을 뒤덮었고 부서져 가는 지붕에서 내리쬐는 은가루 같은 먼지를 머금은 비스듬한 태양 빛이 검은 바닥에 하얀 구멍을 만들어 내고 있었다. 그림 속에 있는 창백한 형상들이 하나같이 아래를 내려다보고 있었다. 모두가 아래를 향해 몸을 숙인 채 바닥으로 우수수 떨어져 내릴 것만 같았다.

막달레나가 검은 액자 틀 앞쪽으로 떠밀려 나왔다. 사랑과 슬픔, 후회와 희망으로 웃고 우는 그녀의 눈빛은 깊었고 입술은 쓸쓸했다.

에픽스가 그녀를 바라보고 바라본다. 오래전, 아주 오래전의 삶이 떠오르는 듯하다. 그녀가 그를 향해 가까이 다가오라고 말하는 것 같다. 가까이 와서 나를 내려달라고 나를 따라오라고…

눈을 감았다. 머리가 어질어질했다. 그녀와 함께 달빛 아래 강가의 모래밭을 걷고 있는 것 같았다. 조용히, 조심스럽게, 걷고 또 걸었다. 둘은 다리에서 가까운 큰 길가에 다다랐다. 그의 시야가 혼란스러워졌다. 리아 아가씨가 자루 사이에 몸을 숨기고 마차에 앉아 있었다. 마차가 밤길 속으로 사라졌다. 달빛이 비치는 다리 위에 죽은 돈 차메가 있었다. 먼지 묻은 땅바닥에 누워있는 그의 목덜미에 포도알처럼 퉁퉁 부은 보랏빛 점 하나가 보였다. 에픽스는 몸을 숙여 시신을 잡고 흔들었다.

"돈 차메 나리, 일어나세요. 주인님, 어서, 어서요! 따님들이 기다리십니다."

바람에 흔들리는 갈대

돈 차메는 움직이지 않았다.

에픽스가 어찌나 큰 소리로 흐느꼈든지 일하는 여자가 빗자루를 들고 그에게 다가왔다.

"에픽스, 왜 그래요? 어디 아파요?"

그가 공포에 질린 눈을 부릅떴다. 쇠막대기를 들고 자신에게 소리치는 칼라나의 모습이 눈앞에 보이는 듯했다. '살인자!'

"열이 나요… 죽을 것 같아요. 고해성사를 드리고 싶은데…"

"마침 여기 와 있잖아요, 그리스도께 고해성사를 드리면 되죠!"

일하는 여자가 미소를 지으며 속삭였다. 하지만 에픽스는 다시금 머리를 기둥에 기대고 제단을 향해 눈을 치켜뜨고서 알 수 없는 말들을 내뱉기 시작했다. 그의 얼굴 위로 닭똥 같은 눈물이 주르르 흘러내렸다. 떨리는 턱에 맺힌 눈물이 한 방울 두 방울 바닥에 떨어졌다.

*

자친토는 오두막 앞에 드러누워 그를 기다리고 있었다.

텅 빈 바구니를 힘겹게 질질 끌며 올라오는 에픽스의 모습을 보자, 그가 모든 걸 알고 있다는 사실을 알아차렸다. 잘된 일이야! 자친토는 자신을 짓눌렀던 죄책감과 수치심에서 벗어나게 되어 한편으로는 다행이라 여겼다. 침묵이 흘렀다.

"얘기해보세요."

에픽스가 바구니를 손에 쥔 채 늘 앉던 자리에 앉으며 말했다.

"얘기하라고요!"

그가 입을 다물고 있는 상대를 향해 한층 소리 높여 반복했다.

"지금?"

에픽스가 한숨을 내쉬었다.

"지금이라니요? 제가 도련님을 내쫓겠다고 하니 그제야 아가씨들이 안정을 되찾았어요. 알겠어요? 아가씨들은 돈 프레두가 진짜로 보증서에 서명해 준 줄 알고 있어요. 서명이 가짜라는 사실을 차마 제 입으로 말할 수 없었다고요. 내 말이 맞죠? 아, 맞지요, 그렇죠? 아, 자친토, 나의 영혼이여. 대체 무슨 짓을 한 거예요! 이제 누오로에 갈 건가요? 일해서? 돈을 갚고?"

"커다란… 정말이지 큰돈이야, 에픽스… 어쩌면 좋지?"

에픽스는 횡설수설하는 그를 향해 몸을 굽히고 작은 소리로 말했다.

"가세요, 하느님의 아들이여, 가시라고요! 전 도련님이 여기 머물기를 바랐지만, 제 입으로 가라고 말하는 건 다른 방도가 없기 때문이에요. 지난번 저녁에 했던 말들을 기억하세요? 도련님이 그랬죠. 집안을 다시 일으켜서 이모들이 잘 살도록 해주고 싶다고… 도련님이 여기 온다고 했을 적에 저도 똑같은 생각을 했었어요. 하지만! 하지만 도련님이 돈을 갚지 않는다면, 사채업자가 농장을 경매에 부치고 서명을 위조했다는 죄목으로 도련님을 감옥에 보낼 거예요. 아가씨들은 나가서 구걸하러 다녀야 할 테고요. 도련님이 무슨 짓을 했는지 보시라고요! 나쁜 뜻은 아니었다는 건 알지만, 지난 저녁에는 그렇게 번지르르한 말을 늘어놓더니, 아, 자친토, 아, 하느님의 아들이여…"

자친토의 어깨가 다시 떨려오기 시작했다. 그는 고개를 들고 에픽스의 얼굴을 올려다보았다. 둘은 절망에 찬 눈빛으로 서로를 바라보았다.

"정말 나쁜 뜻은 아니었어. 난 돈을 벌고 싶었다고. 대체 이 마을에서 어떻게 하면 돈을 벌 수 있지? 당신 꼴을 좀 봐, 당신은 이토록… 이토록… 비참하게 살고 있잖아…"

"이모들은 한 푼도 갚지 않아도 돼."

고통스러운 표정으로 잠시 침묵하던 자친토가 말을 이었다.

"그래, 에스테르 이모의 서명도 내가 가짜로 한 거야. 사채업자가 나를 신용하지 않았거든. 하지만 난 돈을 갚을 거야. 당신한테 보여줄 거야, 그렇지 않으면 감옥에 가든가. 그건 중요치 않아."

"감옥이라고요? 그건 안 됩니다. 제가 허락하지 않을 거예요, 안 돼요."

"당신은, 그러니까, 당신한테는 돈이 있다는 거야, 에픽스?"

"저한테 돈이 있었다면 여기서 이러고 있겠어요? 벌써 가서 빚을 갚았을 겁니다…"

"어떻게 하지, 에픽스? 그럼, 어쩌면 좋지?"

"자, 제 말을 들으세요. 사채업자를 다시 찾아가서 누오로에 갈

여비로 백 리라를 빌리세요. 거기 가서 일자리를 구하세요. 중요한 건 방향을 돌리는 겁니다. 지금 바로, 좋은 방향으로요. 아시겠어요?"

하지만 마지막 순간까지도 하인이 일말의 도움을 주길 기대했던 자친토는 그의 말에 대답하지 않았다. 더 이상 아무 말도 하지 않았다. 그는 병든 짐승처럼 몸을 쭈그린 채 마른 잎사귀 사이에서 탁탁 튀어 오르는 메뚜기들의 소리를 듣고 있었다. 메뚜기들이 무지갯빛 날개를 부대끼는 모습을 멍한 눈빛으로 쳐다보고 있었다. 그중 두 마리가 그의 손바닥 위로 툭 떨어졌다. 초록빛으로 꼬인 단단한 메뚜기들이 마치 금속처럼 보였다. 그가 몸을 일으켰다. 그리젠다를 생각했다. 자신은 떠나야만 하고 그녀를 다시 볼 수 없을 거라는 생각이 들었다. 그토록 가난한 여인마저 단념해야 할 만큼 그는 비참한 처지였다. 얼굴을 풀 사이에 처박고 경련하듯 어깨를 떨며 그는 소리 죽여 흐느꼈다.

8

목요일 저녁이 되자 사채업자는 목성의 여신이 두려워 실을 잣지 않았다. 밤중에 실을 잣았다가 화를 당할 수도 있기 때문이었다.

그녀는 은빛과 검은빛이 뒤섞인 포도 넝쿨 아래 문 계단에 앉아 실을 잣는 대신 기도를 드리고 있었다. 눈을 뜨고 무화과나무 울타리 주변을 둘러보자, 분노로 번뜩이는 에픽스의 눈동자가 보이는 듯했다. 반딧불이들이었다.

반딧불이들, 그녀 또한 한밤중에 출몰하는 초자연적인 생명체들의 환상을 믿는 이들 중 하나였다. 찢어지게 가난했던 소녀 시절, 그녀는 땔감을 줍고 돈을 구걸하기 위해 성 아래 폐허에 가곤 했다. 굶주림과 말라리아 열이 성난 개처럼 그녀를 물고 늘어졌다. 칼날처럼 날카로운 자갈밭을 맨발로 걸어 내려갈 때면, 보랏빛 도르갈리 산봉우리 위에서 주홍빛 태양이 쨍쨍 내리쬐었다. 어디선가 한 남자가 소리 없이 다가와 그녀의 어깨를 툭툭 쳤다. 그의 얼굴은 어릴 적에 죽었다는 돈 차메의 아들과 닮은 듯했고 태양과 산봉우리 색의 옷을 입고 있었다.

그녀는 그가 누구인지 바로 알아보았다. 남작, 오래전에 죽었다던 여러 남작 중 하나였다. 사람들은 그들의 영혼이 폐허가 된 성과 바다까지 이르는 언덕 아래 땅속에서 아직도 살고 있다고 이야기하곤 했다.

"소녀야."

그가 낯선 말투로 말했다.

"산파한테 가서 오늘 밤 성으로 와 달라고 전하거라. 나의 아내, 남작 부인이 진통을 느끼고 있단다. 어서 가서 한 영혼을 구하거라. 자, 이걸 받고 비밀을 꼭 지키거라."

하지만 칼리나는 태양을 등진 검은 구름 같은 땔감 더미에 몸을 기댄 채 덜덜 떨고만 있었다. 그녀가 손을 내밀지 않자, 남작이 건네준 금화들이 우수수 땅에 떨어졌다.

금화들이 이리저리 흩어졌다. 그녀는 땔감 더미를 밀쳐내고 두려움에 떨며 빵부스러기를 쪼아먹는 새처럼 동전들을 주웠다. 그리고는 나는 듯이 재빨리 도망쳤다. 그녀가 떨리는 주먹으로 따뜻하고 축축한 동전들을 쥐고 있는 모습을 보자, 산파는 정신 차리라며 그녀의 얼굴에 침을 퉤 뱉었다. 그리고는 웃으며 말했다.

"열이 나서 헛것을 본 게로구나. 그 금화들은 네가 발견한 거란다. 성 아래편에서 또 동전들을 발견하거든 나한테 갖다주려무나. 내가 불어나게 해줄 테니."

칼리나는 동전들을 그녀에게 건네주었다. 그중 한 개만 구멍을 뚫어서 빨간 실로 묶어 목에 걸었다.

"어서 가 보세요."

그녀가 산파에게 말했다.

"어서 가서 한 영혼을 구해 주세요. 전 비밀을 지켜야 하니 모르는 척해주셔야 해요. 전 꼭 비밀을 지킬 거예요."

말을 마친 그녀가 시체처럼 땅에 쓰러졌다.

산파는 사는 동안 내내 그녀가 열이 나서 헛것을 보았노라고 말했다. 그리하여 칼리나는 끝까지 비밀을 지킬 수 있었다.

그러는 동안 동전들은 점점 늘어만 갔다. 프레두 핀토르의 정원에서 자라는 초록과 붉은빛 석류알들처럼 해마다 풍성한 열매를 맺었다.

✳

어느새 나이를 먹은 그녀는 어느 날 저녁, 그날에 느꼈던 기쁨과 두려움을 동시에 맛보았다. 남작과 똑 닮은 생김새의 한 젊은이가 그녀의 눈앞에 모습을 드러냈기 때문이었다. 자친토였다. 자친토의 모습을 볼 때마다 예전에 느꼈던 그 현기증이 그녀에게 밀려왔다. 성에 살았던 남작들처럼 오래전에 파묻힌, 아주 오래전 삶에 대한 혼란스러운 기억이 다시금 그녀를 사로잡았다.

그가 다가오고 있다. 큰 키에 달처럼 창백한 얼굴, 그가 들어와 문지방에, 그녀 곁에 걸터앉는다.

"칼리나 아주머니,"

그가 낯선 말투로 말했다.

"왜 하인한테 제 일에 대해 이야기한 거죠?"

"그 사람이 얘기해 달라고 했던 거야. 나를 협박하고 심지어 죽이려 했다고."

"죽이다니요? 그까짓 일로요? 오, 그 사람이랑 우리 이모들은 별 것도 아닌 걸 갖고 그 난리를 치다니. 저편에 사는 사람들은 몇백 씩 빚을 지고도 개의치 않는데!"

하지만 늙은 여자는 저편 사람들의 일에 관심이 없었다.

"몽둥이까지 들어야 했다니까! 아시겠어요, 도련님? 그 하인은 잔 인한 놈이야. 절대 믿어선 안 돼!"

자친토는 흔들리는 포도 넝쿨의 그림자가 드리워진 손을 바라보 며, 잠자코 있었다.

그리고는 말을 이었다.

"알겠어요. 믿지 않을게요. 그보다도 전 떠나고 싶어요. 여기선, 더는 살 수 없어요… 돈을 벌 거예요. 사십일 안에 마지막 한 푼까 지 다 갚을게요. 하지만 여행에 필요한 돈을 빌려주셔야 해요. 보증 서를 드릴게요."

"누가 서명하는 거지?"

"저요!"

그가 단호하게 말했다.

"저요! 믿어주세요. 한 영혼을 구해 주세요. 어서요! 그리고 비밀 을 지켜주세요."

자친토가 남작처럼 그녀의 어깨를 툭툭 쳤다. 그녀는 자리에서 일어나 돈을 가지러 금고로 갔다. 달빛 아래 서서 오십 리라짜리 지폐 두 장을 오래도록 쳐다보며 만지작거리던 그녀는 차친토의 여행 경비로는 한 장이면 충분할 거라는 생각이 들었다. 그렇게 한 장은 다시 금고 안에 넣어 두었다. 금고 위 창밖에 두둥실 떠오른 달이 그녀의 단단한 가슴 위에 은빛 휘장을 두르고 있었다. 그녀가 입고 있는 셔츠의 벌어진 틈 사이로 검게 변한 줄로 묶여 있는 금화가 보였다.

자친토는 흡족해하지 않았다. 그녀가 건네준 얇은 지폐 따위는 육지에 사는 갑부들의 보물에 비하면 하찮은 것에 불과했다. 하지만 사채업자가 보증서 따위는 필요 없다고 말하자, 그는 그녀가 자신에게 동냥하고 있다는 사실을 알아챘다. 감당하기 힘든 부끄러움이 밀려왔다. 항구에서 만났던 선장의 집 현관에서 여전히 꼼짝도 하지 않고 기다리고 있는 것만 같았다.

"기한 내에 다 갚을게요."

그가 몸을 일으키며 약속했다.

＊

내일 마을을 떠날 거라는 말을 전하기 위해 그는 밀레제의 집으로 갔다.

문틈으로 들여다보이는 정원에서, 달빛 아래 정자가 흑백의 그림자를 이루고 있었다. 밀레제의 장모가 고대의 여왕처럼 긴 의자 위에 앉아 있었다. 그녀 또한 목성의 여신을 존중하는 뜻에서 실을 잣지 않았고 열이 펄펄 끓는 딸과 벽에 기대어 땅바닥에 주저앉아 있는 창백한 얼굴의 하녀들과 더불어 수다를 떨고 있었다.

"우리 사위? 좀 전에 나갔네. 프레두를 만나러 가는 것 같던데."

그녀가 자친토에게 말했다.

"도련님 이모님들께서는 잘 계시지? 우리 오라버니 교장 선생한
테 선물을 보내줘서 고맙다고 꼭 전해주게."

"그 검은 자두 말이죠!"

먹성 좋은 하녀 하나가 말했다.

"나톨리아가 몰래 다 먹어 치워 버렸다니까요. 저런, 머리통을 후
려갈길."

"또 선물을 주시려거든 제가 도련님을 모시고 농장에 갈게요."

나톨리아가 들뜬 목소리로 말했다.

"그래, 그럼 오든가,"

자친토가 우울한 목소리로 대답하자, 노파가 그녀를 꾸짖었다.

"누구나 분수를 알아야 하는 법이야, 나톨리아!"

길가로 나온 자친토의 귀에 여자들이 뒤에서 자신과 그리젠다에
대해 쑥덕거리며 웃는 소리가 들려왔다.

그래, 떠나야만 해. 행운을 찾아서 가야만 해.

*

약혼녀의 집 앞을 지나치고 싶지 않았던 그는 오솔길을 에둘러 내
려가 피사 풍 성당의 폐허가 보이는 빈터에 다다랐다.

등대풀의 향기가 주위로 퍼져나가고 있었다. 부서진 탑 위로 하
늘빛이 감도는 달이 검은 촛대 위에 불꽃처럼 빛나고 있었다. 낮 동

안에는 존재하지 않을 것 같은, 세상에서 이미 지워진 듯한 장소였다. 빈터 바로 뒤편에는 석류와 종려나무들 사이로 아치문이 있고 벽으로 에워싸인 주랑과 반달 모양 창문이 나 있는, 무어인의 집처럼 꾸며 놓은 돈 프레두의 집이 있었다.

드넓은 정원을 가로지르자, 갈대를 성글게 엮어 만든 커다란 돗자리가 보였다. 낮 동안 콩을 말리는 돗자리 위에는 왕골 깔개가 덮여 있었다. 대문 너머 금빛을 띤 문 곁에 있는 퉁퉁한 삼촌과 깡마른 밀레제의 모습이 자친토의 눈에 들어왔다. 둘은 지층에 있는 방 안에서 테이블 위에 팔꿈치를 고이고 다리를 쩍 벌리고 앉아 술잔을 들이키고 있었다. 살진 남자와 마른 남자, 둘 다 무척 행복해 보였다.

"자, 어서 마셔!"

둘 다 자신들의 잔을 자친토 앞으로 밀어놓으며 말했다. 하지만 자친토는 잔을 밀쳐냈다.

"몸이 안 좋은 게야, 마시지 않고서?"

"네, 안 좋아요."

그는 어디가 안 좋은지까지는 이야기하지 않았다. 어쨌든 둘은 이해하지 못할 것이다.

"노에미 이모가 널 두들겨 패기라도 했나 보지?"

"그리젠다의 입맞춤이 모자랐나 보지? 저런, 머리통을 후려갈길."

밀레제가 먹성 좋은 하녀처럼 상소리를 했다.

"오오!"

자친토가 팔꿈치를 테이블에 올리고 손으로 머리통을 감쌌다. 그의 어깨가 떨리는 모습을 보자, 돈 프레두의 얼굴이 살짝 창백해졌다. 그가 계속 어깨를 떨자, 돈 프레두가 몸을 일으켜 조카의 몸에 손을 갖다 대며 말했다.

"나가자, 밖에 나가서 신선한 공기를 쐬자고."

셋은 함께 밖으로 나갔다. 그들의 발소리가 고요함을 가르는 순찰병처럼 울려 퍼졌다. 밖에 나가 함께 돌아다니자, 자친토 또한 그들의 쓸쓸한 즐거움 속으로 빠져들었다.

"극장에 가 보셨나요, 피에트로 삼촌? 육지에 있는 도시에서는 이 시간이면 놀거리가 시작된답니다. 극장 앞에 마차들이 검은 강처럼 줄지어 늘어서 있죠. 심지어 개를 줄로 묶어서 끌고 다니는 신사들도 있다니까요…"

밀레제가 어찌나 크게 웃었던지 딸꾹질이 나올 정도였다. 돈 프레두는 신중한 태도로 예리한 미소를 짓고 있었다.

"그럼, 그리로 돌아가든가! 그리젠다를 개처럼 묶어서 끌고 말이야."

"아, 정말이지 이 마을 사람들은 왜 다들 그리 멍청한 거죠?"

"네가 살던 마을만큼은 아니야."

잠시 입을 다물었던 자친토가 말을 이었다.

"왜 저더러 멍청하다고 하는 거죠? 제 심성이 바보같이 착해서 그런가요? 제가 젊음을 즐기는 게 잘못된 건가요? 그럼, 당신들은, 당신들은 뭐죠? 당신들 인생은 뭐냐고요? 당신 인생은 뭐죠? 몸이 아픈 아내를 돌보지도 않고 있잖아요. 그리고 당신, 피에트로 삼촌? 당신 인생은 뭔가요? 멍석 위에 널어놓은 콩처럼 돈을 끌어모을 줄만 알지, 그런 다음에는, 그 돈을 전부 돼지들한테 던져줄 건가요? 당신은 아무도 아낄 줄 몰라요, 심지어 자신조차도."

두 친구는 억지스러운 미소를 지으며 그의 말을 받아쳤다.

"오늘 저녁에 네 기분이 진짜 나쁜 게로구나. 물론 주머니 사정이 나쁜 거겠지."

"제 주머니가 당신보다 두둑해요! 선술집에 가서 보자고요."

자친토가 그림자가 드리워진 얼굴을 붉히며 말했다.

"우리랑은 안 마시겠다며! 하긴, 네가 죽는 꼴을 보는 한이 있어도 네가 사는 포도주는 마셔주지."

그들은 함께 인적이 드문 선술집으로 갔다. 두 남자가 카드놀이를 하고 있었고 다른 한 남자가 둘의 손에 들린 패를 요리조리 들여다보고 있었다. 돈 프레두가 눈짓을 보내자, 다른 테이블로 자리를 옮겨 앉은 네 사람 사이에 카드놀이가 시작되었다.

성서에 나오는 유대인처럼 끈을 묶은 조끼를 입은 작달막한 선술집 주인이 동양풍의 포도주병과 검은 철제 등잔을 테이블 한가운데 내려놓았다. 밀레제가 머리를 오른편으로 기울이고 양옆에 앉아 있는 사람들을 번갈아 처다보며 신중하게 카드를 섞었다.

"얼마나 걸 건데?"

"오십 리라."

자친토가 대답했다.

그는 사채업자가 준 지폐를 꺼내 들었다.

잃었다.

검은 등잔에서 타오르는 미동조차 없는 푸른 불빛이 부서진 탑 위에 떠 오른 달 같았다.

바람에 흔들리는 갈대

9

7월의 어느 날 저녁, 노에미는 정원에 나와 늘 앉던 자리에서 바느질을 하고 있었다. 몹시도 무더운 하루였다. 짙푸른 하늘에 회색빛이 감돌고 있었다. 불이 난 서쪽에서 흩날리는 재들로 뒤덮여 있는 듯했다. 회색투성이 밭에 금빛 점을 찍으며 무화과꽃들이 피어났고 낡아빠진 성당의 종탑 뒤에는 돈 프레두 저택의 석류들이 핏빛으로 얼룩져 있었다.

노에미의 마음에도 회색과 붉은색이 뒤섞여 있었다. 여름이 다가오고 있었지만, 해마다 그녀를 찾아오는 봄 앓이는 좀처럼 가라앉지 않았다. 오히려 폭력적일 만큼 격한 감정이 그녀를 고독으로 내몰아, 희망 없는 병자처럼 자신을 파멸로 몰아넣지 않도록 안간힘을 써야만 했다.

그날 그녀는 혼자였다. 에스테르 아가씨와 루트 아가씨는 교장 선생의 초대로 축제 위원회에 참가하러 갔다. 자친토는 밀레제의 심부름으로 오리에나에 포도주를 사러 갔다. 그랬다, 그는 형편없는 신세로 전락하고 말았다. 떠돌이 장사꾼의 하인 노릇이나 하는 신세. 노에미는 그를 무시했고 그에게 말조차 건네지 않았다. 하지만 혼자 있을 때면 그녀 위로 몸을 굽히고 눈물을 흘리며 식초로 그녀의 얼굴을 닦아주던 그의 모습이 떠올랐다. 자친토가 더듬거리며 그녀에게 건넸던 말들.

"나의, 나의 노에미 이모. 왜, 왜 그러세요?"

쨍쨍한 여름 하늘처럼 슬픔으로 타오르던 그의 눈동자를 그녀는 좀처럼 잊을 수 없었다.

입술에서 그가 흘렸던 눈물의 맛이 느껴지는 것 같았다. 인간의 모든 슬픔과 나약함이 스며든 맛. 그럴 때마다 산만하고 낙담하고 지루해하는 그의 모습, 산에서 굴러와 집을 무너뜨린 돌덩어리 같은 그의 모습은 어느 틈엔가 사라져 버렸고 선하고 열정적이고 후회하는 그의 모습만이 떠오르곤 했다.

그의 모습, 노에미는 그의 모습을 사랑했다. 종종 그 감정이 너무나도 생생했기에, 그녀는 정원에 몰래 숨어들어온 연인을 만나는 여인처럼 얼굴을 붉히며 눈물을 훔치곤 했다.

그럴 때면, 그녀의 영혼은 열정으로 떨려오곤 했다. 나무를 스치며 마른 잎새를 떨어뜨리는 바람처럼, 소용돌이 같은 열망이 몰아쳐 내면에 쌓여있던 슬픈 생각들을 몰아내곤 했다.

자친토의 눈물과 자신의 눈물이 하나가 되었다고 느꼈던 그 날, 그녀는 넋이 빠져나간 듯한 기분이었다. 입맞춤 한번 해 본 적 없는, 탐욕으로 떨리는 입술로 그녀는 그의 시큼한 눈물을 과즙처럼 빨아들였다. 젊음, 타오르는 열정, 자친토의 아픔이 그녀에게 고스란히 전해져 왔다. 그의 나이와 외모, 그가 누구인지는 상관없었다. 무성한 숲속 맑은 물가에 누워, 그녀의 입술 위로 몸을 굽힌 채 마시고 또 마시는 누군가를 그녀는 지켜보고 있었다. 자친토이자,

그녀 자신이기도 했다. 사랑에 목마른 살아있는 노에미, 샘솟는 물을 빨아들이는 신비로운 영혼. 채워지지 않는 갈증으로 허덕이는 그녀의 입술에서 흘러나온 생명력이 퍼져나가 그녀의 마음속에서 하나뿐인 무언가를 만들어 내고 있었다.

＊

문 두드리는 소리가 그녀를 일깨웠다. 그녀는 가서 문을 열었다. 언니들이거나 자친토이리라. 환상을 잠재우기만 하면 딱히 두려울 건 없었다. 하지만 문을 두드린 이는 포토이 아주머니였다. 그녀가 본능적으로 문을 닫으려 하자, 노파가 억지로 문을 잡아당겼다.

"저를 거미처럼 짓이겨버리려고 그러시나요, 노에미 아가씨! 제가 나쁜 짓을 하러 온 것도 아닌데."

노에미는 그녀를 무시하며 차가운 눈길로 손에 들고 있던 수틀을 바라보았다.

"무슨 일이죠?"

"아가씨와 차분하게 이야기를 나누고 싶어요. 그리스도인끼리 말이에요."

노파가 까맣게 탄 목에 걸린 산호 목걸이를 가다듬으며 말했다. 그녀는 애처로운 표정으로 해골처럼 비쩍 마른 몸을 부들부들 떨며 서 있었다.

"노에미 아가씨, 저를 좀 보세요! 땅을 쳐다보지 마시고요. 도움을 청하려고 왔어요."

"나한테요?"

"네, 아가씨한테요. 아가씨들이 제가 이 집에 발을 붙이지 못하도록 한 지 석 달이 지났어요. 당연한 일이지요. 그런데 제가 오늘 밤 마리아 크리스티나 마님 꿈을 꿨답니다. 종부성사를 받을 때처럼 제 침대 곁에 계신 걸 봤어요. 아름다운 마님께서 백합처럼 새하얀 손수건을 들고 계셨답니다. '노에미한테 가 봐.' 마님이 제게 말씀하셨죠. '노에미가 나의 마음을 지니고 있어. 죽은 자들의 마음은 산 자들의 마음속에 머무는 법이야. 어서 가 봐, 포토이.' 제게 말씀하셨어요. '노에미가 당신을 도와줄 거야.' 그렇게 말씀하셨어요."

문 옆에 멈춰 선 노에미는 수를 놓는 척하고 있었다. 수틀 위로 수그린 그녀의 얼굴에 산 위편 하늘 같은 붉은 빛이 감돌았다.

"그래서 저한테 원하는 게 뭐죠?"

"말씀드리죠. 아가씨께서도 다 아시겠지만요. 그 아이들은 서로 사랑한답니다. 제가 그랬죠. 서로 사랑하는 아이들을 왜 떼어놓아야 하지? 우리도 젊었을 적에는 그랬었는데? 하지만, 아가씨, 시간이 갈수록 젊은이가 이상해집니다. 우리 그리젠다는 실오라기처럼 비쩍 말라버렸어요. 아이더러 집 밖에 나가지도 말라고 하고 일하러 가지도 못하게 하고 문턱에 앉아 있는 꼴만 봐도 집안으로 들여보낸답니다. 그리젠다가 불평이라도 하면 그러죠. '너 때문에 우리 이모들은 죽을 지경이야. 특히 노에미 이모는 말이야.' 착하고 바른 젊은이인지라 그 이상은 얘기하지 않지만, 그 말이 우리 손녀를 소리 없이 죽이는 독이 되고 있답니다."

노파는 한숨을 깊게 내쉬고 노에미의 앞치마 가장자리를 만지작거리며 돌돌 말았다.

"노에미 아가씨, 나의 아가씨. 아가씨께서는 어머니의 마음을 지닌 분이십니다. 아가씨께는 말씀드릴 수 있어요. 제 아버지께서 한 번만 돈 차메를 쳐다보았다가는 꼬챙이로 눈을 쑤셔버리겠다고 말씀하셨을 때, 저는 더 이상 돈 차메를 쳐다보지 않았어요. 그 순간부터 돈 차메는 저한테 죽은 사람이나 마찬가지였지요. 하지만 그리젠다는 저와 달라요. 그리젠다는 눈을 감고 살 수 없답니다."

노파의 말이 노에미의 마음을 뒤흔들어 놓았다. 아이처럼 그녀의 앞치마를 만지작거리는 노파가 측은한 마음이 들기까지 했다.

"당신들 책임이에요."

노에미가 엄숙하게 말했다.

"이 일이 어떻게 끝날지는 나이 먹은 당신이 더 잘 알고 있었잖아요."

"알지요, 알다 마다요… 하지만 알 수 없는 거랍니다. 아가씨! 마음은 나이를 먹지 않는 법이잖아요."

"그건 그래요."

기어드는 목소리로 그녀의 말에 동의했던 노에미가 곧장 무시하는듯한 차가운 시선으로 눈썹을 치켜올리고 노파의 눈을 노려보았다.

"그래서 저한테 원하는 게 뭐죠?"

"아가씨께서 자친토 도련님께 말씀해주셨으면 해서요. 암요, 이렇게 말씀해주세요. 그리젠다를 내버려 두든지 결혼하든지 하라고요."

"내가 말해야 한다고요? 왜 하필 나죠?"

노에미가 물었다. 노파는 아무런 대답도 없이 그녀의 눈을 빤히 쳐다보았다. 그녀의 모든 생각을 꿰뚫고 있는 듯했다. 노에미는 그녀의 시선을 피하며 냉정한 투로 대답했다.

"난 그 아이에게 아무 말도 해줄 수 없어요! 내 말 명심하세요. 그 아이가 누군지 알고 계셨잖아요. 그러면서도 그리젠다가 어울리지 않는 사람과 사귀도록 내버려 둔 건 당신 책임이에요."

"어울리지 않는다니요? 자유로운 남자와 자유로운 여자는 늘 어울리기 마련이랍니다. 사랑한다면요. 나의 아가씨, 제발 도련님께 말씀해주세요. 제가 빵을 달라고 구걸하는 것도 아니잖아요. 아니, 이건 빵보다 훨씬 중요한 일이에요. 한 소녀를 구하는 일이랍니다. 아가씨가 말하면 젊은이는 들을 거예요. 착한 젊은이랍니다. 노에미 이모가 자기 때문에 힘들어하는 게 마음 아프다고 늘 말한답니다… 아가씨한테만 털어놓는 건데, 실은 저희 집에 와서도 늘 아가씨 얘기를 한답니다. 아가씨가 참 좋다고요. 그리젠다가 아가씨한테 질투를 느낄 정도로요."

노파의 말을 듣자 노에미는 웃음을 터뜨렸다. 그녀의 다리가 떨려오기 시작했다. 그녀의 마음에 황혼 같은 빛이 비쳐오기 시작했다. 금으로 이루어진 섬 곳곳에 신기루처럼 퍼져나가는 빛의 바다. 처음으로 느껴보는 환희의 순간이었다.

그 순간 세상이 멈춰버렸다. 노파가 그녀를 바라보았다. 해골 같은 목에 걸린 목걸이처럼 유리알 같은 그녀의 눈 속에 사악함이 번뜩였다.

"어떠세요, 노에미 아가씨? 제가 안심하고 돌아가도 될까요? 그렇지요, 도와주실 거지요?"

"가 보세요."

노에미가 달라진 투로 말했지만, 노파는 가지 않고 감사하다는 말을 계속했다.

"제 비천한 집은 늘 아가씨들 집 옆에 있었답니다. 주인님을 모시는 하녀처럼요. 그러니 좋지 않은 사이가 계속되어선 안 되지요. 우리 잔안토니오는 농장에 갔다 올 때면 눈물을 흘리곤 한답니다. 울면서 그러죠. '왜 아가씨들이 나를 내쫓는 거죠?' 아코디언을 들고 와 벽 뒤에서 연주한답니다. 노에미 아가씨에게 바치는 세레나데라고 하면서요. 아가씨도 들으셨지요? 이제 모든 게 다 잘 될 겁니다."

"그러길 바라야죠. 모든 게 다 잘 되길."

노에미가 말했다. 하지만 그녀 또한 무엇이 잘되어야 하는지 알 수 없었다. 하지만 그녀는 왠지 모든 사람에게 사랑을 베풀고 싶은 심정이었다.

"잔안토니오한테 가서 오늘 저녁에 들르라고 하세요. 붉은 배를 좀 주게요."

노파가 그녀의 손을 꼭 붙잡고 입을 맞췄다. 그리고는 눈물을 흘리며 돌아갔다. 노에미는 제자리로 돌아갔다. 흐릿해진 하늘이 그 날의 광채를 전부 끌어모은 듯 산 위편에서 아직 타오르고 있었다. 자수를 놓아보려고 했으나 수틀도 바늘도 그녀의 눈에 들어오지 않았다. 한없이 깊고 넓은 신기루처럼, 무한하고 거대한 빛이 그녀를 감쌌다. 소년이 부르는 세레나데, 사랑의 노랫말들이 타오르는 황혼 속에서 공기에 실려 귓가에 들려오는 것 같았다. 그녀의 눈앞에 치유의 성모 마리아 성당에 있는 신부님의 전망대가 보였다. 횃불이 타오르는 정원 안에서 축제가 한창이었다. 그녀 또한 어느새 아래로 내려가 줄지어 춤추는 여인네들과 함께하고 있었다. 그녀 또한 축제를 즐기고 있었다. 그 누구보다도 흥에 겨웠다. 그리젠다처럼, 나톨리아처럼, 함께 모인 여인네들처럼, 그녀의 마음 또한 달콤한 열정으로 불타오르고 있었다. 자친토가 그녀의 손을 붙잡고 축제로, 정원으로, 세상으로 그녀를 이끌고 있었다.

*

차츰차츰 그녀는 현실로 되돌아왔다. 횃불이 꺼졌고 그녀의 혈관을 타고 세차게 흐르던 피도 멈췄다. 수치스러운 꿈이었다. 그녀는 노파의 말을 떠올렸다. '모든 게 다 잘 될 겁니다.' 그녀는 조카가 그리젠다와 결혼할 수 있도록 뭐라고 설득해야 할지 생각에 잠겼다.

바람에 흔들리는 갈대

행복했으면! 그녀는 어느덧 인간 본연의 사랑으로 두 사람을 사랑하고 있었다. 궁핍한 상황에서 사랑으로 약속의 땅을 향해 가는 그들이 부디 행복하길. 한 남자의 사랑과 한 여자의 아픔을 그녀는 진심으로 이해하고 사랑하게 되었다. 둘 사이에 놓인 신비로운 삶을 가로지르며, 그녀는 늙은 어머니처럼 그들을 축복했다. 이집트를 향해 도망쳤던 부모들 사이에 있던 예수님처럼…

아이처럼, 노인처럼 그녀는 이유를 알 수 없는 울음을 터뜨렸다. 아픔이 곧 기쁨이요, 기쁨이 곧 아픔이었다.

*

누군가 다시 문을 두드렸다. 그녀는 수건으로 눈물을 훔치고 가서 문을 열었다. 한 남자가 문을 닫고 집 안으로 들어왔다.

법원에서 나온 직원이었다. 검은 얼굴에 한동안 자르지 않은 듯한 수염을 기른 홀쭉한 신사였다. 그의 손에는 두 번 접은 기다란 서류가 들려있었다. 대머리를 가리고 있던 두툼한 초록빛 모자를 벗어든 그가 노에미를 쳐다보며 주저주저 말을 건넸다.

"에스테르 아가씨는 안 계십니까?"

"안 계세요."

"이걸… 이걸 전해 드려야 하는데, 아가씨께 전해 드려도 되겠죠."

그가 빠른 어투로 말하며, 서류 맨 아래 공란에 글씨를 쓰기 시작했다.

'귀족 아가씨의 여동생, 노-에-미 핀토르 아가씨에게- 전달함.'

그녀는 꼼짝도 하지 않고 속으로 떨며 그를 쳐다보고 있었다. 백 가지 질문이 입밖에 튀어나오려 했지만, 꾹 참고 있었다. 마을 사람들 모두가 두려워하고 피하는 그 남자 앞에서 나약한 모습을 보이고 싶지 않았다.

법원 직원은 잠시 주춤하는 듯하더니, 그녀에게 서류를 건네주고서 재빨리 사라졌다.

노에미가 겨드랑이에 수틀을 끼고 서류에 적힌 글을 읽기 시작했다. 채 마르지 않은 사랑의 눈물로 젖은 그녀의 두 눈이 촉촉했다.

"왕의 이름으로…"

서류 속에는 악한 세력이 보내온 듯한 비밀스럽고 무시무시한 무언가가 담겨 있었다.

차츰 읽고 이해할수록 노에미는 꿈인지 생시인지 알 수 없었다. 자리에 앉아, 다시 한번 찬찬히 읽어 보았다.

카테리나* 카르타, 직업은 주부,

카테리나 카르타는 귀족 에스테르 핀토르에게 다음의 내용을 실행할 것을 요청하는 바이다. 귀족 에스테르 핀토르의 서명이 날인된 보증서에 명시된 바대로 5일 안에 2600리라를 상환할 것을 요구하는 바이다.

에픽스와 마찬가지로 노에미 또한 처음에는 에스테르 아가씨가

---

* 칼리나의 표준어 호칭

무분별한 짓을 했다고 생각했다. 그녀의 이마가 분노로 온통 시뻘겋게 변했다. 캄캄한 밤을 비추는 불꽃처럼, 자친토를 위해서라면 에스테르 언니가 무슨 짓이라도 했을 거란 확신이 들었다. 그리고는 침묵… 어둠… 그녀가… 하지만 에스테르가? 에스테르는 미친 짓거리를 할 수 있는 사람이 아니었다. 에스테르는 굴러들어온 그 아이에 대한 사랑 때문에 집안을 망쳐놓는 짓 따위는 할 수 없었다.

섬광처럼 진실에 눈이 뜨이자, 그녀는 몸을 일으켜 펄쩍펄쩍 뛰어다니기 시작했다. 몸이 아픈 사람처럼 넘어지고 비틀거리며 온 집안을 이리저리 뛰어다니기 시작했다.

＊

언니들이 집에 돌아와 그런 그녀의 모습을 보았다.

에스테르 아가씨가 숄 밖으로 손을 빼내 종이를 집어 들었다. 루트 아가씨는 이미 어두워진 집안에 등잔불을 켰다.

셋은 나란히 벤치에 앉았다. 침착함을 되찾은 노에미가 큰 소리로 다시 내용을 읽었다. 서류를 바라보는 그녀들의 얼굴이 고통에 젖어 축축해졌다. 노에미가 고개를 들고 말했다.

"만일 에스테르 언니가 서명한 게 아니라면, 우리는 한 푼도 갚지 않아도 돼. 당연한 거 아니야? 왜 우리가 벌벌 떨어야 해?"

"그럼 그 아이가 감옥에 갈 텐데."

"그 아이한테는 최악의 일이겠지!"

"노에미, 넌 그걸 말이라고 해? 기독교인을 감옥에 보내는 게 말이나 돼?"

"그럼 어떻게 할 건데?"

"갚아야지."

"그런 다음에는? 밖에 나가서 구걸하러 돌아다니게?"

"예수님께서도 구걸하셨잖아."

"하지만 예수님께서는 벌도 내리셨어. 죄인들, 사기꾼들, 거짓말쟁이들한테…"

"그건 딴 세상 얘기야, 노에미!"

두 자매가 언쟁을 벌이는 동안, 루트 아가씨는 줄곧 침묵을 지키고 있었다. 의자 등받이에 몸을 기댄 그녀는 땀을 흘리며, 죽은 사람처럼 양손을 옆으로 축 늘어뜨리고 있었다. 그녀는 생전 처음 낯선 기분을 맛보았다. 움직여야만 한다는, 가족을 돕기 위해 무언가를 해야만 한다는.

"아."

에스테르 아가씨가 가슴 위로 숄을 묶으며 말했다.

"어쨌든 침착하고 신중하게 행동해야 해. 내가 칼리나한테 가서 말미를 달라고 사정해 볼게."

"언니, 우리 언니가? 언니가 사채업자의 집에 가신다? 에스테르 핀토르 아가씨가?"

노에미가 그녀의 숄 가장자리를 끌어당겼다. 그러자 침착하고 신중하게 행동하라던 에스테르 아가씨가 발끈하며 말했다.

　　　　　바람에 흔들리는 갈대

"그 잘난 에스테르 아가씨가 뭐라고. 이건 해야만 하는 일이야. 알잖아, 동생, 모두를 위해서."

그리고는 나가버렸다.

노에미는 다시금 분노와 수치심에 사로잡혔다. 그녀의 눈앞에 희생양으로 둔갑한 에픽스가 모습을 드러냈다. 그녀는 현관문을 열고 밖으로 나가 하인을 데려오라고 심부름을 보낼 누군가가 지나가길 기다렸다.

"그 인간, 이게 다 그 인간 때문이야! 그 인간이 자친토를 돌보고 우리를 지켜준다고 했잖아…"

아무도 지나가지 않았다. 주위는 온통 고요했고 집안에서는 루트 아가씨가 죽은 듯이 조용히 있었다. 노에미는 그 기다림의 순간을 결코 잊을 수 없었다. 스러져가는 황혼빛이 그녀 생애의 마지막 빛인 것만 같았다. 부서진 돌 위에 걸터앉아 그녀는 앞을 바라보았다. 알 수 없는 누군가를, 구원자이자 동시에 응징자인 누군가를 그녀는 기다리고 있었다.

느리고 묵직한 발걸음 소리가 울려 퍼졌다. 길 아래에서 올라오는 누군가의 형상이 보였다. 빛이 저문 지평선을 배경으로 형상이 점점 커지며 발소리가 울려 퍼졌다. 시커먼 형상의 가슴께 심장이 자리한 곳에서 한 줄기 섬광이 비추는 듯했다.

노에미 앞에 다다른 그는 떨고 있는 그녀를 보자 걸음을 멈췄다. 그녀는 쓰러지지 않으려 손으로 벽을 짚고 힘겹게 몸을 일으켰다.

지나가는 사람에게 자신이 떨고 있는 모습을 보이고 싶지 않았다.

그가 물었다.

"노에미, 왜 그래요?"

그녀는 으스러질 것만 같은 마음을 다잡고 도움을 청했다.

"프레두, 제 부탁 좀 들어줘요, 농장에 가서 에픽스를 데려올 사
람을 찾아줘요."

"내가 갈게요, 노에미."

"당신? 당신? 당신은… 안 돼요."

"왜요?"

그가 큰 소리로 말했다.

"내가 수박이라도 훔칠까 봐 걱정하는 거요?"

그녀는 거의 의식을 잃은 상태로 계속 중얼거렸다.

"당신은 안 돼… 당신은 안 돼… 당신은 안 돼…"

돈 프레두는 집안에서 무슨 일이 벌어졌는지 이내 짐작할 수 있
었다.

얼마 전, 아가씨들의 집에 바구니를 전해줬던 그 날 저녁, 그리고
자친토가 '당신은 돼지한테 던져주려고 돈을 콩처럼 쓸어모을 줄만
안다'라고 했던 그 날부터, 그는 공허했던 내면을 돌이켜보고 있었
다. 문득 그의 마음속에서 사촌들을 향한 안타까운 마음이 정체
모를 병균처럼 퍼져나갔다.

덜덜 떨고 있는 노에미의 모습을 본 그는 그녀에게로 다가가 손

으로 벽을 짚었다. 둘의 얼굴이 바짝 닿을 듯했다. 그에게서는 남자, 땀, 햇볕에 그을린 피부, 포도주, 담배의 내음이, 그녀에게서는 고립, 라벤더, 눈물의 내음이 풍겼다.

"노에미."

그가 모자를 벗었다가 다시 쓰며, 수줍고 투박한 말투로 말했다.

"내 도움이 필요하다면 말해 봐요. 대체 무슨 일이 있는 거요?"

노에미는 대답하지 않았다. 말할 수 없었다.

"무슨 일이오?"

그가 큰 소리로 반복했다.

"우린 망했어요, 프레두…"

마침내 그녀가 입을 열었다. 자신의 의지와 상관없이 입에서 말이 술술 흘러나왔다.

"우린 다 끝났다고요. 자친토가 에스테르의 서명을 위조했어요… 사채업자가 법대로 하겠대요…"

"이런, 빌어먹을!"

돈 프레두가 주먹으로 벽을 쿵 치며 소리쳤다.

그가 고함을 지르자, 두려워진 노에미는 본래의 자신으로 되돌아왔다. 자존심이 상했다. 이웃들이 창가에서 자신의 비참한 이야기를 엿듣고 있는 것 같았다.

"안으로 들어와요, 프레두. 당신한테 다 이야기할게요."

그는 이십 년 동안 단 한 번도 밟지 않았던 문턱을 넘어 집안에 들어갔다.

오래된 의자 위에서 등잔불이 타오르고 있었다. 불꽃이 루트 아가씨를 안쓰러워하며 동행해 주고 있는 것 같았다. 머리를 등받이에 기대고 양손을 손잡이 위로 힘없이 늘어뜨린 채 그녀는 미동조차 없이 의자에 앉아 있었다. 얼굴의 절반은 반질반질했고 그늘 속 다른 절반은 검은색이었다. 높은 곳을 향해 반쯤 감은 두 눈은 곁눈질로 머나먼 어딘가를 바라보려 애쓰고 있는 것 같았다.

그녀의 모습을 보자마자 상황을 깨달은 돈 프레두는 그녀에게 다가가 얼굴을 세게 쳤다. 노에미가 깜짝 놀라 그를 쳐다보더니 언니에게로 달려갔다.

"루트, 루트?"

그녀가 언니의 어깨를 흔들며 기어드는 소리로 말했다.

루트 아가씨의 머리가 이편에서 저편으로 힘없이 기울어졌다. 그녀의 온몸이 자신을 부르는 대지의 목소리에 화답하려는 듯 앞을 향해 기울어지기 시작했다.

잔안토니오가 연주하는 아코디언 가락이 혼란에 빠진 노에미의 고통을 비추는 빛처럼 먼 곳으로부터 들려왔다.

소년은 노래하고 있었다. 그가 설익은 목소리로 부르는 형언할 수 없을 만큼 서글픈 곡조가 부드럽고 흐릿한 밤을 가득 채우고 있었다. 노에미는 루트 아가씨가 앉아 있던 의자 아래 무릎을 꿇고 앉아, 고개를 들고 주위를 둘러보았다. 혼자였다. 돈 프레두는 에스

바람에 흔들리는 갈대

테르 아가씨를 찾으러 밖으로 나갔다. 노파가 했던 말이 떠올랐다. '잔안토니오가 세레나데를 부르러 온답니다.' 그녀의 초록빛 입술에서 고통으로 신음하는 소리가 흘러나왔다. 외침, 울부짖음, 한탄의 소리가 숲속에 버림받은 상처 입은 새가 우는 듯한 소년의 노랫소리와 뒤엉켰다.

한순간 모든 것이 잠잠해졌다. 그리고는 걸음 소리와 목소리들이 울려 퍼졌다. 정원에 사람들이 가득했다. 노에미는 자신의 곁에서 놀란 토끼 눈을 하고 서 있는 창백한 소년을 보았다. 빼앗기기라도 할까 봐 두렵다는 듯 아코디언을 가슴에 꼭 끌어안고 있었다. 그녀가 소년에게 다가가 귓속말로 속삭였다.

"뛰어. 가서 에픽스를 불러와."

10

루트 아가씨는 세상을 떠났다. 침묵과 어둠이 다시금 집안을 지배
했다.

에픽스는 자스민 꽃을 손에 들고 머리를 벽에 기댄 채 계단에 앉
아서 알 수 없는 두려움에 휩싸여 자친토가 돌아오길 기다리고 있
었다.

자친토는 돌아오지 않고 있었다. 비극적인 사건이 벌어졌다는 사
실을 알고 돌아오길 주저하고 있는 게 분명했다. 어디에 있는 걸까?
아직도 오리에나에, 누오로에, 아니면 그보다 먼 곳에?

에픽스는 지난 사흘 동안 벌어졌던 충격적인 사건에 대한 기억을
가다듬어 보고자 애썼다. 자신의 초가집 앞에 앉아 저 아래편 오
리나무 사이로 새들의 노랫소리를 듣고 있는 것 같았다. 강의 목소
리가 귓가에 들려왔다. 청량한 밤을 가르며 퍼져나가는 물결의 음
률. 어찌나 애달픈 곡조였든지 밤의 정령들조차 언덕 끝에 몸을 숨
기고 가만히 듣고 있는 것 같았다. 에픽스는 돌풍이 자신을 멀리
싣고 가는 듯한 기분을 맛보았다. 기억과 희망들이 그의 육신을 공
중으로 들어 올렸다. 자친토를, 꿈과 같은 이야기들을 들려주었던
자친토를, 그는 기다리고 있었다. 일자리를 구했고 이모들을 위로
하겠다는 약속을 지켰노라는, 그리고 돈 프레두는 노에미에게 자
신의 아내가 되어달라고 청할 것이다.

　　　　바람에 흔들리는 갈대

하지만 그의 눈앞에 모습을 드러낸 이는 자친토가 아닌 가슴에 검은 천 조각을 달고 있는 잔안토니오였다. 순간 에픽스는 잔인한 환상 속으로 쿵 하고 떨어지는 기분이었다. 악몽, 밤을 뚫고 새하얗게 난 큰길, 언덕에서 아코디언의 목소리가 내달려와 새소리를 뒤덮었다. 깜짝 놀란 요괴와 괴물들이 튀어나와 어둠 속에서 빙글빙글 돌며 춤을 추고 있었다.

그는 또다시 기다렸다. 하지만 자친토 또한 괴물로 변해 있었다. 밤의 정령들이 그들의 신비로운 왕국으로 그를 끌고 가서 끔찍한 모습으로 바꾸어 놓은 것 같았다.

다시는 돌아오지 않는 편이 나을 것이다.

부엌에서 새어 나오는 희미한 불빛이 정원 한구석을 비추고 있었다. 집안에서 살금살금 소리가 들려왔다. 노에미와 에스테르 아가씨가 움직이는 소리였다. 그들 또한 살아있다는 표시를 내는 것이 두려운 듯했다.

✳

누군가 대문을 두드리자, 두 여인과 하인이 동시에 죽음의 꿈에서 깨어나 몸을 벌떡 일으켰다. 자친토의 소식을 묻기 위해 찾아온 포토이 할머니였다. 아가씨들은 어둠 속에서 다가와 누군가를 찾는 것처럼 주위를 두리번거리는 그녀가 마음에 들지 않는 눈치였다.

"젊은이가 어디를 갔는지 5일째 통 소식이 없다네! 말해 주게, 나의 영혼 에픽스. 젊은이가 어디에 있는지?"

"저도 모르는 걸 어찌 말합니까?"

"말하게, 말해 주게나."

그녀가 고집을 부렸다. 에픽스를 향해 몸을 숙인 그녀가 목걸이를 만지작거렸다. 자기 몸에서 목걸이를 빼내 에픽스에게 건네줄 참인 것 같았다.

"쫓아내 버렸어? 노에미 아가씨가 쫓아내 버렸냐고? 말해 봐, 당신은 알고 있잖아. 우리 그리젠다가 죽어가고 있다고…"

그녀는 몸을 수그리고 또 수그렸다. 그녀의 검은 윤곽선이 산처럼 새카매졌고 에픽스는 고개를 들어 반짝이는 별을 바라보았다.

"내가 자네한테 뭘 줄 수 있을까, 나의 영혼 에픽스?"

"아무것도요, 할머니!"

그가 큰 소리로 대답했다.

"맹세컨대 전 몰라요! 혹시 여기 오면 알려 드릴 게요…"

"자넨 좋은 사람이야, 에픽스! 하느님께서 갚아 주실 게야. 밖으로 나와 보게나. 저 아이를 좀 위로해 주게…"

노파가 그의 손을 붙들고 밖으로 잡아끌었다. 그리젠다가 벽에 기대어 서서 울고 있었다. 그녀가 좋아하는 것들을 전부 감옥에 가둬놓고 그녀더러 들어가지 말라고 하는 것 같았다.

"얘야, 왜 그러고 있어? 돌아올 거야, 꼭."

"들었지, 나의 영혼아?"

노파가 소녀를 벽에서 떼어내며 말했다.

바람에 흔들리는 갈대

"돌아올 거야! 영원히 떠난 게 아니야, 아니라고!"

"돌아오고 말고. 소녀야!"

그리젠다가 에픽스의 손을 잡고 홀쩍거리며 입을 맞췄다. 에픽스의 손가락 사이로 눈물 젖은 그녀의 입술이 이슬 젖은 꽃처럼 축축한 자국을 남겼다. 사흘 동안 그를 괴롭혔던 악몽이 녹아내리는 기분이었다.

"돌아올 거란다."

그가 큰 소리로 다시 말했다.

"다 잘 될 거란다. 잘못을 뉘우치고 심판을 달게 받을 거야. 너희들은 행복할 테고 다 잘 될 거란다…"

두 여인은 마음의 위안을 얻고 돌아갔다.

집안에 들어온 에픽스는 노에미가 미동조차 없는 검은 그림자처럼 우뚝 서 있는 모습을 보았다.

"에픽스, 다 들었어. 에픽스, 우릴 죽일 작정은 아니겠지. 자친토는 이 집안에 발을 들여놓아서는 안 돼."

에픽스가 들고 있는 자스민 꽃이 어둠 속에서 떨려왔다. 마치 자신의 고통 같았다.

"죽이다니요, 제가! 왜요?"

"에픽스, 다 들었다고!"

그녀가 무미건조한 목소리로 말했다. 갑자기 몸을 돌린 그녀의 그림자가 높고 거대한 무언가처럼 보였다. 호랑이 한 마리가 으르렁거리며 달려드는 것 같았다.

"에픽스, 알아듣겠어? 그 아이는 절대 여기 들어와서는 안 돼, 마을에조차도! 당신, 당신이 이 모든 일의 원인이야. 당신이 그 아이를 우리한테 오게 했고 당신이 그 아이한테서 우리를 지켜주겠다고 했잖아… 당신이…"

에픽스가 죄수처럼 베레모를 벗어들었다.

"노에미 아가씨, 절 용서하세요! 전 좋은 일이라 믿었는데… 제가 없더라도 누군가 아가씨들을 지켜줄 수 있을 거라고 생각했는데…"

"당신? 당신이? 당신은 그저 하인에 불과해! 우리 같은 귀족이 당신이 들고 다니는 저 넝마 쪼가리를 들고 구걸하는 꼴을 보고 싶어? 그전에 까마귀가 당신 눈을 쪼아먹어 버릴 거야. 우리 중 둘이 떠나는 꼴을 봤지만… 둘은 아직 남아 있어. 당신은 영원한 하인이고 우리는 영원한 주인이야…"

그는 악마 들린 사람을 마주할 때처럼 십자가 성호를 그었다. 그리고는 세상으로부터 도망치듯 넝마 자루를 집어 들고 자리를 떴다. 에스테르 아가씨가 그의 손을 붙들자, 그녀의 뒤를 쫓던 노에미 아가씨의 안색이 보랏빛으로 변하더니 눈을 감고 루트 아가씨처럼 벤치 위에 쓰러졌다.

그는 다시 돌아와, 바깥 계단에 앉아 손으로 얼굴을 감싸 쥔 채 밤을 보냈다.

*

바람에 흔들리는 갈대

먼동이 트기 직전, 그는 자친토를 찾아 나섰다. 처음에는 회색빛이었던 저 위편의 큰길이 하얀빛으로, 차츰 분홍빛으로 물들었다. 지평선 너머 환영 같은 봉우리들 위로 물결을 일으키며 붉은 연기를 몰고 온 여명이 언덕 위까지 솟구쳤다. 몬테 코라시, 몬테 우데, 벨라 비스타, 사 바르디아, 산투 잔느 몬테 노우 산봉우리들이 활짝 핀 꽃잎처럼 광채를 발하며 솟아올랐다. 하늘조차 그들의 아름다움에 감격해 창백한 몸을 숙이고 있는 듯했다.

태양이 뜨자 환영은 사라졌다. 매들이 칼날처럼 빛나는 날개를 활짝 펴고 쉿소리를 내며 날아올랐고 오르토베네 산의 그림자가 오리에나의 흰 보루 앞에 펼쳐진 누라게 같은 도시 위를 뒤덮었다. 지평선 저 너머 누오로의 대성당이 모습을 드러냈다.

에픽스는 두 눈이 열기로 뒤덮인 채 걸어갔다. 죽은 채로 걷고 있는 것 같았다. 가고 또 가고 끝나지 않을 자신의 운명에 도달해야 하는 죄지은 영혼처럼 그는 발걸음을 옮겼다. 운명에 저항하고픈 마음이 종종 그를 멈춰 세울 때면, 그는 돌담에 걸터앉아 먼 곳을 향해 눈을 돌렸다. 산과 언덕 사이 오르막의 바위틈에 온통 회색빛인 올리브와 무화과나무들이 보였다. 마치 자신의 골고다인 듯, 마침내 자신을 해방의 장소로 이끌어 줄 수 있는 길인 듯 보였다. 오르토베네 산의 윤곽선을 바라보며 그는 생각에 잠겼다. 저 위편에는 화강암으로 지어진 도시, 고요하고 굳건한 성들이 자리 잡고 있다. 저 위에서 홀로 기거할 수만 있다면, 풀을 뜯어 먹고 산적들처럼 고기를 훔쳐 먹으며 자유롭게 지낼 수만 있다면?

하지만 언덕 사이 바위 위에 세워진 그리스도상이 그의 눈에 들어왔다. 푸르른 하늘과 회색빛 대지를 이어주려는 듯 거대한 십자가를 지고 있었다. 자신의 환상이 부끄러워진 그는 무릎을 꿇고 머리를 조아렸다.

*

자친토는 오리에나에 머물고 있었다. 끔찍한 일로 인해 루트 이모가 세상을 떠났다는 사실을 알게 되자 두려워진 그는 마을에 돌아갈 수 없었다. 그는 밀레제를 위해 포도주를 사는 일을 하며 받는 푼돈으로 근근이 연명하고 있었다. 앞으로 뭘 해야 할지 알 수 없었다. 그 또한 먼 곳을 바라보고 있었다. 경사진 정원 위편에 자리잡은 작은 방의 구멍 같은 창밖으로 그는 장밋빛으로 얼룩진 하늘 저편, 누오로의 대성당이 있는 이스포로실레 계곡을 바라보고 있었다.

누오로에 가겠다고 마음먹은 것은 아니었다. 그는 여전히 무슨 일이 일어나기만을 기다리고 있었다.

자친토는 마을을 이리저리 돌아다니며, 성당 문 앞에서 어질어질할 정도로 햇빛을 쐬었다. 푸르른 대리석으로 만들어진 듯한 하늘 아래 석회암 채석장 같은 새하얀 마을이 이글이글 타올랐다. 이따금 서늘한 바람이 불어와 그의 땀을 식혀 주었고 그럴 때면 밭에서 자라나는 호두와 복숭아들이 살랑거리는 물과 새들 틈에서 다정하게 속삭이곤 했다.

자친토는 미사를 드리러 가는 여인들의 모습을 바라보았다. 경건하고 경직된, 검은 면도날처럼 빛나는 머리타래 속에 담긴 창백하고 각진 얼굴들, 새끼 사슴의 향취, 꽃무늬가 수놓아진 예쁘고 작은 신발들. 자수로 뒤덮인 손수건을 두른 붉은 상의를 입은 그녀들이 성당 바닥에 앉자, 마치 꽃밭에 와 있는 듯했다. 성당 안은 리본과 상징들, 진주 같은 눈동자를 지닌 작고 검은 성인들, 비대하고 일그러진 성인들, 상징이라기보다 괴물처럼 보이는 존재들로 가득했다.

미사가 끝나자 사람들은 집으로 돌아갔고 자친토는 이모들의 집을 떠오르게 하는 허물어져 가는 성당을 지나 자신의 은신처로 돌아갔다. 그리젠다가 아닌 노에미 이모를 떠올렸고 왠지 울고 싶은 심정이었다. 마을로 돌아가, 정원에서 바느질하는 그녀 곁에 앉아, 수틀 아래 그녀의 무릎에 머리를 기대고 싶은 심정이었다. 하지만 그는 이내 자신의 꿈이 부끄러워졌고 고독한 작은 방의 창가로 돌아가 누오로의 성당을 바라보았다. 아마도 그를 구원해줄 장소일 것이다.

바위 색깔 제비 둥지들이 작은 집의 창들과 지붕 사이를 장식하고 있었다. 둥지마다 한 무리의 새끼들이 있었다. 이따금 캐스터네츠처럼 둥글게 빛나는 자그마한 머리통 하나가 껍데기를 깨고 밖으로 나왔고 이어서 열 개, 스무 개의 작고 검은 십자가들이 나부

졌다. 자친토의 창문 주위에서 삑삑거리며 서글프게 우는 소리가
들려왔다. 제비 한 마리라도 붙잡아보려 그는 창밖으로 손을 뻗었
으나 새들은 그의 얼굴 앞을 스치고 지나갔다. 그리고는 저만치 날
아가서 복병처럼 꼼짝도 하지 않고 앉아 있었다.

✻

어느 날 그는 지친 모습으로 정원을 올라오는 에픽스의 모습을 보
게 되었다. 자신이 그토록 기다려 왔던 사람이었다.

창문 아래 당도한 하인은 아무 말도 없이 위를 올려다보았다. 입
을 열 기운조차 없었던 에픽스는 자친토를 향해 따라오라는 고갯
짓을 했고 자친토는 그의 뒤를 따라갔다.

성당 뒤편으로 간 둘은 허물어진 벽에 몸을 기댔다. 그들의 맞은
편에 웅장하고 찬란한 풍경이 펼쳐져 있었다.

"어떠세요?"

에픽스가 떨리는 목소리로 물었다.

자친토는 그의 질문이 너무도 반가운 나머지 웃고 싶었으나, 한편
으로는 힘없는 하인에게 못되게 굴고 싶은 심정이기도 했다.

"지금 나한테 '어떠세요'라고 묻는 거야? 그건 내가 당신한테 묻고
싶은 말인데. 뭐 새로운 소식이라도 있어서 내 발뒤꿈치를 졸졸 따
라오셨나? 노에미 이모 결혼식 때 쓸 포도주를 사러 오셨나?"

"이모님들을 욕보이지 마세요! 다시는 뵙지 못할 겁니다. 루트 아
가씨께서 돌아가셨어요."

그의 말을 듣자, 자친토는 고개를 숙이고 손을 바라보았다.

"아시겠어요? 알겠냐고요? 위로의 말 한마디도 없다니! 눈물조차도! 도런님 때문에 비참하게 돌아가셨다고요! 도런님 때문에 힘들어서요."

자친토의 어깨가 떨려오기 시작했다. 그의 아랫입술도 떨려왔다. 그는 입술을 꼭 깨물고 무언가를 내버리려는 듯 주먹을 쥐었다 폈다 했다.

"내가 뭘 했는데?"

그가 우울한 투로 물었다.

그러자 에픽스가 고통과 경멸의 표정으로 그를 올려다보았다.

"지금 그걸 질문이라고 하세요? 무슨 짓을 한지조차 모르고 여기 있는 거예요? 전 아무 말도 하지 않겠어요. 아무것도 묻지 않겠어요. 도런님한테는 아무것도 없으니까요. 심장조차도! 이모님들 집에 발을 들여놓지 말라는 말을 하러 왔을 뿐이에요."

"괜한 헛고생을 했네! 누가 그리로 돌아간대?"

"그게 할 대답인가요? 이제 어떻게 할 작정인지 말해 보세요. 불쌍한 이모님들을 거지꼴로 만들어 놓고서, 이제 어떻게 할 건데요?"

"내가 돈을 다 갚을 거야."

"도런님이요? 픽이나요! 아, 이제 제발 그만 좀 하세요! 더 이상 아무도 속일 수 없어요, 알겠어요? 그만 끝내세요. 앞으로 아무것도 내줄 게 없으니 그런 거짓말은 그만하라고요. 알겠어요, 불쌍한 도련님?"

그러자 자친토가 사악한 표정으로 위를 올려다보았다. 그리고는 양팔을 위로 활짝 벌렸다. 먹잇감을 낚아채는 독수리처럼 에픽스를 향해 몸을 뒤흔들며 땅에서 날아오르려는 것 같았다. 자친토의 얼굴이 사납게 변했고 그의 눈과 이빨이 황혼빛을 받아 번뜩였다.

"말해 봐, 부끄럽지도 않아?"

그가 에픽스의 팔을 움켜잡고 눈을 노려보며 소리 죽여 물었다.

그의 시선이 에픽스의 눈동자를 불태워버리려는 것만 같았다. 에픽스의 귓속에서 윙윙거리는 소리가 울려 퍼졌다.

"부끄럽지도 않냐고? 비참한 건 내가 아니라 당신이야! 난 실수를 저질렀지만, 젊으니까 다시 일어설 수 있어. 왜 여기까지 와서 나를 괴롭히는 거야? 난 당신이 올 거란 걸 알고 있었어. 실은 당신을 기다리고 있었지. 당신, 당신만큼은 나를 정죄할 게 아니라 이해해줘야 하는 거 아니야? 대답해 봐. 아, 살인자께서 떨고 계시나? 저리가, 내 손으로 당신을 건드린 것조차 수치스러워."

자친토가 그를 밀치고 내달리자, 에픽스가 쫓아가 그의 손을 붙잡았다.

"잠깐만요, 도련님!"

멀리서 들려오는 목소리에 귀 기울이듯 둘은 잠자코 있었다.

"자친토! 한 가지만 말해 봐요. 자친토! 죽을 사람 마지막 소원을 들어주는 셈 치고요, 자친토! 도련님 어머니의 영혼을 위해서 말해 봐요! 어떻게 알게 된 거죠?"

"그게 뭐가 중요해?"

"말해 봐요, 말해 봐요, 자친토! 어머니의 영혼을 위해서."

자친토는 그 순간 에픽스의 눈빛을 결코 잊을 수 없었다. 심연 깊은 곳으로부터 길어낸 탄식의 눈빛, 그의 손이 자친토의 손을 꽉 쥐고 땅을 향해 끌어당기고 있었다. 하인의 몸이 서서히 땅으로 주저앉았다.

그리고는 입을 다물었다.

에픽스가 그의 손을 놓았다. 땅 위에 몸을 엎드린 그가 기침하며 피를 토하기 시작했다. 그의 얼굴이 부패한 검은색으로 변했다. 자친토는 그가 죽는 줄로만 알았다. 그의 몸을 일으켜, 어깨를 벽에 기대놓고 몸을 일으켜 그를 내려다보았다.

"말해 봐요! 말해 봐요!"

에픽스가 피가 홍건한 손바닥을 펼치며 숨을 헐떡거렸다.

"어머니가 그랬나요? 어머니가 그러지 않았다고만 말해줘요."

자친토가 고갯짓으로 아니라고 하자, 에픽스는 비로소 안정을 되찾았다.

"맞아요."

그가 낮은 목소리로 말했다.

"제가 죽였어요, 맞아요. 도련님 할아버지를요. 길거리에서, 성당에서 수도 없이 고백하고 싶었지만, 아가씨들 때문에 차마 그럴 수 없었어요. 제가 없으면, 누가 아가씨들을 돌보겠어요? 일부러 그런 건 아니었어요, 자친토 도련님! 그것만은 맹세할 수 있어요. 도련님 어머니가 도망치고 싶어 한단 걸 알게 되었고 제가 어머니를 도와줬어요. 그녀를 흠모했으니까요. 그게 제가 저지른 첫 번째 범죄였어요. 눈을 들어 그녀를 바라보았죠. 벌레만도 못한, 하인 주제에. 제 마음을 알았던 그녀가 도망치기 위해 저를 이용했어요… 그리고는 그가, 아버지가 모든 걸 알아냈어요. 어느 날 저녁, 그가 저를 죽이려고 덤벼들었어요. 전 죽지 않으려, 그의 머리를 향해 돌을 던졌어요. 그는 팽이처럼 빙그르르 돌더니만, 양손으로 뒤통수를 감싸고 쓰러졌어요. 저한테 달려들었던 곳에서 한참을 더 가서요. 전 일부러 그러는 줄 알고… 기다리고… 또 기다리고… 일어나기만을… 그러자 땀이 나기 시작했어요. 하지만 제 몸을 움직일 수 없었죠… 죽은 척하는 줄 알았어요. 쳐다보고… 또 쳐다보고… 그렇게 시간이 흘러갔어요. 그리고 마침내 알게 되었어요. 자친토? 자친토?"

에픽스가 자신이 죽인 이의 이름을 다시금 부르려는 듯, 낮고 쓰라린 목소리로 그의 이름을 연이어 불렀다.

"이름을 불렀어요… 대답하지 않았죠. 그를 건드릴 수 없었어요… 그리고 전 도망쳤어요. 그리고는 되돌아갔어요… 세 번씩이나 그랬죠. 하지만 건드릴 수 없었어요. 두려웠어요…"

붉은 하늘 위의 검은 그림자처럼 그의 목소리를 듣고 있던 자친토의 어깨가 떨려오자, 에픽스는 지평선 전체가 떨려오는 것만 같

바람에 흔들리는 갈대

았다.

하지만 잠시 후, 자친토는 아무런 말도 없이 사라져 버렸다. 에픽스는 눈 앞에 펼쳐진 무한한 풍경을 바라보았다. 주름처럼 접힌 그림자가 깃든 분홍빛 골짜기 위, 그보다 위, 황혼을 등진 누오로의 검은 언덕들에 이르기까지.

한없는 침묵이 감돌았다. 허물어져 가는 벽 틈으로 제비 소리만 들려올 뿐이었다. 멀리서 말발굽 소리가 들려오더니, 점점 멀어져 갔다.

"자친토,"

에픽스가 생각했다.

"말을 타고 마을로 돌아가 이모들을 괴롭히려는 거야."

귀를 기울였다. 말발굽 소리가 벽에서, 그의 위편에서 그리고는 저 아래편에서, 그의 몸속에서, 그의 심장에서 들려오는 것만 같았다.

"아무런 말도 없이 그렇게 가 버리다니! 난 도련님 얘길 듣고서 그러지 않았었는데!"

에픽스가 무언가에 찔린 것처럼 화들짝 놀라며 몸을 일으켰다. 자친토가 집으로 돌아가 아가씨들을 괴롭힐 거라는 생각이 들자, 그는 몸에 묻은 먼지를 털고 성당 뒤편을 향해, 큰길을 향해 내달리기 시작했다.

∗

에픽스가 집에 도착하자, 집안에는 평화가 흐르고 있었다.

에스테르 아가씨는 방앗간에 보 곡식을 씻어 체로 치고 있었다. 그녀가 체의 귀퉁이에 모인 자잘한 돌들을 털어내려 체를 높이 들어 올렸다. 먼지와 돌이 잔뜩 뒤섞여 있는 곡식, 자루 안에 마지막으로 남아 있던 곡식이었다.

하지만 에픽스를 놀라게 한 건 루트 아가씨가 쓰던 흰 두건을 상중의 표시로 머리에 두른 노에미 아가씨의 모습이었다. 그녀의 새하얀 얼굴이 얼기설기 바느질해 만든 침대보처럼 늙어버린 듯이 보였다.

그는 두 여인 앞에 있는 벤치 위에 앉았다. 세 사람 모두 마치 아무 일도 일어나지 않았던 것처럼 평온했다.

"그래서? 안 떠나겠대?"

노에미가 물었다.

"떠날 겁니다."

그녀가 에픽스를 노려보았다. 하지만 그의 앙상한 회색빛 얼굴을 본 그녀는 더 이상 아무 말도 할 수 없었다.

그들은 여드레 동안 희망과 고통 사이를 오락가락하며 셋이서 함께 지냈다.

자친토가 돌아와 잘못된 일을 되돌려놓을지도 모른다는, 자친토가 떠나가 다시는 그를 보지 못할지도 모른다는!

11

가을의 어느 날, 에픽스는 돈 프레두의 집을 찾아갔다.

집안에는 하녀들만 있었다. 덩치가 크고 나이 든 하녀 하나는 마치 교장 선생의 여동생처럼 권위적인 분위기를 풍기고 있었고 다른 하녀는 말라리아 열로 고생하면서도 빠릿빠릿 움직이는 젊은 여자였다. 에픽스는 지층에 있는 방에서 돈 프레두가 오길 기다리고 있었다. 드넓은 정원에 갈대밭이 펼쳐져 있었고 초록과 검은빛의 무화과, 보랏빛 포도, 잘라서 소금을 뿌린 토마토들이 놓여 있었다. 집안은 풍요롭고 평화로웠다. 연한 벽에 종려나무 그림자가 아른거렸고 금빛 잎사귀가 달린 석류나무의 쩍 벌어진 붉은 과실 속에 아이 이빨처럼 진줏빛을 띤 열매들이 보였다. 에픽스는 자신의 불쌍한 주인들이 사는 누추한 집을 떠올렸다. 그곳에서 노에미는 햇빛을 받지 못하는 꽃처럼 시들어가고 있었다.

"왜 그리 삐쩍 말랐대?"

문가에 앉아 실을 잣고 있던 나이 든 하녀가 에픽스를 쳐다보며 말했다.

"열이 나서 그래?"

"뼈를 갉아 먹히고 살을 뜯어 먹히는 기분이야, 오, 하느님이시여."

한숨을 내쉰 에픽스가 떨리는 검은 손을 내려다보며 말했다.

"주인님들은 잘 지내시고? 성당에서도 안 보이던데."

"그 불행한 일이 벌어진 뒤로는 성당에도 안 가시지."

"자친토 도련님은 안 돌아온대?"

"안 돌아올 거야. 누오로에 일자리를 구했어."

"그래, 언젠가 우리 주인님이 봤다더군. 그리 근사한 일자리는 아니라던데."

"먹고 살면 됐지, 스테파나!"

에픽스가 고개를 숙인 채 그녀를 질책했다.

"죄를 짓지 않고 살면 됐지."

"어려운 일일세, 내 영혼! 몸을 적시지 않고 어떻게 강을 건너겠어?"

"다리로 지나가면 되죠."

정원 맞은편에서 몸을 숙이고 아몬드 껍질을 벗기고 있던 다른 하녀가 말했다. 그리고는 에픽스에게 물었다.

"그럼 그리젠다는요? 그 아이도 초상을 치르고 있던데, 밖에 나오지도 않고."

에픽스는 대답하지 않았다.

"돈 프레두가 요즘 자네 주인님들 집에 드나든다던데?"

"모르겠어. 나야 늘 저 아래 농장에서 지내니까."

여인네들의 호기심은 끝이 없었다. 얼마 전부터 주인님이 사촌들에게 선물을 보냈고 다른 사람들이 사촌들에 대해 험담하지 못하게 단속하라고 그녀들에게 당부했다고 했다. 하지만 에픽스는 그녀들의 이야기를 전부 다 믿지 않았다. 돈 프레두가 사람을 보내 에픽스를 집에 데려오라고 했기 때문에 찾아왔을 뿐 담소나 나누러 온 건 아니었다. 열이 올라 몸이 쇠약해진 그의 귓속에서 계속 윙윙거리는 소리가 들렸다. 한밤중 강의 속삭임과 먼 곳의 목소리가 들려오는 것 같았다. 그의 머릿속은 현실의 세상이 아닌 자신만의 다른 세상에 와 있는 것 같았다.

자친토도, 그리젠다도, 심지어 주인님들도 더 이상 중요치 않았다. 모든 것이 머나먼 것 같았다. 풍랑이 이는 회색빛 바다 위를 떠다니는 배에 몸을 싣고 지평선 너머 사라져가는 육지를 바라보는 기분이었다.

*

그러던 중 돈 프레두가 집에 돌아왔다. 그는 전보다 홀쭉해진 모습이었고 가슴과 배 사이에 금목걸이를 늘어뜨리고 있었다.

에픽스가 몸을 일으켰다. 다시 앉고 싶지 않은 심정이었다.

"가 봐야 해요."

먼 곳을 향해 걸어가려는 사람처럼 에픽스가 밖을 내다보며 말했다.

"뭐가 그리 바쁜 게야? 축제에라도 가려는 게야?"

돈 프레두의 넉살도 더 이상 그를 들쑤시지 못했다. 다만, 축제라는 말을 듣자, 그의 마음이 요동치기 시작했다.

"네, 산 코지모와 산 다미아노 축제에 가보려고 해요."

"그럼, 가 봐야지! 어쨌든 당장 출발할 건 아니잖아. 앉아 보게. 물어볼 게 있어서 그래. 스테파나, 포도주 좀 가져와!"

에픽스가 겁에 질려 포도주잔을 밀쳐냈다. 술도, 나쁜 습관도, 절대로 안 된다. 두 달 전부터 그는 술을 입에 대지 않고 있었다. 목이 마를 때조차도 입에 대지 않았다.

그는 지친 듯이 자리에 앉아 손만 쳐다보았다. 돈 프레두가 하녀들이 엿듣는지 정원 쪽을 쳐다보며 소리 낮춰 말했다.

"내 사촌들 일이 어떻게 되어가는지 말해 보게."

에픽스가 고개를 들더니, 다시금 밑을 내려다보았다. 해골 위에 얇은 피부 한 겹을 덧씌운 것처럼 검게 그을린 그의 얼굴에 쓸쓸한 붉은 빛이 감돌았다.

"제 주인님들은 이제 저에게 말씀하려 하지 않으세요. 일이 어떻게 돌아가는지도요. 그게 옳죠. 저한테 무슨 말씀을 하시겠어요. 전 하인일 뿐인데."

"저런 머리통을 후려갈길, 자네한테 돈 한 푼 주지 않고서! 자네도 잘 따져봐야 하네. 자네한테 얼마나 줘야 하지?"

"그 얘기는 그만 하세요, 돈 프레두 나리! 창피스럽습니다."

"창피스럽다니, 자네가! 좋아, 내 말을 들어 보게나. 나도 가끔 그여자들을 찾아가지만, 일이 어찌 돌아가는지 도통 알 수 없다네. 에스테르는 이야기를 털어놓을 법도 한데, 신발 바닥처럼 끈질긴 노에미가 있단 말이지. 루트에게 불행한 일이 벌어졌던 날 저녁, 난 우연히 그 집 앞을 지나던 길이었다네. 노에미는 그날 저녁에만 나한테 의지했어. 절망적이었으니 그럴 만도 했겠지. 하지만 그 후로는 또다시 고집불통으로 되돌아갔네. 내가 집에 찾아가면 극진히 대접해 주긴 하는데, 그러면서도 나를 노려보곤 하지. 나 때문에 나쁜 일들이 일어나기라도 했다는 것처럼 말이야. 에스테르가 무슨 말을 하려고 입을 떼면, 어찌나 독한 눈매로 언니를 쳐다보든지, 이내 입을 닫게 만든다네."

"저한테도 마찬가지예요."

에픽스가 말했다.

"정확한 말씀이십니다."

에픽스는 한편으로 마음이 놓였다. 노에미의 눈동자가 오래전 자신이 저질렀던 일만큼이나 끔찍하게 자신을 괴롭혔기 때문이었다.

"이제, 내 말을 좀 들어 보게나. 그 여자들한테 아무 말도 듣지 못하자, 내가 칼리나를 찾아가서 물었지. 하지만 빌어먹을 그녀마저도 입을 다물더군. 그 저주받을 여자가 일 하나는 똑 부러지게 한다니까. 자친토가 준 보증서에 서명한 사람이 진짜 에스테르 아가씨라고 믿는 척하지 뭔가. 자기 몫만 챙기면 알 바 아니라면서 말이야. 자네와 에스테르 아가씨가 칼리나를 찾아가서 사정했고 그녀가 더 높은 이자와 연체금까지 얹어서 석 달을 미뤄주었다는 걸 나도 알고 있네. 농장과 저택을 담보로 잡혔다는 것도, 목매달아 죽일 년 같으니. 그래, 뭐 그렇다 치고. 하지만 이제 10월에는 어떻게

들 할 작정인데?"

"모르겠어요, 저한테는 아무런 말씀도 없으셨어요."

"에스테르가 돈을 구하러 돌아다닌다고 알고 있네. 여기저기 다니고 있나 보던데. 장담컨대 이빨이 다 빠질 때까지 돈을 구하지 못할 걸세. 재산을 팔려고 하는 것 같기도 하고 나한테 팔지는 않겠지만."

에픽스는 자신의 손가락을 쳐다보며 입을 다물고 있었다. 그의 침묵을 참을 수 없었던 돈 프레두가 손으로 그의 무릎을 내리쳤다.

"어떻게 생각해, 목상 같은 양반아? 응?"

"그럼, 제 생각을 말씀드리죠. 저는 자친토가 돈을 갚기를 바라고 있습니다."

그러자 돈 프레두는 가슴을 부풀리고 의자 위에서 데굴데굴 구르며, 두툼한 입술 사이로 빛나는 이를 드러내고 웃기 시작했다. 가슴에 걸린 금목걸이 위로 포개진 그의 손가락마저 깔깔 웃고 있는 듯했다.

에픽스는 상처 입은 짐승처럼 두려움에 가득 찬 눈으로 그를 바라보았다.

"걔는 지금 굶어 죽게 생겼는데! 얼마 전에 내가 가서 봤거든. 다 찢어진 신발을 신고 거지꼴을 하고 있더군. 자전거도 팔았다던데, 자네한테 더는 말하지 않겠네!"

"아니, 말해 주세요! 도둑질했다고 합디까?"

"도둑질? 자네 미쳤어? 이제 그 아이를 헐뜯기까지 하는 거야? 그 꽃송이 같은, 그림 속 천사 같은 아이가 뭘 훔칠 수 있겠나? 도둑질 할 위인조차 못 되지."

"그럼… 뭐라고 하던가요? 돌아오겠다고 하던가요?"

"감히 그런 생각을 했다면, 내가 그 아이를 담배 개비처럼 짓이겨 버렸을 걸세."

돈 프레두가 험상궂은 표정으로 말했다. 그의 얼굴을 보자, 에픽스는 자신의 불쌍한 주인님들이 마침내 자신보다 더 듬직한 비빌 언덕을 찾았음을 직감했다. 아, 하느님 감사합니다. 그분께서는 창조물들을 절대 버려두지 않으실지니. 그러자 그의 오래된 희망이 다시금 피어오르기 시작했다. 돈 프레두가 노에미와 혼인하고 주인님들의 집이 폐허에서 솟아오르는 꿈.

하지만 급작스레 다가온 꿈은 순식간에 사라져버렸다. 또다시 그는 자신만의 사막에서, 바다에서, 끝나지 않을 속죄를 위해 신비롭고 끔찍한 여행을 하고 있었다. 지상에서 가장 위대한 무언가가 그에게 임한다 해도, 왕이 된다고 해도, 세상 모든 사람을 행복하게 해 줄 힘이 있다고 해도, 그의 죄를 씻고 지옥으로부터 구해내기에는 부족했다. 그러니 어찌 기뻐할 수 있단 말인가? 그는 동공 속에 새겨진 생각을 감추기 위해, 다시 자기 손을 쳐다보았다.

"자친토는 돌아오지도, 돈을 갚지도 않을 걸세. 내 자네한테 장담하지. 그러니 내가 수천 번 했던 말을 기억하게나. 농장은 내가 사겠네. 내가 모든 비용을 다 지불하겠네. 그렇게 되면 당신들한테 저택이라도 남겠지. 자네가 나무처럼 딱딱한 주인님들 머리를 좀 설득해 주게나. 내가 자네를 고용할 테니."

"나리께서 직접 말씀하시지 않고서요? 제 말을 듣지 않으실 겁니다."

"내 말은 들을 것 같은가? 말하려고도 해 봤네만, 벽에다 대고 말하는 게 나을 걸세. 자네가 설득해야 해, 자네가."

그가 에픽스의 무릎을 손으로 내리치며, 한층 강한 어조로 말했다.

"만일 자네 주인님들이 잘되길 바란다면 그게 유일한 방법일세. 자네가 해야만 하네. 그 여자들 눈이 멀었다면 눈을 뜨도록 하는 게 자네의 의무 아닌가. 자네가 해야만 하네. 알겠지, 알아들었느냐고? 젠장, 귓속에 벌레라도 살고 있나?"

에픽스는 귀를 먹은 듯한 표정을 하고 있었다. 해야만 한다니? 돈 프레두가 협박하는 걸까? 돈 프레두가 뭔가를 알고 있는 걸까? 에픽스에게는 그다지 중요한 일이 아니었다. 어차피 그는 지옥이 두렵지 않았다. 하지만 어쨌든 돈 프레두가 옳다는 생각이 들었다.

"제가 어떻게 해야 하죠?"

"남자답게 행동해야 하네. 주인들한테 가서 자네 품삯을 주지 않으려거든 적어도 대신할 만할 걸 달라고 하게. 만일 농장이 다른 사람 손에 넘어가게 된다면 자네는 개처럼 쫓겨나게 될 거라고 말

바람에 흔들리는 갈대

하게나. 그래, 하느님께서 날 도우신다면, 자네도 장사치들 틈에 끼어서 축제에 다닐 수 있게 될 걸세!"

에픽스는 정신이 바짝 들었다. 다름 아닌 자신이 꿈꾸어 왔던 속죄였다. 그가 몸을 일으키며 말했다.

"뭐든 다 하겠습니다, 하지만 한 가지…"

"한 가지?"

에픽스의 소맷단을 끌어당기며 그가 물었다.

"좀 앉게, 악마 같으니라고. 한 가지라니?"

에픽스는 의자 위에 털썩 주저앉았다. 몸이 떨리고 땀이 나서 쓰러지기 일보 직전이었다.

"나리가 노에미 아가씨와 혼인하셨으면 합니다."

그러자 돈 프레두가 또다시 웃음을 터뜨렸다. 그는 웃으면서도 에픽스를 가지 못하게 막으려는 듯 빤히 쳐다보았다.

"자네 정말 웃기는군, 악마 같으니라고! 자네를 평생 내 곁에 두어야겠어. 내가 우울할 때마다 날 웃게 만들어 줄 테니 말이야! 자네가 스테파나와 혼인하도록 해 주지. 자네한테는 너무 뚱뚱하겠지만, 서른을 훌쩍 넘겼으니 그리 위험한 여자는 아닐세."

"스테파나! 스테파나!"

그가 문가를 향해 큰 소리로 외쳤다.

"이리 좀 와 봐, 청혼하겠다는 사람이 있어."

검은 옷을 입은 여자가 문 앞으로 다가왔다. 툭 튀어나온 배, 불룩한 가슴과 근엄한 표정이 마치 아가씨들 중 하나처럼 보였다. 에픽스가 애원하는듯한 표정으로 그녀를 흘낏 쳐다보았다.

"돈 프레두 나리께서 웃고 싶은가 봐."

"나쁜 징조일세. 그가 웃으면 누군가는 울게 되어 있지."

그녀가 주인의 시선에 맞서며 말했다. 그녀의 뒤편에는 꾹 다문 기다란 입술 옆에 보조개가 파여 있는, 창백하고 묘한 얼굴의 또 다른 하녀, 파치아나가 서 있었다.

"자네는 에픽스랑 결혼하게 될 거야, 스테파나. 지금은 아니라고 우기겠지만, 결국 그렇게 될걸. 그게 웃을 일이야?"

"비웃음이겠지!"

뒤에 서 있던 파치아나가 조그만 소리로 말했다. 스테파나는 주인의 말에 응수하려고 했으나 그런 농담까지 주고받기에는 지나치게 점잖은 여인이었다. 주인과 에픽스가 함께 밖으로 나갈 때까지 그녀는 입을 다물고 있었다.

남자들이 나가자, 두 하녀가 주인의 사촌들에 대해 험담을 늘어 놓기 시작했다.

"제가 그 집에 선물이 든 바구니를 들고 갔거든요. 나를 구걸이라 도 하러 간 사람처럼 대하지 뭐예요. 난 선물을 전해주러 갔던 건 데! 에픽스의 굶주린 얼굴 보이죠? 이십 년 동안 품삯도 안 주고 부 려 먹으면서 이제 먹을 것도 안 주나 보죠. 그런데도 우리 주인님 은 사촌들 얘기만 나오면 발끈하는 거 봤죠?"

"세상이 변해가고 있어. 노새들도 늙어가고 있고."

스테파나가 내뱉은 말에 두 여자는 전에 없던 심각한 무언가가 다가오고 있음을 느꼈다. 주인 없는 하녀들로 남겨질 자신들의 기약 없는 운명.

*

돈 프레두는 비에 씻긴 길가 저 위편까지 에픽스를 바래다주었다.

사람이 살지 않는 텅 빈 집 벽에 풀들만이 무성했다. 깊고 감미로운 침묵이 주위를 감싸고 있었다. 누런 구름이 비에 젖은 산을 덮고 있었고 윗마을 아가씨들의 대문 앞에는 금빛 갈대밭이 펼쳐져 있었다. 초록빛 강물이 새하얀 모래섬들 사이로 흐르고 있었다. 어찌나 고요했는지 아래편 강가 소나무 아래서 빨래하는 여인네들의 방망이질 소리가 들려올 정도였다.

포토이 할머니가 한 손으로 벽을 짚고 다른 손을 눈 위에 올린 채 문지방에 서 있었다. 그녀가 걸친 장신구들이 노쇠하고 작달막한 그녀의 육신 위에서 한층 돋보였다.

"왜 그러고 계세요?"

돈 프레두가 인사를 건넸다.

"강가에 간 우리 그리젠다를 기다리고 있어요. 제가 가지 말라고 했는데, 아니, 실은 젊은이가, 나리의 조카가 가지 말라고 했지요. 알면 난리를 칠 거예요. 하지만 우리 그리젠다는 늘 제멋대로 한답니다."

"자친토가 편지를 보내왔나 보죠?"

"누가요? 편지라뇨? 절대 보내지 않았어요. 아무도 소식을 모르죠. 하지만 돌아오겠다고 약속했어요."

"그렇군요, 어르신 말마따나 죽은 사람들도 돌아오는 법이니까요!"

노파가 에픽스를 향해 몸을 돌렸고 에픽스는 제자리에서 길가를 응시했다.

"자네한테 결혼하겠단 말을 했다고 그랬잖나? 말해 보게, 그랬나 안 그랬나?"

에픽스가 스테파나를 쳐다보았을 때처럼 노파를 흘낏 쳐다보았다.

"아가씨들이 오죽 화가 나셨어야죠."

그가 다시 땅을 바라보며 노파에게 말했다.

"우리는 근처에 얼씬도 못 하게 하신답니다. 남작들이 살던 성보다 대문을 더 굳게 걸어 잠그고 가끔 잔안토니오만 들어오게 하시죠. 역병에 걸려 뒈질 칼리나는 용서하셨지만, 우리는 아니에요. 치유의 성모 마리아여, 도우소서. 하지만 젊은이가 돌아오면 다 괜찮아질 겁니다. 노에미 아가씨도 그렇게 말씀하셨어요."

두 남자가 멀어지자, 노파는 돈 프레두의 뒤를 따라가 그를 불러 세우더니 작은 소리로 말했다.

"제 부탁 하나만 들어주세요. 나리께서 그리젠다한테 가서 강가

바람에 흔들리는 갈대

에 가지 말라고 말씀해주시면 안 될까요? 높으신 분과 결혼할 여자한테는 창피스러운 일이라고요."

돈 프레두는 두툼한 입술로 활짝 웃으며, 늘 하던 대로 그녀에게 농담을 던졌다. 그리고는 덜덜 떨고 있는 노파와 그녀가 걸친 반짝이는 귀걸이와 목걸이를 내려다보았다. 그 또한 금목걸이를 만지작거렸고 조카의 어깨가 떨려왔던 날의 저녁을 떠올렸다. 그의 안색이 이내 어두워졌다.

*

에픽스를 뒤따라간 그는 굳게 닫힌 아가씨들의 집 대문 앞에서 걸음을 멈췄다. 계단 위에서 쐐기풀들이 자라나고 있었다. 돈 프레두는 어둠 속에서 노에미와 마주쳤던 그 순간을 떠올렸다.

"좋아, 그럼 우리 얘기는 다 끝난 거지? 자네는 내가 시키는 대로만 하면 되네, 알겠지?"

"알겠습니다. 분부대로 하겠습니다."

에픽스가 말했다.

문을 두드렸지만, 아무도 열어주지 않았다. 돈 프레두는 그 자리에 서서 금목걸이를 만지작거리며 강가를 바라보고 있었다. 그 또한 누군가를 기다리고 있는 듯했다.

"모두 죽기라도 한 거야 뭐야?"

"에스테르 아가씨는 성당에 가셨을 테고 노에미 아가씨는 주무실 겁니다."

"왜? 아프기라도 해?"

"글쎄요! 언제부터인지 제가 집에 돌아올 때마다 누워 계셨어요. 머리가 지끈거린다면서요."

"저런, 저런, 바깥바람을 좀 쐬어야 할 텐데."

"저도 같은 생각입니다만, 어디를 가겠습니까?"

돈 프레두가 아래편 강가를 바라보았다. 그의 얼굴이 사뭇 달라 보였다. 아름답고 서글프고 혼란에 빠진 그의 얼굴이 얼핏 조카의 얼굴과 비슷해 보였다.

"글쎄, 어딘가 갈 수 있겠지. 밧데 살리케, 아니면 바다가 보이는 내 농장이라든지. 아직 백포도가 열려 있다네…"

에픽스의 얼굴이 환하게 빛났다. 돈 프레두에게 무슨 말을 하려 했지만, 안에서 문을 여는 소리가 들려왔다. 그러자 돈 프레두는 긴 벽 뒤로 몸을 감추고 뒤도 돌아보지 않고 사라졌다.

바람에 흔들리는 갈대

12

에스테르 아가씨는 사촌의 제의를 흔쾌히 받아들여 에픽스를 놀라게 했다. 농장이 팔렸고 빚을 갚을 수 있게 되었다. 에스테르 아가씨와 노에미 아가씨의 하인인 에픽스가 여전히 농장의 소작인으로 일할 거라는 소문이 온 마을에 파다했다. 그렇게 되면, 그는 전처럼 아가씨들이 필요로 하는 과일과 채소들을 갖다줄 수 있을 터였다. 남의 말을 하길 좋아하는 여자들은 핀토르 아가씨들의 보호자였던 에픽스가 친지가 된 거나 다름없다고 떠들어대기도 했다.

그러나 무엇보다 놀라운 건 돈 프레두의 달라진 모습이었다. 언제부터인가 그는 딴사람이 되어 있었다. 그는 몰라보게 홀쭉해졌고 그가 '책을 만졌다'라는 소문이 나돌기도 했다. 어떤 요정이 마법을 걸어 그가 성서를 읽도록 인도했다는 것이었다.

대체 누가 그런 일이 일어나도록 만든 것일까?

알 수 없었다. 그런 일들은 정확히 알 수 없을뿐더러, 만일 알 수 있다면 더 이상 위대하고 신비로운 일이 아닐 것이기 때문이다. 돈 프레두는 살이 빠졌고 그의 실없는 농담도 줄어들었다. 심지어 아무런 가치도 없는 농장을 사들였다는 이야기도 나돌았다. 그가 농장과 하인을 사들였고 하인을 자유롭게 놓아주었다고 사람들은 숙덕거렸다.

돈 프레두의 하녀 스테파나와 파치아나는 이렇게 말하곤 했다.

"불쌍한 친척들한테 동냥하려나 보지."

하지만 두 여인은 돈 프레두가 핀토르 아가씨들에게 계속 선물을 보내고 또 보내는 데 대해서는 입을 꾹 다물었다. 에픽스한테만 작은 소리로 이렇게 말하곤 했다. 마법에 걸린 게 분명해. 세상일이란 모든 것이 가능한 법이다. 마법에 걸린 것처럼 자신의 주인님들을 사랑해 마지않는 에픽스만 보아도 알 수 있지 않은가. 그와 돈 프레두 사이에 잦은 왕래는 하녀들의 의심을 사기에 충분했다. 스테파나는 혹시 부적이라도 감추어 놓지 않았는지 문지방을 들여다보았고 파치아나는 어느 날 주인의 침대 밑에서 검은 브로치 하나를 찾아냈다… 놀라운 일이 벌어질 징조였다.

*

핀토르 아가씨들은 겨우내 집안에 머물렀고 치유의 성모 마리아 축제에 가는 일에 대해서는 말조차 꺼내지 않았다. 하지만 해가 점차 길어지고 오래된 묘지에 풀이 돋아나자, 에스테르 아가씨 또한 봄마다 노에미 아가씨에게 찾아드는 우울한 시기에 접어들었다. 그녀는 성당에도 거의 나가지 않았고 집안을 돌아다니다가 발이 아프다며 허벅지에 손을 얹고 주저앉곤 했다. 에픽스가 필요한 것들을 갖다주었으므로, 살림살이는 예년보다 한결 나아졌지만, 우울한 집안 분위기는 그대로였다.

사순절이 되자, 두 자매는 고해성사를 드리러 갔다. 청명하고 아름답고 소란스러운 아침이었다. 아이들의 외침 소리와 평지에서 풀을 뜯는 가축들의 방울 소리가 들려왔다. 장난을 치듯 졸졸 흐르던 강물 소리가 점차 커지며 위협하듯 우렁차게 돌변했다. 맑은 공기로 충만한 구름 한 점 없는 새파란 하늘 위로 성벽의 돌들이 반짝였고 담쟁이덩굴로 둘러싸인 폐허가 된 성의 텅 빈 창 사이로 푸른 하늘이 내다보였다.

고해성사실에 들어간 파스칼레 신부님은 도통 밖으로 나올 생각을 하지 않고 있었다. 성구실 안에서는 나톨리아가 커피와 과자가 놓인 쟁반을 들고 그를 기다리고 있었다.

또 다른 여자 성도 두 명이 성당 안으로 들어오는 모습을 보자, 그녀는 친구인 그리젠다의 집에 가서 커피를 데워오는 편이 낫겠다고 생각했다. 머리에 쟁반을 이고 제단 뒤편으로 성당을 빠져나온 그녀는 이슬이 반짝이는 가시나무 사이로 난 오솔길을 따라 내려갔다.

포토이 할머니 집의 열려 있는 문 안으로 들어간 그녀는 병상에 누워있는 할머니를 위해 화덕 앞에서 몸을 숙이고 커피를 데우는 그리젠다의 모습을 보았다.

"넌 어쩜 갈수록 말라가는구나."

나톨리아가 부엌에 들어서며 말했다.

그녀의 말처럼 그리젠다는 비쩍 마르고 핏기가 없었다. 아직 덜 자랐기 때문이기도 했지만, 그래도 지나치게 야윈 모습이었다. 기다란 목선과 누렇게 뜬 얼굴이 얼핏 보면 그녀의 할머니 같았다. 애수

와 반항심을 동시에 지닌, 크고 맑은 그녀의 두 눈만이 평지에 파인 늪에 고인 물처럼 빛나고 있었다.

"커피가 다 식어버렸어. 지금 너희 이모들이 성당에 와 있거든. 꽁꽁 얼어붙어서 움직이지 않을 것 같아."

나톨리아가 모카 포트에 커피를 따르며 말했다.

"나도 커피를 좀 마셔야겠다."

"우리 이모들이 왔다고? 채찍질을 당해도 싸지! 네가 우리 이모들이랑 있었다니! 지은 죄를 몇 자루씩 탈탈 털어놓을걸. 너희 주인님은 고해성사실에서 심장마비로 돌아가실 거고…"

"말이 너무 심하잖아! 벌한테 독침이라도 쏘였어? 자, 과자나 좀 먹어 봐, 네 마음을 부드럽게 만들어줄 꽃이야."

하지만 그리젠다는 여전히 독기 어린 마음에서 쏟아져나오는 독설을 멈추지 않았다.

"날 찌르려고 온 거라면 실수한 거야, 나톨리아. 너한테는 가시가 없어. 넌 장미가 아니라 풀떼기에 불과하거든. 난 마음 아파하지도, 후회하지도 않아. 난 강변에서 자라는 소나무처럼 강하거든. 네가 사람을 보내서 나의 하녀가 되게 해달라고 조르는 날이 올 거야."

"누구랑 결혼할 건데? 성에 사는 남작이랑?"

"살아있는 사람이랑 결혼할 거야. 죽은 사람 말고. 죽은 사람들은 네 뒤꽁무니에나 달라붙겠지!"

"내가 보기에는 네가 돈 프레두한테 마법을 건 것 같은데."

"돈 프레두가 원하기만 한다면, 난 그 사람과 결혼할 수도 있어."

그리젠다가 비극에 휩싸인 아이 같은 표정으로 얼굴을 꼿꼿이 쳐들고 말했다.

"하지만 나한테는 다른 생각이 있지!"

나톨리아는 그녀의 모습을 바라보며 연민의 정을 느꼈다. 슬픔에 빠져 정신이 돌아버린 듯한 그리젠다의 모습을 보자, 나톨리아는 더 이상 친구를 괴롭히지 않기로 했다. 그녀는 과자 하나를 손에 들고 포토이 아주머니의 방으로 갔다. 지붕에서 빗줄기처럼 가느다란 빛이 비쳐 들어와 노파가 누워있는 지층 방의 침대를 밝혀 주고 있었다. 그녀는 옷을 차려입고 목걸이와 귀걸이를 한 채 누워있었다. 미동조차 없는 앙상한 그녀의 모습은 마치 매장하기 위해 단장해놓은 시신 같았다.

나톨리아는 노파가 자고 있다고 생각하며 그녀의 손을 잡고 살짝 흔들었다. 그러자 노파가 그녀의 손을 움켜쥐며 작은 목소리로 말했다.

"나톨리아, 제발 내 말을 좀 들어줘. 에픽스한테 가서 내가 할 말이 있다고 전해줘. 그리젠다는 모르게 해 줘. 가, 작은 산비둘기야, 가 봐!"

"에픽스를 어디서 찾죠? 마을에 있을까요?"

"농장에서부터 내려오고 있단다. 그이가 오고 있는 게 내 눈에 보여."

그리젠다가 커피를 갖고 들어오자, 노파가 손가락을 입술에 갖다 댔다.

"봤지, 나톨리아. 이렇게 열이 펄펄 끓는데 오늘 아침에도 자리에서 일어나려고 하셨다니까. 할머니, 할머니, 이불 속으로 돌아가세요."

"돌아가마, 돌아가. 모두가 이불 속으로 돌아가야만 하는 법이지."

나톨리아는 노파의 말에 무거운 마음으로 집을 나섰다.

아가씨들의 집 앞을 지나치던 그녀는 이상하게도, 에픽스가 아무도 없는 길을 올라오는 모습을 보게 되었다. 짐꾸러미를 짊어진 그의 몸이 어찌나 구부정했던지, 땅속으로 파고 들어갈 것 같았다.

'어르신이 돌아가실 때가 되니 눈에 뭐가 보이시나 보구나.'

나톨리아가 생각했다.

에픽스가 가축 같은 눈빛으로 그녀를 쓱 쳐다보았다. 나톨리아의 부탁을 듣고서도, 그는 노파에게 갈지 말지 대답하지 않았다. 주인님들이 고해성사를 드리러 갔다는 걸 알자, 그는 짐꾸러미를 계단 위에 내려놓고 털썩 주저앉아 아가씨들이 돌아오길 기다렸다. 쐐기풀들이 그의 손을 찔러댔다.

성당으로 돌아간 나톨리아는 아가씨들이 와 있는 모습을 보고서, 하인이 도착했다고 말을 해야 할지 망설였다. 그래야 신부님도 잠시나마 쉴 수 있을 것 같았다. 고해성사실 한편에는 숄 가장자리를 검은 날개처럼 휘날리며 에스테르 아가씨가 앉아 있었다. 그리고 다른 한편에는 노에미 아가씨가 먼저 와 있었다. 그녀가 몸을 살짝 움직이자, 광택 없는 검은 천으로 만든 긴 치맛자락이 올라가며, 신경질적으로 떨고 있는 길쭉한 발이 보였다.

다른 신도들은 성당의 녹색 바닥에서 여기저기 엎드린 채 기도를 드리고 있었다. 깊은 침묵, 푸른 빛, 풀 향기가 동굴처럼 우울하고 눅눅한 바실리카 성당 안으로 밀려들었다. 막달레나가 액자 틀 밖으로 얼굴을 내밀고 신선한 공기에 실려 온 봄의 목소리들을 들으려 하는 것 같았다. 노에미, 그녀 또한 녹슨 격자창 사이로 비춰드는 인간의 숨결을 맡고 싶은 듯했다. 삶의 전율, 죽음에의 열망, 열정으로 인한 고통, 수치, 그 모든 숨 가쁜 일들과 후회, 사랑의 죄를 지은 여인의 한 맺힌 두근거림.

＊

집에 돌아온 아가씨들은 에픽스가 손으로 계단을 짚고 힘겹게 몸을 일으키는 모습을 보았다. 그러자 아직 하느님의 사랑으로 충만했던 노에미의 눈에 처음으로 하인의 참모습이 보였다. 그는 초췌했고 늙었으며, 잿빛이었고 몸에 맞지 않는 질질 끌리는 옷을 걸치고 있었다. 그녀가 그를 도우려는 듯 손을 내밀었다. 하지만 그는 이미 몸을 일으켰다. 그녀의 도움 따위는 필요치 않았다.

안으로 들어가자, 에스테르 아가씨가 아직도 자신들의 소유인 양 농장의 소식을 물었다. 그는 평소와 달리 어깨를 들썩이며 퉁명스럽게 대답하고는 우물가로 몸을 씻으러 갔다.

4월이 되자, 우울했던 정원에도 명랑함이 깃들었다. 개랑 사이 둥지에서 제비들의 검은 머리가 튀어나와, 동료들이 오래된 묘지의 풀밭 위를 낮게 날며 그려내는 그림자를 지켜보고 있었다.

"에픽스, 내가 보기에는 당신 몸이 안 좋은 것 같아. 약을 먹든지 며칠 쉬든지 해야 할 것 같은데."

노에미 아가씨가 말했다.

"그렇게 보이나요, 노에미 아가씨? 전 걸을 작정인데요!"

"자넨 아프다니까. 그런 농담하지 마. 어디가 아픈데?"

그가 생생하게 빛나는 눈빛으로 그녀를 쳐다보았다. 그의 표정이 어찌나 밝았던지 눈가에 자글자글한 주름마저 반짝반짝 빛날 정도였다.

"늙어간다는 징조지요."

그가 손바닥을 탁하고 마주치며 말했다. 그러자 그를 에워쌌던 광채는 순식간에 사라져 버렸다.

그가 마을에 온 이유는 돈 프레두의 부름을 받았기 때문이었다. 그렇지 않았다면 더 이상 농장에서 움직이지 않았을 것이었다. 그가 병들었다 한들 노에미의 동정이 무엇을 해줄 수 있단 말인가? 오히려 더욱 아프게 만들 뿐이었다.

＊

에픽스는 새로운 주인을 찾아갔다. 돈 프레두는 사다리 위에 올라가 작은 금빛 잎사귀들로 뒤덮인 석류 줄기를 헤치고 포도나무의 가지치기를 하는 중이었다.

그곳에서도 제비들이 우윳빛 하늘을 배경 삼아 서로 엇갈리며, 아가씨들의 집보다 드높이 날아다니고 있었다. 집 안에 들어서자, 여자들이 부활절을 준비하기 위해 방을 청소하고 집안을 정돈하고 있었다. 거대한 평화가 주위를 감쌌다. 에픽스는 그 순간을 결코 잊을 수 없었다.

농장에서 출발할 때까지만 해도 그는 분명 무슨 일이 일어나리라는 확신에 차 있었다. 그러나 사다리 위에 있는 돈 프레두 또한 자신과 마찬가지로 통증을 느끼는듯한 슬픈 표정을 짓고 있었다. 그에게 내려와달라고 부탁하자, 돈 프레두는 한 손에는 낫을, 다른 한 손에는 잘린 손가락에서 뚝뚝 떨어지는 피처럼 선명한 보랏빛을 띤 포도나무 가지를 들고 아래를 내려다보았다.

"좀 기다리지 않고서. 급하게 어디 갈 데라도 있는 게야?"

그는 무슨 생각이라도 떠오른 듯 묵직한 걸음걸이로 아래로 내려왔고 에픽스는 사다리를 저만치 끌고 갔다.

"저 말이지,"

햇빛과 그림자와 제비들로 가득한 지층의 방에 들어서자마자 돈 프레두가 입을 열었다.

"그런데 말이야, 한 가지 말할 게 있는데."

그가 손톱을 쳐다보며 머뭇거렸다.

"그게 말이야. 노에미와 결혼하고 싶다네."

그의 말을 듣고 에픽스는 얼마나 놀랐던지, 테이블 위에 포개고 있던 그의 손이 허공으로 껑충 튀어 올랐다. 그러자 돈 프레두가 예전처럼 포악하게 웃기 시작했다.

"자네가 노에미랑 결혼하고 싶은 건 아니겠지! 자네한테는 스테파나가 있잖아!"

에픽스는 아무 말도 하지 않았다. 입을 다물고 가만히 그를 쳐다보았다. 그의 두 눈은 열정과 두려움, 기쁨으로 가득 차 있었다. 진심인 게 분명했다. 하지만 돈 프레두는 농담을 멈추지 않았다.

"뭘 그리 놀라는 거야? 그 여자들이 당신한테 줘야 할 돈을 내가 대신 주기라도 바라는 거야? 그건 아니지, 그러니 명심하라고. 당신 몫은 에스테르와 계산하도록 해. 난 아무 상관도 없으니. 그리고 또 한 가지…"

그가 식탁보에 묻은 얼룩을 살펴보며 손톱으로 찬찬히 문질렀다.

"그런데 말이지, 나를 좋아할까?"

"아! 무슨 말씀이세요!"

에픽스가 중얼거렸다.

"그렇게 확신하지는 마! 오, 이제 진지하게 한번 이야기해 보자고. 나도 신중하게 생각해서 내린 결정이니까. 거만을 떨쳐버리고 의무를 다해야 할 때가 된 거야. 내가 더 이상 누구를 기다리겠나? 어디로 가겠나? 내 나이가 되면 너무 젊은 여자는 오히려 부담스러울 뿐이야. 어쨌든, 그건 그리 중요한 게 아니야. 난 결심했다네. 그래, 자네한테는 숨기지 않겠네. 노에미는 아름답고 난 노에미를 좋아해. 사실대로 말하자면, 예전부터 늘 내 맘에 들었어. 아! 사는 게 별거 있나! 인생은 지나가고 우리는 인생을 강물처럼 흘려보내지, 사라질 때가 되어서야 안타까움을 느끼지. 어쨌거나 이만하겠네."

돈 프레두가 손으로 그의 무릎을 툭 치더니 자리에 앉아다가 일어서며 말을 이었다.

"지금 중요한 건 노에미가 나의 청혼을 받아들일지를 아는 거야. 격식에 맞춰 청혼할 작정이라네. 파스칼레 신부님이나 의사 선생이나 누구든 그녀가 원하는 사람을 보내서 말이야. 하지만 난 거절당하고 싶진 않네. 물론 하느님께서 도우시겠지만, 그래도 그건 싫어. 제기랄! 알아들었나, 에픽스?"

에픽스는 그의 말을 충분히 이해했고 반짝이는 눈빛으로 머리를 끄덕이며 연신 그렇다는 시늉을 했다.

"제가 노에미 아가씨한테 한번 이야기해 볼까요?"

돈 프레두가 한 손으로 그의 무릎을 탁하고 쳤다.

"좋았어, 에픽스! 바로 그거야. 빠를수록 좋겠지! 이런 일은 미뤄서는 안 되는 법이지. 그녀한테 가서 슬쩍 물어보게. '누구를 보내는 게 좋겠습니까? 파스칼레 신부님, 아니면 에스테르 언니, 아니면 누구지?'라고 말이야. 만일 그녀가 '아무도 보내지 마세요'라고 한다면, 그래, 차라리 그게 낫지. 아무렴, 주님의 이름으로, 거절당하는 것보다 백배 낫고 말고! 되도록 빠르고 조용히 일을 처리해야 하네. 우리는 이제 두 명의 젊은이가 아니니까. 어떻게 생각하나? 9월이면 나도 마흔여덟이 되네. 그녀는 서른다섯 즈음 될 테고. 어떻게 생각하나? 자네는 그녀가 정확히 몇 살인 줄 알고 있나? 오, 그리고 그녀에게 아무 걱정도 말라는 이야기도 해 줘야 하네. 집도 있고 좀 수다스럽긴 하지만 하녀들도 있지. 돈도 잘 챙겨주고 있으니. 침구도 있고 모든 게 다 있다네. 하느님께 감사하게 살림살이도 부족한 게 없고 됐네, 이런 이야기는 에스테르와 하는 게 좋을 거야. 단지 가슴 아픈 일은… 그래, 자네한테는 말할 수 있지. 루트가 그렇게 세상을 떠난 게 말이야… 그녀도 무척 기뻐했을 텐데…"

에픽스가 몸을 일으켰다. 뾰족한 가시에 마음을 찔린 기분이었다. 운명이 자신을 보내는 곳으로 서둘러 가야 할 것만 같았다.

"뭐야, 좀 기다려 봐, 악마 같은 영감탱이! 마실 거리를 줄 테니, 코냑이 좋을까? 아니면 아니스 술? 스테파나, 여기 당신 구혼자가 와 있어, 스테파나!"

여자들이 씩씩대며 가구들을 옮기는 소리가 들려왔다.

머리에 행주를 두르고 한 손에 행주를 들고 있는 나이 먹은 하녀가 모습을 드러냈다. 늘 그렇듯 진지하고 엄숙한 표정을 한 그녀는 주인의 부름에 어쩔 수 없다는 눈빛이었다. 그녀가 장식장을 열고 아니스 술을 꺼내 에픽스에게 한 잔 따라 주었다. 모호한 두려움이 서린 눈빛으로 그는 에픽스를 바라보았다. 그가 주인의 농담을 진지하게 받아들이는지 가늠하려는 것 같았다. 수줍고 당혹해하는 에픽스의 표정을 보고서 그녀는 젊은 하녀에게 돌아가 말했다.

"저 인간이 돈 프레두한테 마법을 잘도 걸었군. 그 여자들한테 호박이 넝쿨 째 굴러들어오게 생겼으니 말이야. 깨끗이 치워. 그래야 결혼식 때 할 일을 덜게 될 테니."

"당신이랑 에픽스 결혼식이요?"

파치아나가 말했다.

"돈 프레두는 노에미의 대답을 기다려야 하잖아요!"

하지만 스테파나는 그녀의 말에 아무런 대꾸도 하지 않았다. 거절하다니, 말도 안 되는 일이었다.

＊

돈 프레두는 에픽스를 마치 친구처럼 대문 앞까지 배웅해 주었고 그는 비로소 안도의 한숨을 내쉬며 주위를 둘러보았다.

온 천지가 침묵하고 있었다. 온 세상이 폭풍우가 물러간 뒤 안개 걷힌 언덕처럼 드넓어진 듯했다. 푸른 하늘 바로 아래 성에서 폐허의 풀들이 진줏빛으로 흔들렸다. 저 아래 평지에 있는 빛바랜 갈대들은 어린 시절, 오래전에 잃어버렸던, 오래전에 애통하고 갈망했으나 마침내 되찾게 된 무언가처럼 부드러웠다. 기억하지 않는다면 후회할 일도 없는 것이다.

세상 모든 것이 소중하고 달콤해 보였다. 초록과 보랏빛 이슬이 맺힌 거미줄로 뒤덮인 바실리카 성당의 폐허, 회색빛 성벽, 썩어져

가는 대문, 보리밭과 텃밭 사이에 있는 오래된 무덤에서 하얀 꽃처럼 피어나는 유골들, 오솔길과 울타리마다 연보랏빛 나비들이 날아다녔고 붉은 무당벌레들이 작은 꽃과 열매처럼 매달려 있었다. 어릴 적, 집을 뛰쳐나와 황홀한 세상을 향해 달려 나갔던 그 순간처럼, 모든 것이 청량하고 순수하고 아름다웠다.

사순절 내내 성당의 문은 열려 있었다. 에픽스는 성당 안에 들어가 늘 그렇듯 기둥 뒤편에 무릎을 꿇고 앉았다.

막달레나가 그를 바라보고 있었다. 남작의 손님으로 온 스페인 아가씨처럼 그녀가 성의 발코니에서 얼굴을 내밀고 즐거워하고 있었다. 그녀 또한 봄기운을 느끼고 있었고 주님께서 고난을 받으시는 시기란 것조차 잊고서 즐거워하고 있었다.

부유한 영주가 그녀에게 청혼이라도 한 걸까. 그녀는 발코니에 서서 지나가는 사람들을 바라보며 미소를 짓고 있었다. 에픽스 또한 기둥 뒤에서 무릎을 꿇고 웃고 있었다.

"하느님, 감사합니다. 하느님, 이제 제 영혼을 거두어 가소서. 고통을 겪고 죄를 지었던 과거의 일들마저도 기쁨으로 받아들이겠나이다. 그 모든 게 자비로운 주님, 용서하시는 주님, 도우시는 주님, 전지전능하신 주님께서 제게 내리신 시험이었습니다. 새가 먹이를 쪼아먹듯 제 영혼을 거두어 가소서. 저를 사방으로 흩날리게 하소서. 제 마음의 소원을 들어주신 당신을 칭송하나이다…"

에픽스가 몸을 일으키려 하자, 무릎에 극심한 통증이 밀려왔다.

지나가던 구름이 막달레나의 얼굴을 그림자로 뒤덮자, 그는 불길한 기운을 느꼈다.

*

정원에 앉아서 바느질을 하고 있던 노에미의 얼굴에도 그림자가 깃들어 있었다.

에픽스는 우물가에서 바이올렛 꽃 한 송이를 따서 그녀에게 건네주었다. 그녀는 놀란 눈빛으로 쳐다보았지만, 꽃을 받아들지 않았다.

"누가 보낸 건지 알아맞혀 보세요. 자, 받으세요."

"당신이 땄으니까 당신 거잖아."

"아니에요, 정말로 아니에요. 받으세요, 노에미 아가씨."

에픽스는 그녀 앞에서 노예처럼 다리를 꼬고 손으로 발을 감싸쥐며 땅바닥에 주저앉았다. 무슨 말부터 해야 할지 알 수 없었지만, 여주인은 이미 짐작하고 있는 것 같았다. 수틀에 걸린 하얀 천 위로 바이올렛 꽃을 떨어뜨린 노에미의 마음이 두근거렸다. 그렇다. 그녀도 이미 알고 있었다.

"에스테르 아가씨는 어디 계세요?"

에픽스가 자기 발 위로 몸을 굽히며 말했다.

"이 사실을 아신다면 얼마나 기뻐하실까요? 돈 프레두 나리께서 그러라고 저를 마을에 보내신 거겠지요…"

"멍청하기는, 무슨 말을 하려는 거야?"

"저더러 멍청하다고 하지 마세요! 지금 죽어서 하느님의 은총 아래 하늘이 열리는 걸 본다 해도 전 여한이 없답니다. 이리로 오기 전에 하느님께 감사드리려고 성당에 들렀어요. 제 마음속에서, 그토록…"

"대체 왜 그러는 거야, 에픽스?"

그녀가 바이올렛 꽃을 바늘로 찌르며 도통 모르겠다는 듯 말했다.

"난 당신이 왜 그러는지 모르겠어."

에픽스가 눈을 들고 그녀를 바라보았다. 안색은 창백하고 입술은 떨리고 죽은 사람처럼 눈 주위가 시퍼렇게 변해 있었다. 기뻐서, 너무도 기쁜 나머지 그런 것이리라. 그는 아가씨 앞에 무릎을 꿇고 이렇게 말하고 싶어졌다. 네, 그래요. 너무나 기쁘시죠. 노에미 아가씨, 저도 눈물이 납니다요.

"수락하시는 거지요? 노에미 아가씨, 주인님? 정말 기쁘시죠? 당장 여기로 오시라고 전할까요?"

그녀가 입술을 깨물며 두 눈을 부릅떴다. 피가 돌기 시작하자, 그녀의 눈꺼풀과 입술에 조금이나마 붉은빛이 감돌았다. 에픽스는 그녀의 눈에 서린 지난날과 같은 끔찍한 오만과 분노를 보았다. 그의 몸 위로 그림자가 드리워졌다.

"제가 소식을 전했다고 해서 맘 상해하진 마세요, 노에미 아가씨! 전 무식한 하인에 불과하지만, 입 하나만큼은 무겁답니다. 아가씨가 허락하신다면, 돈 프레두 나리께서 정식으로 청혼하기 위해서 신부님을 보내실 겁니다. 아니면 아가씨께서 원하시는 그 누구든지요…"

노에미는 바이올렛 꽃을 땅에 내던지고 하던 바느질을 계속했다. 마음이 진정된 듯했다.

"프레두한테 농담하고 싶거든 해도 좋다고 해. 난 관심조차 없으니까."

"노에미 아가씨!"

"그래, 맞아. 그 사람이 진심으로 그러는 건 아닐 거야. 그랬다면 당신을 나한테 보내지 않았을 테니까. 이제 내 부탁 하나만 들어줘. 제발 내 눈앞에서 사라져 줘."

"노에미 아가씨?"

"또 뭐야? 저리 가라고 거기서 무릎 꿇고 손을 모으고 있지 말고! 등신 같으니!"

"하지만 노에미 아가씨, 그럼? 거절하시는 건가요?"

"거절이야."

"거절이라니요? 왜요, 노에미 아가씨?"

"왜냐고? 당신 잊고 있는 거야? 난 더 이상 젊지 않아. 에픽스, 늙은이들한테 농담 같은 건 안 통해. 그러니 제발 그만 좀 해."

"저한테 하실 말씀은 그게 다인가요?"

"그게 다야."

에픽스는 입을 다물었다. 그녀는 바느질을 하고 있었다. 그는 무릎을 펴고 일어나 모았던 손을 펴고 두 주먹을 꽉 쥐었다. 꿈만 같았고 도무지 이해할 수 없었다. 그는 눈을 들고 주위를 둘러보았다. 아니었다. 꿈이 아닌, 모든 게 현실이었다. 정원은 햇빛과 그림자로 그득했다. 가을에 떨어지는 뾰족한 소나무 잎처럼 발코니에서 가느다란 나무 부스러기들이 떨어지고 있었다. 저 멀리 설탕만큼이나 흰 산봉우리가 보였다. 돈 프레두의 집에서 나왔던 아침나절과 마찬가지로 모든 게 부드럽고 고즈넉했다. 그의 귓가에 여자들이 가구를 옮기는 소리가 여전히 들려오는 듯했다. 자신의 마음으로부터 들려오는 두드림 소리였다. 무엇인가가 그의 등을, 어깨를, 목을, 팔꿈치를, 무릎을, 손가락의 관절을 내리치고 있었다. 노에미 아가씨는 그 자리에서 창백한 얼굴로 바느질을 하고 또 하며, 그의 영혼을 바늘로 콕콕 찌르고 있었다.

그들의 머리 위로는 검은 꽃관 같고 작고 검은 십자가 같은 제비들이 쉴새 없이 날아다녔다. 새들의 그림자가 바람에 떠밀린 잎새처럼 땅 위를 질주했다. 에픽스는 제단 아래 막달레나의 어두운 얼굴을 바라보며 몸을 일으켰던 때와 같은 고통을 맛보았다. 그가 깊디깊은 한숨을 내쉬었다. 그러자 비로소 이해할 수 있었다. 하느님의 형벌이 그에게 임한 것이었다.

그는 노에미의 치맛자락을 붙잡고 서서히 입을 떼기 시작했다. 그조차도 자신이 내뱉는 말을 전부 이해할 수 없었고 딱히 설득력 있는 이야기도 아니었다. 안정을 되찾은 여인은 아무런 대답도 없이 입가에 모호한 미소를 띤 채 계속 바느질을 하고 있었다.

그가 그동안 겪었던 모든 불행과 앞으로 다가올 모든 영광에 관한 이야기를 끝마치자, 그녀가 눈을 들고 서서히 입을 열었다. 마치 눈빛으로 이야기하려는 것 같았다.

"너무 심각하게 생각하지 말아줘. 에픽스, 우리 일에 너무 끼어들지 말아 줘. 당신도 알다시피 우리는 살아남았잖아. 여태까지 잘 살아왔잖아, 안 그래? 부족한 게 없었잖아? 하느님의 도우심으로 앞으로도 잘 살아 나갈 거야. 빵이 떨어지는 일은 없을 거야. 프레두의 집에는 물건이 너무 많아. 어떻게 지켜내야 할지 난 모르겠어."

절망에 찬 에픽스가 다시금 생각에 빠져들었다. 어찌하면 좋을까? 거짓말이라도 해야 할까?

그가 다시 입을 열었다.

"이건 정말 심각한 이야기예요. 나의 노에미 아가씨, 사실 이런 말까지 하려고 했던 건 아니었는데, 아가씨께서 절 그렇게 만드시네요. 돈 프레두가 어찌나 아가씨 생각에 애간장이 탔든지 만일 아가씨께서 거절하시면 죽어버리겠다고 하셨어요. 네, 마법에 걸린 것처럼, 잠도 제대로 못 주무신답니다. 아가씨께서는 사랑이 뭔지 모르시죠? 나의 노에미 아가씨. 사람을 죽게 만든답니다. 사람 하나 죽게 만드는 건 식은 죽 먹기예요."

그러자 노에미가 웃음을 터뜨렸다. 그녀의 이가 어찌나 반짝거렸던지 미친 듯이 즐거워하는 어린 소녀의 얼빠진 모습을 보는 것 같았다. 그녀의 웃음이 에픽스의 마음을 아프게 했고 거짓말쟁이라는 죄책감을 느끼도록 만들었다.

"그보다 더 심각한 일도 있답니다, 노에미 아가씨! 그래요, 다 털어놓을게요. 자친토 도련님이 여기 돌아오겠다고 협박을 했답니다… 아시겠어요?"

순간, 그녀가 바느질을 멈췄다. 허리를 꼿꼿이 세우더니, 숨을 제대로 못 쉬겠다는 듯이 고개를 뒤로 젖혔다. 그녀가 손으로 수틀을 꼭 붙잡았다.

그녀가 기절하는 줄 알았던 에픽스가 깜짝 놀라며 자리에서 벌떡 일어났다.

하지만 잠시뿐이었다. 그녀가 악의에 찬 눈으로 에픽스를 쳐다보며 말했다.

"돌아온다 해도 우리는 더 이상 잃을 게 없어. 그러니 우리를 지켜 줄 사람도 필요 없고."

에픽스는 땅에 떨어진 바이올렛 꽃을 주워, 루트 아가씨가 세상을 떠났던 날 밤처럼 계단 위에 가서 앉았다. 노에미가 왜 삶을 거부하는지 그는 묻지 않았다. 그녀를 이해할 수 있을 것 같기도 했다. 그에게 주어진 하느님의 형벌이었다. 그 형벌이 온 집안을 무너뜨리려 하고 있었다. 에픽스, 그야말로 과실 속에 해충처럼 가족의 운명을 갉아먹는 버러지였다. 그렇다. 그는 벌레처럼 그 모든 일을 숨겨왔다. 갉아먹고 갉아먹고 또 갉아먹어서 급기야 자신을 둘러싼 모든 것들이 다 갉아 먹혔다 한들 어찌 놀라운 일이랴?

떠나야만 했다. 그것만은 분명했다. 그러나 손가락 사이 바이올 렛 꽃에 남아 있는 한 장의 꽃잎 같은 한 줄기 희망의 끈이 그를 놓 아주지 않고 있었다. 하느님께서는 여인들의 불행을 버려두지 않으 실 것이었다. 그가 떠난다면, 하인을 중재자로 보낸 데 대해 불쾌해 했던 노에미 아가씨의 마음도 풀리게 될 것이었다. 어쨌든 여자 둘 이서 살아나갈 수는 없는 법이었다.

가야만 했다. 하지만 어떻게 해야 하지? 목소리가 그를 부르는 듯 했다. 벽 건너편, 고요한 길가에서 그를 부르는 목소리가 들려오는 듯했다.

그는 몸을 일으켜 앞으로 나아갔다. 그리고는 주랑 아래 벽걸이 에 걸려있던 자루를 가지러 되돌아갔다. 자루를 집어 들자, 수 세 기 전부터 그 자리에 있던 벽걸이가 검고 두툼한 손가락처럼 정원 으로 툭 떨어졌다. 에픽스는 깨달았다. 그렇다. 가야만 했다. 벽걸 이조차 더 이상 자루를 매달고 있으려 하지 않았다.

에픽스를 계속 지켜보고 있던 노에미는 그가 벽걸이를 제자리에 걸어두리라 생각했지만, 에픽스는 그대로 발걸음을 옮겼다.

"에픽스? 가려는 거야?"

그가 고개를 숙인 채 걸음을 멈췄다.

"에스테르를 기다리지 않고서? 부활절에 올 거지?"

그가 아니라고 고개를 내저었다.

"에픽스, 기분이 상한 거야? 내가 나쁜 말이라도 했어?"

"그런 게 아닙니다, 나의 주인님. 전 이만 가 봐야 해요. 시간이 되었습니다."

"그럼 늦기 전에 가 봐."

에픽스는 순간 생각에 잠겼다. 여행을 떠나기 전에 빼먹은 건 없는지 살피려는 것 같았다.

"노에미 아가씨, 당부하실 말씀은 없나요?"

"없어. 다만 내가 보기에는 당신 몸이 아픈 것 같은데, 대체 어디가 아픈 거야? 좀 기다려 봐, 의사 선생님을 모셔 올게. 당신 다리가 후들거리잖아."

"가 봐야 합니다."

"에픽스, 내 말 좀 들어 봐. 내 말을 나쁘게 받아들이지 않았으면 해. 난 그냥 그렇게 할 수 없을 뿐이야, 믿어줘. 당신이 실망했다는 건 나도 알아, 그래도 할 수 없는 걸 어떻게 해. 에스테르에게는 아무 말도 하지 말아 줘. 이제 가고 싶으면 가도 좋아. 하지만 몸이 아프면 언제든 돌아와. 여기는 당신의 집이란 걸 잊지 마."

그는 어깨에 자루를 둘러메고 집을 나섰다. 등진 집에서 먼지 한 톨이라고 갖고 나오지 않으려 그는 대문 앞 계단 위에 조심스럽게 발을 내디뎠다.

13

밖에서는 잔안토니오가 기다리고 있었다.

"아저씨를 세 번씩이나 불렀어요. 같이 가요, 할머니께서 많이 아프세요. 아저씨한테 하실 말씀이 있대요. 왜 안 오세요? 빵 자루도 들고 가야죠."

노파는 여전히 옷을 차려입고 침대에 누워 있었다. 옷 사이로 드러난 그녀의 맨 손목이 불을 지핀 숯처럼 시뻘겋게 타오르고 있었다. 마지막이 다가오고 있는 것 같았다. 에픽스가 노파를 향해 몸을 숙이자, 그녀가 공허한 목소리로 말했다.

"알아? 아이가 빨래하러 강가에 갔어. 일해야 한다네. 자네는 결혼할 거라 했지만!"

"포토이 아주머니! 견디셔야 해요. 우리는 견디기 위해 태어났잖아요."

노파가 팔을 들더니 에픽스를 붙들고 세차게 끌어당겼다. 작은 침대에서 썩어가는 무덤의 악취가 풍겨왔다. 그러나 에픽스는 그녀에게서 떨어지려 하지 않았다. 불에 지진 것처럼 뜨거운 포토이 아주머니의 목걸이가 그의 얼굴을 스쳤다. 그녀의 거친 숨결이 그의 머리카락을 타고 거미처럼 기어올랐다.

"들어 보게, 에픽스. 우리는 지금 하느님 앞에 있다네. 난 떠나기 직전이야. 우리가 젊은 시절에 맺었던 약속처럼 돈 차메가 나를 데리러 올 걸세. 이제 함께 가야 할 때가 왔네. 난 돈 차메에게 그 일을 돌이키지 말라고 할 작정이라네. 자네가 죽였던 그곳에서 멈추지 말아 달라고 말이야. 자네가 딸들을 돌보아 준 걸 생각해서라도 자네를 사랑으로 용서해 달라고. 그러면 그분도 자네를 용서할 걸세, 에픽스. 자네는 충분히 빚을 갚고도 남았어. 하지만 자네, 자네, 에픽스, 제발 우리 그리젠다를 살려 주게. 그 아이가 죽어가고 있어. 내가 죽으면 집에서 뛰쳐나가려 하고 있네. 그러니 내가 어찌 눈을 감을 수 있겠나. 자네가 젊은이를 찾아가서 그 아이를 놓치지 말라고 말해주게나. 결혼하겠다던 약속을 잊지 말라고. 그 아이들이 결혼한다면, 그럼, 그렇고 말고. 노에미 아가씨도 더 이상 그 젊은이 생각을 안 하게 될 걸세. 그러니 가 보게."

그녀가 그를 놓아주자, 에픽스는 두 눈을 부릅떴다. 온몸이 불에 타서 재가 되어 지옥에서 돌아온 기분이었다. 노파는 더 이상 눈을 뜨지 않았다. 그녀의 손과 벌어진 손가락들이 굳어져 갔다. 검은빛이 감도는 보라색 입술로 여전히 무슨 말을 하려는 듯 보였지만, 더 이상 말하지 않았다.

더는 아무 말이 없었다.

어둡고 쓸쓸한 방 천장에 뚫린 구멍에서 금빛 햇살이 비처럼 쏟아져 내려 침대에 누워있는 그녀의 검은 육신과 목걸이를 환하게 비춰주었다.

에픽스는 깊은 우물을 들여다보듯 높디높은 그곳을 바라보았다.

바람에 흔들리는 갈대

어느 순간, 빛이 방향을 바꾸더니 그를 향해, 눈이 부시도록 퍼붓기 시작했다. 갑자기 모든 게 선명해졌다. 그의 눈은 이제 모든 걸 분간할 수 있었다. 그를 둘러싼 암흑 같은 과오들, 빛의 중심, 그에게 내려진 주님의 형벌이었다.

그는 자루를 둘러메고 아무 말도 없이 길을 나섰다.

돈 프레두의 집 앞을 지나치는 길에 에픽스는 스테파나를 불러 개인적인 사정으로 떠나게 되었고 언제 돌아올지 모른다고 전해달라는 부탁을 했다.

"어디로 가는지만이라도 말해 봐."

"누오로."

＊

누오로까지는 꼬박 이틀이 걸렸다. 그는 천천히, 아주 천천히, 지칠 때마다 쉬어가며 길을 걸었다. 눈을 감았지만, 잠이 들지는 않았다. 눈을 뜨면, 위로는 저 멀리 초록과 푸른빛의 누오로 산봉우리들로 향하는, 아래로는 바로니아 바다로 향하는 누렇고 드넓은 길이 보였다. 늘 그렇게 살아왔던 것만 같았다. 갈 길을 반쯤 왔지만, 반쯤은 가야 할 길이 남아 있었다. 저 아래에는 죄를 범했던 자리가, 산을 향하는 저 위에는 속죄의 자리가 있었다.

화창한 날씨였다. 언덕은 벌써 풀로 뒤덮였고 아이의 눈동자 같은 보랏빛 꽃이 피어나고 있었다. 초록빛으로 경사진 길을 따라 굽이굽이 물이 흐르고 있었다. 오리나무들 사이로 강물의 속삭임이 들려왔다. 이따금 길가에서 들려오는 달구지 소리에, 에픽스는 태워달라는 부탁을 하고 싶어졌지만, 이내 마음을 다잡았다.

아니야, 속죄하기 위해서는 걸어가야만 해. 그 누구의 도움도 받아서는 안 돼.

처음 나서는 그의 여행길에는 뚜렷한 목적이 있었다. 그는 여전히 세상사에 얽매인 몸이었고 어서 빨리 그 일을 해결하고 싶은 심정이었다. 그리고 나면, 그는 자유로워질 것이고 세상을 떠나기 전까지 오로지 자신의 짐만 짊어지면 될 터였다.

그는 언덕에 있는 피난처에서 첫날 밤을 보냈지만, 잠을 이룰 수 없었다. 선명하고 부드러운 밤이었다. 바위기둥들로 막힌 언덕 위 새하얀 하늘 위로 신전을 밝히는 불빛 같은 금색 달이 떠올랐다. 하지만 병으로 신음하는 사람에게는 그토록 아름다운 피난처조차 한낱 말구유에 불과했다. 통증이 엄습해 홀로 있는 그를 훼방 놓았다.

에픽스는 동이 트기도 전에, 전날보다 지친 상태로 길을 나섰다. 하얗게 깔린 어둠을 뚫고 오리에나 산봉우리들이 솟아올랐다. 투박한 제단 같은 오르토베네 바위산 앞에 놓인 연기가 피어오르는 향 더미 같았다. 눈에 보이는 풍경마다 성스러운 기운이 서려 있었다. 가장 높은 바위 위에는 금빛 하늘 아래 검은 팔로 십자가를 지고 가는 그리스도 조각상이 놓여 있었다.

에픽스는 무릎을 꿇었지만, 기도를 드릴 수 없었다. 너무도 지친 나머지 그는 입을 뗄 수 없었다. 그의 두 눈과 떨리는 두 손, 열이

바람에 흔들리는 갈대

끓어오르며 떨리는 그의 육신이야말로 기도 그 자체였다.

✳

누오로가 가까워질수록, 멈출 것만 같았던 에픽스의 심장이 점점 더 세차게 뛰기 시작했다.

"제분소야. 자친토가 저기 있어."

그가 기뻐하며 생각했다.

그의 세속적인 여행의 마지막 목적지이자, 골고다 언덕길을 향한 마지막 오르막이었다. 지저분하고 기름때로 얼룩진, 죽은 고양이가 쓰레기처럼 버려져 있는 가느다란 오르막길 그리고 붉은 하늘 아래 낟알들로 뒤덮인 벽들.

길을 절반쯤 오르자, 그는 뒤를 돌아보았다. 붉은 오르토베네 바위산의 그림자가 갈색 원을 그리며 오솔길에 서 있는 그를 뒤덮었다.

저 위편으로 제분소가 보였다. 여인의 부름 소리 같은 온화한 저녁 종소리가 아닌 투박한 종소리가 덩그렁 덩그렁 울려 퍼졌다. 저 멀리 길가에서 멍에를 씌운 소들을 끌고 가는 농사꾼들, 돈 프레두처럼 부유한 신사들, 머리에 두건을 두른 여자들의 모습이 보였다. 창백한 얼굴을 한 여자들 몇몇이 정원을 낮게 둘러싼 돌담 위에 앉아서 쉬고 있었다.

에픽스가 여자들에게 다가가 말을 걸었다. 그의 지친 어깨에서 자루가 스르르 흘러내렸다.

"자친토 도련님은 어디 계시죠?"

"누구요? 제분소에 있는 그 사람이요? 저기, 저 위에 있어요. 그 자루 안에는 뭐가 들어 있나요? 당신이 그 사람 하인인가요?"

"네, 자친토 도련님은 어떻게 지내시나요?"

"뭐, 일도 하고 놀기도 하고 그러죠. 성격이 워낙 밝아서요. 정말이지 괜찮은 청년이랍니다. 여자들이 그 사람 뒤꽁무니를 졸졸 따라다니죠… 꿀이 뚝뚝 떨어진다니까요…"

에픽스는 치유의 성모 마리아 축제를 떠올렸다. 나톨리아와 그리젠다 사이에서 손을 잡고 춤을 췄던 그의 모습이 떠오르자 깊은 고통이 그를 엄습했다. 하지만 고통은 이내 젊은이의 운명을 바꿔놓아야 한다는 강렬한 열망으로 뒤바뀌었다.

"어디서 만날 수 있죠? 지금 제분소에 있나요?"

"저기 오네요!"

자친토가 성급한 걸음으로 다가오고 있었다. 밀가루가 묻어 온통 새하얘진 옷을 입고 모자를 쓰지 않은 머리카락을 흩날리며 그가 다가오고 있었다. 한 여인이 달려가 그에게 하인이 왔다는 소식을 알렸다.

"뭣 하러 여기까지 찾아온 거야?"

그가 에픽스의 어깨를 붙잡고 흔들며 말했다.

에픽스는 아무런 대답도 없이 그가 자신을 길가로 끌고 가도록 내버려 두었다. 둘은 언덕 위 두 채의 집 사이에 있는 정원에 다다랐다. 난쟁이로 보일 만큼 작은 키에 애조가 깃든 커다란 눈을 지닌 하얀 얼굴의 신사가 우물에서 물을 긷고 있었다. 자친토가 에픽스에게 집주인이라며 그를 소개했다.

"할 말이 있어요."

에픽스가 말했다.

"내가 여기 있잖아, 말해 봐."

둘은 부엌에 앉았다. 신사가 그들 옆에서 저녁을 준비했고 에픽스는 다른 사람 앞에서 이야기를 꺼내고 싶지 않았다. 자친토는 계속 농담하고 웃으며 진지한 이야기를 나누길 원치 않는 눈치였다.

창문 너머로 오르토베네 바위산에 있는 그리스도 조각상이 제비처럼 아주 작게 보였다. 텃밭에서 올라오는 바이올렛 꽃들의 향기가 아가씨들의 정원을 떠올리게 했다.

에픽스는 마음이 쓰라려 왔지만, 말을 아꼈다.

"자친토, 제가 보기에는 전보다 명랑해진 것 같은데요!"

"그렇지 않으면? 목이라도 매달까?"

작은 남자가 몸을 굽히고 마카로니를 요리하다가 서글픈 눈길로 그를 쳐다보자, 자친토는 웃으며 천장 대들보를 쳐다보았다.

"그래, 에픽스. 여기, 하느님의 충실한 종이 있는 이곳에 온 지 며칠 안 되었을 때, 진짜로 목매달아 죽으려고도 했었어. 안 그래요, 미켈리?"

작은 남자가 그렇다며 고개를 끄덕였다.

"저 사람이 나를 구해주고 나를 아이처럼 침대에 눕혀 주었어. 밖에 나갈 때면 나를 침대에 묶어두었지. 난 열이 펄펄 끓었었고. 하지만 이제 다 지나갔어. 난 무척 즐겁게 지내고 있어. 그렇죠, 미켈리? 그나저나 에픽스, 말해 봐. 내 즐거움을 망쳐 놓으려고 온 거잖아."

"포토이 할머니께서 돌아가셨어요."

마침내 에픽스가 입을 열었다. 자친토가 포크를 들더니 찌르려는 듯 그의 얼굴에 들이댔다.

"가, 불길한 새 같으니! 당신이 죽은 사람 소식을 전할 거란 걸 알고 있었어! 또 다른 건 없어?"

"그리젠다가 집을 떠나려 하고 있어요. 며칠 후면 여기서 보게 될 거예요. 그 말을 전하러 왔어요."

자친토의 얼굴이 예전처럼 슬프고 놀란 아이 같이 변했다.

"아, 안 돼, 그것만은 안 돼! 오지 말았으면 좋겠어!"

"오지 말았으면 좋겠다니요? 어떻게 말릴 건데요? 어쨌든 도련님의 약혼녀잖아요. 결혼하겠다고 약속했잖아요."

"난 결혼할 수 없어. 안 돼, 제 말이 틀렸나요, 미켈리? 할 수도 없고 원하지도 않아! 난 결혼 따위를 할 처지가 아니야. 당신도 알다시피 해야 할 일도 있잖아. 당신처럼 나의 모든 걸 알고 이해하는 이 분 앞에서 얘기할 수 있어. 난 이모들에게 진 빚을 갚아야 해. 그래서 죽으려 했던 거야. 얼마나 절망했으면. 하지만 이 분이 나한테 그랬지. 우리 집에 거저 머물러도 좋아, 내가 당신을 위해 거처와 음식을 마련해 줄 테니까 일해서 빚을 갚도록 해."

　　　　바람에 흔들리는 갈대

에픽스는 놀라움과 불신이 뒤섞인 눈으로 작은 남자를 쳐다보았다. 왜 그리 너그럽게 구는 거죠? 라고 물으려는 듯했다. 몸을 숙이고 마카로니를 먹던 남자가 눈을 들고 말했다.

"우리는 그리스도인이니까요."

그의 말을 듣고 에픽스는 다시금 영혼의 집으로 되돌아가 자신이 왜 그곳에 왔는지 기억해 냈다.

"자친토, 도련님은 그리젠다와 결혼해야 해요. 그 아이가 며칠 내로 여기 올 거예요. 그 아이를 쫓아 보내지 마세요. 잃지 마세요!"

"성스러운 말씀은 집어치워! 귀를 먹었어? 그 아이를 여기 둘 수 없다고 당신한테 말했잖아. 결혼할 수 없다고 이모들의 빚을 갚아야 한다고!"

"결혼해서도 빚을 갚을 수 있잖아요."

"그 아이가 재산이라도 물려받았나 보지?"

자친토는 농담조로 말했지만, 에픽스는 진지한 눈빛으로 그를 쳐다보며 두 번을 연달아 말했다.

"그 얘기를 하러 왔어요."

집주인은 자신이 끼어들 상황이 아니라는 걸 눈치채고서 조용히 밖으로 나갔다. 자친토가 가지 말라며 그를 불러 세웠으나 소용없었다.

"놔두세요."

에픽스가 말했다.

"제가 하려는 얘기는 아무도 들어서는 안 돼요."

둘만 남게 되자, 분위기가 서먹해졌고 둘 사이에 비치는 등잔 불빛이 눈에 거슬렀다. 둘은 정원으로 나가 계단 위에 걸터앉았다. 빛과 불이 이야기를 엿듣는 걸 막으려는 듯 자친토가 조용히 문을 닫았다. 에픽스는 자신의 마음속에 담겨 있는 죄스러운 말을 어떻게 꺼내야 할지 망설였다. 아, 어찌나 크고 무겁게 느껴졌던지, 내면으로부터 어떻게 끌어내야 할지 그는 알 수 없었다. 토막들, 아마도, 그럴 것이다, 피가 줄줄 흐르는 토막들. 그는 몸을 수그렸다. 우물속 돌을 파듯 조용히 파내고 꺼내어, 집어 들었다. 그리고는 깊은 한숨을 내쉬며 몸을 일으켰다.

"자친토, 내 말을 좀 들어봐요, 세상일이 그래요. 돈 프레두는 노에미 아가씨와 결혼하고 싶다는데 노에미 아가씨는 원하지 않아요. 도련님 때문이에요!"

자친토는 아무런 대답도 하지 않고 에픽스의 팔을 꽉 붙잡더니 목을 조르는 시늉을 했다. 그리고는 그를 다시 놓아주었다.

에픽스는 병자처럼 숨을 몰아쉬더니, 자친토의 팔을 붙들고 가까이 끌어당겨 그의 얼굴에 대고 고통에 찬 숨을 내뱉었다.

"그래, 다 네 탓이야, 도련님 탓이라고."

에픽스가 갑자기 공격적으로 돌변했다.

"모른 척하다니? 알고 있었을 텐데! 노파가 도련님한테 그런 얘기는 안 했나 보죠. 하지만 이제 심각하게 생각할 때가 되었어요. 도런님 이모 머릿속에 있는 해충을 없애야 할 때가 되었다고요. 알겠어요? 알겠냐고요?"

"내가 뭘 할 수 있겠어?"

자친토가 말했다.

그는 오래전에 그를 에워쌌던 슬픔 속으로 다시 빠져든 것 같았다. 어둠 속에서 몸을 숙이고 땅을 디디고 있는 자신의 두 발을 쳐다보았다. 시커먼 심연을 들여다보고 있는 것 같았다.

"뭘 할지 모르겠어요? 제가 말했잖아요. 도련님의 의무를 다하세요. 그러면 아가씨도 그렇게 할 거예요…"

"내가 뭘 할 수 있다고? 대체 뭘? 당신은 우리가 운명을 다스릴 수 있다고 믿는 거야? 우리가 농장에서 나눴던 말들을 기억해 봐. 기억나? 그래서 당신은 당신의 운명을 다스렸어?"

에픽스도 몸을 숙였다. 둘은 서로의 체온이 느껴질 정도로 가까이 머물러 있었다. 땅 밑에서 들려오는 목소리에 귀를 기울이려는 듯 두 사람은 서로의 관자놀이를 맞댔다.

"그래요! 운명을 다스릴 수는 없지요."

에픽스가 그의 말을 받아들였다.

"그리고 당신은 이모가 피에트로 삼촌과 결혼하면 행복할 것 같아? 행복은 빵만으로 되는 게 아니야. 나도 이젠 알아… 다른 게 필요하단 걸!"

"하지만 도련님, 말해 봐요… 도련님은…"

"난?"

"네, 도련님은 알고 계셨어요?"

"내가 무슨 말을 해야 해? 남자라면 그런 일들을 모를 수 없는 법이야. 하지만 난 나의 어머니를 걸고 맹세할 수 있어. 난 노에미를 늘 성스러운 존재처럼 숭배했어… 그렇지만, 그래, 당신한테는 말할게, 당신한테는 말할 수 있지. 딱 한 번, 그녀가 기절했을 적에, 난 그녀의 눈을 바라보며 울었었어. 그래, 말할 수 있다고는 했지만, 어떻게 표현해야 할지… 마치 어머니를 바라보듯, 순수한 감정으로, 그래, 우리는 서로의 눈을 바라보았어… 눈물 사이로… 아마도 그건… 아마도 그건… 모르겠어. 여기까지야, 더 말하고 싶지 않아. 내가 집을 나온 건 내가 저지른 잘못 때문이 아니라 그 일 때문이었어."

"한 가지만 물어볼게요. 도련님이 마지막으로 농장에 왔을 때도 이미 알고 있었던 건가요?"

"알고 있었어."

"그렇군요."

에픽스가 안도의 숨을 내쉬며 말했다.

"도련님은 진정한 남자예요."

"무슨 소리야?"

자친토가 우쭐대며 대답했다.

"다른 건 몰라도, 나도 사는 게 뭔지 조금은 알아. 내가 태어난

곳에서는 일찌감치 인생을 알게 되지. 하지만 당신도 나름대로 인생을 알잖아. 우리는 다른 언어로 대화했지만, 서로를 이해했잖아. 내가 농장에 갔던 때를 한번 기억해 봐… 난 도박을 했고 서명도 위조했지. 돌아가서 선장의 돈을 갚고 으스대고 싶었거든. 그가 이렇게 말했겠지. 저 가여운 아이가 결국 해냈군. 하지만 난 바닥으로, 점점 더 아래로 떨어지고야 말았어… 광기에 사로잡혀서. 하지만 이젠 내 눈이 밝아졌어. 진정한 구원이 어디에 있는지 볼 수 있게 되었어. 당신, 당신은 어디서 진정한 구원을 찾아냈지? 다른 사람을 위해 사는 삶을 통해서? 나도 이제 당신처럼 그렇게 살고 싶어, 에픽스."

그가 에픽스의 얼굴에 입을 바짝 갖다 대고 말했다.

"당신이 나를 구했어. 나도 당신처럼 되고 싶어… 내 말이 옳지, 그렇지? 오리에나에서 내가 당신을 땅에 내동댕이쳤었잖아. 하지만 천사들도 그런 꼴을 당하면서도 천사이길 멈추지 않는걸. 내 말이 맞지, 그렇지?"

자친토가 어깨를 흔들며 말을 이어갔다.

"우리가 농장에서 했던 말들 기억나? 난 늘 그 말들을 기억하고 나 자신에게 말하곤 해. 에픽스와 나는 두 명의 형편없는 인간이다. 하지만 우린 진정한 남자다, 피에트로 삼촌보다, 밀레제보다, 그래! 피에트로 삼촌? 피에트로 삼촌이 뭔데? 고생하는 이모들을 오랫동안 내버려 두고 마을의 불쌍한 사람들을 거들떠보지도 않고 농담이나 일삼고. 노에미와 결혼하면 좋은 사람이 될 줄 아나 보지! 단지 노에미한테 여자로서 매력을 느꼈기 때문이야. 내가 그리젠다를 보고 그랬던 것처럼, 다른 이유는 없어. 사랑? 동정? 노에미가 그의 청혼을 거절한 건 잘한 일이야. 잘한 일이라고! 나라도 그랬을 거야! 당신이 그 사람들한테 베푼 게 진정한 사랑이야. 노에미 이모가 누군가를 사랑하고 결혼할 수만 있다면, 그래, 당신 같은 사람과, 피에트로 삼촌 말고… 하지만 그 사람들은 이제 당신이 쓸모없어졌다고 늙은 개처럼 내쫓아 버렸잖아. 당신은 오히려 이전보다 더 그 사람들을 사랑하는데, 당신은 진정한 인간의 마음을 지녔으니까 말이야. 그래서, 이제 어떻게 할 건데? 오, 이 사람아!… 부끄럽지도 않아? 아직도 흘릴 눈물이 남은 거야? 기운 내, 이 사람아, 일어나서 걸어 보라고 어서!"

그가 에픽스를 뒤에서 붙잡고 흔들었다. 하지만 난쟁이처럼 몸을 수그린 에픽스는 머리를 무릎 사이에 파묻고 계속 울고 있었다. 그가 흐느끼는 소리가 밤의 침묵을 가득 메웠다. 그는 지난번 차친토와 만났을 적에, 오리에나 성당 앞에서 피를 토했던 일을 기억했다. 그의 눈에서 온몸의 피가 콸콸 쏟아져 내리는 기분이었다. 모든 나쁜 피, 죄악의 피가. 그의 육신이 텅텅 비었고 캄캄한 밤과 같은 내면에서 그의 영혼만이 꿈틀거리고 있었다. 자친토가 건넨 사랑의 언어는 어둠 속의 섬광처럼 반짝였고 에픽스의 눈물도 별처럼 반짝이고 있었다.

*

에픽스는 한 주 동안 누오로에 머물렀다.

자친토는 그리젠다가 찾아오기만을 기다렸지만, 시간이 지나도 그녀는 오지 않았다.

그는 아직 마음을 결정하지 못했지만, 평온해 보였다. 일터에 나갔고 식사 시간이 되면 집에 돌아왔다. 아가씨를 어떻게 맞아들일지 집주인과 농담을 주고받기도 했다.

"놓치기에는 아까운 아이예요, 가엾은 고아! 당신이 그 아이와 결혼할래요? 집에 여자 하나쯤은 있는 게 좋잖아요."

작은 남자는 조롱하는 눈빛으로 그를 바라보았지만, 에픽스 앞에서는 아무 말도 하지 않았다. 숙명을 거스르다니, 안 될 말이었다. 섭리를 거스르려는 건 죄악이라고 에픽스는 생각했다. 바람에 흩날리는 씨앗처럼 놓아두어야 했다. 오로지 하느님만이 하실 수 있는 일이었다.

에픽스는 그리젠다를 기다리며 떠날 생각을 하지 않았다. 자친토가 집에 있을 때면, 둘은 오솔길을 내려가 언덕 가장자리에 앉아 산 아래 펼쳐진 하얀 길을 지켜보곤 했다. 덜덜거리는 풍차의 움직임이 에픽스의 마음속에 혼란스러운 동요를 불러일으켰다. 마치 오래된 야생의 땅을 새롭게 일구며 두근거리는 심장 같았다. 자친토의 피 또한 풍차 안에서 요동치고 있었고 에픽스는 그런 그를 생각하며 울컥해지곤 했다. 밀가루를 뒤집어쓴 새하얗고 훤칠하고 밝은 청년, 서리를 맞은 가녀린 식물 같은 자친토, 그는 일에 열중했고 선한 길로 들어서고 있었다. 모두가 그를 사랑했고 그는 모두에게 친절했다. 제분소에 곡식을 들고 온 여자들이 밀가루 무게를 재기 위해 몸을 숙인 그의 주위로 몰려들어, 어머니와 같은 애틋한 눈길로 그를 바라보고 있었다.

어느 날 저녁, 그를 찾아간 에픽스는 윙윙거리는 기계와 열기로 가득한 일터에서 창백한 얼굴로 분주하게 움직이는 그의 모습을 보게 되었다. 어둠을 뚫고 오락가락하며 큰 소리로 무게를 외치는 그의 모습을 보자, 지옥의 단면을 보고 있는 것 같았다. 자친토는 저주받은 자들 사이에서 속죄가 끝나기만을 기다리며 자신의 죄값을 치르고 있었다.

*

부활절이 지난 일요일에 에픽스는 발베르데 성당에서 열리는 축제에 갔다.

제법 추운 오후였고 이살레 언덕에 거센 바람이 휘몰아치고 있었다. 아래편 구름 사이로 보이는 알보 산은 폭풍우가 몰아치는 바다에 좌초된 배 같았다. 겨울은 아직 맹위를 떨치고 있었다.

에픽스는 모직 옷을 입고 있는 마을 사람들의 행렬을 따라갔다. 가슴에 몰아치는 바람을 맞으며, 그는 새롭고 강한 무언가가 자신의 마음속에 뿌리를 틀었음을 느꼈다. 사람들은 축제가 아닌, 기도의 자리를 향하는 제의 행렬처럼 서글프고 차분하게 걷고 있었다.

멀리서 성스러운 노랫가락을 연주하는 아코디언 소리가 들려왔다. 에픽스는 자신의 속죄가 시작되었음을 예감했다.

바위 언덕 꼭대기에 있는 성당에 다다르자, 그는 문 가까이 앉아 기도를 드리기 시작했다. 눅눅한 벽감 안에 놓여 있는 작은 성모 마리아가 고독을 방해하러 온 사람들을 바라보고 있었다. 바람은 점점 거세졌고 태양은 성가신 사람들을 돌려보내려는 듯 언덕 밑으로 재빨리 저물었다. 두툼한 옷을 입고 기도문을 외우던 여자들이 서둘러 집으로 돌아갔다. 밖으로 나오니 통밀에 엿과 설탕을 입혀 만든 사탕 인형들을 팔던 장사꾼 아주머니가 보였고 두 남자가 성당 문 앞 허물어진 중정에 앉아 있었다.

에픽스는 조금 떨어진 곳에 앉아 그들의 모습을 빤히 쳐다보았다. 치유의 성모 마리아 축제에서 보았던 사람들이었다. 터키식 바지와 벨벳 웃옷을 걸친 그들은 마치 신사처럼 옷을 제대로 차려입은 두 명의 거지였다. 한 남자는 아직 젊고 키가 크고 몸이 구부정했다. 뼈만 남은 비쩍 마른 누런 얼굴에 촉촉한 눈두덩이를 내리깔고 있었다. 회색빛 입술을 약간 열고 뻐드렁니를 드러낸 그는 꿈을 꾸며, 잠꼬대를 하는 것처럼, 말하고 또 말하고 있었다. 다른 한 남자는 나이를 먹었지만, 힘이 세 보였고 충혈된 것처럼 시뻘건 얼굴을 하고 있었다. 그는 몸을 부르르 떨더니, 쩍 벌린 다리 사이에 모자를 끼워 넣고 안에 동전이 얼마나 있는지 흘낏흘낏 들여다보고 있었다.

저녁이 다가오고 구름이 몰려오자. 사람들은 모두 돌아갔다. 사탕을 팔던 여자가 아직 물건이 가득 쌓여 있는 좌판을 닫고 거지들과 이야기를 나누기 시작했다.

"괜히 이 먼 데까지 왔어! 축제는 무슨, 안 그래, 내 형제들?"

"빌어먹고 살기 힘드네."

노인이 말하며, 동전들을 손수건 안에 넣고 모자를 다시 머리에 썼다. 하지만 몸을 일으키려고 했던 그는 바로 그 자리에서 넘어지고 말았다. 매끈한 대리석이 깔린 현관에 발이 미끄러진 그가 머리를 벽에 쿵 부딪히며 손으로 땅을 짚었다.

동전들이 쨍그랑거리며 돌바닥 위로 떨어지는 소리가 들리자, 또 다른 거지가 고개를 쳐들고 협박 소리를 들은 듯 유리알 같은 두 눈을 부릅떴다.

노인은 신음을 내뱉고 있었다. 여자와 에픽스가 그에게 달려갔지만. 노인의 머리를 일으킬 수 없었다.

"우선 눕혀야 해요."

여자가 말했다.

"제가 술로 입술을 적셔볼게요. 내려놓을 테니, 도와주세요."

노인의 몸을 아래로 눕히자, 그녀는 초록색 액체 몇 방울을 그의 입에 떨어뜨렸다. 하지만 굳게 다문 그의 이빨 위로 떨어진 술이 턱을 타고 줄줄 흘러내렸다.

"죽은 거 같은데. 이봐, 당신, 당신은 거기서 꼼짝도 안 할 거야?"

그녀가 또 다른 거지를 향해 말했다.

"원래 아팠었어? 대답 좀 해 봐?"

남자는 무슨 말인가 하려 했으나 입안에서 웅얼거릴 뿐이었다. 그리고는 울음을 터뜨렸다.

"가, 가서 저 위편 숲속에 있는 목동들을 데리고 와…"

"소경을 어딜 보내려고?"

에픽스가 무릎을 꿇고 한 손을 노인의 심장에 갖다 대며 말했다. 그의 심장은 솟구쳤다 내려가기를 반복하며 펄떡거리고 있었다.

어둠이 이내 짙어졌다. 가까운 지평선을 지나가던 구름이 베일처럼 하늘을 뒤덮었다. 성당 뒤에서 바람이 몰아치고 있었다. 관목들이 자신들을 지키려는 듯 언덕을 향해 몸을 떨었다. 초록빛 금속으로 만들어진 듯한 나무들이 슬픔과 두려움에 떨며 서둘러 도망치려는 것 같았다.

갑작스러운 죽음과 마주친 여자 또한 두려움에 휩싸였다. 그녀가 좌판을 머리에 이고 말했다.

"가 봐야겠어요. 누오로에 있는 의사 선생님에게 가서 이야기할게요."

그렇게 에픽스는 죽어가는 사람과 소경 틈에서 홀로 남게 되었다.

"제 동료는 심장병을 앓고 있었어요."

소경이 입을 열었다.

"며칠 전에도 아프다고 했었어요. 하지만, 아무도 믿지 않았어요.

사람들은 절대로 믿지 않아요…"

"당신 친척이었소?"

"아니요. 우리는 십 년 전에 기적의 축제에서 만났어요. 당시 저는 주안 마리아라는 동료와 함께 있었는데 저를 학대했어요. 개처럼 대했죠. 그러자 이 가엾은 노인이 저를 자기 옆에 있도록 해 주었어요. 저를 아들처럼 대해주었고 제가 안전한 자리에 앉지 않으면 절대 제 손을 놓지 않았어요. 하지만 이제 다 끝났어요…"

"이제 어떻게 할 거요?"

"제가 뭘 할 수 있겠어요? 죽기만을 기다리며 여기 그대로 있어야죠. 괜찮아요, 제 영혼만 구원받을 수 있다면요."

"내가 당신을 누오로까지 데려다줄 수 있소."

말을 마친 에픽스의 눈에 눈물을 고였다.

죽어가는 노인 위로 몸을 굽힌 그는 여자가 두고 간 술로 노인의 입술을 적시고 천 쪼가리를 포도주에 적셔 노인의 이마를 닦으며 살려내 보고자 했다. 하지만 노인의 참담한 얼굴은 보랏빛으로, 초록빛으로, 점점 굳어지며 황혼의 침침한 빛 아래 움직이지 않았다. 심장도 더 이상 뛰지 않았다. 에픽스는 그의 삶 속에서 벌어졌던 끔찍했던 그 순간을 다시금 마주하고 있었다. 저 아래 달빛 아래 물결치는 갈대 사이, 그 다리가 떠올랐다. 죽은 주인의 심장 소리를 듣고 있었던 자신의 모습이…

하지만 에픽스는 한편으로 마음이 놓였다. 오래도록 찾아 헤맸던 길이 시작되는 지점을 알아낸 기분이었다.

"당신은 안 가요?"

소경이 그 자리에서 움직이지 않고 에픽스에게 말했다.

"하느님께서 명하시면 갈 걸세. 여기서 밤을 보내야 하니 지금은 불을 지펴야 하네."

에픽스는 땔감을 찾으러 갔다. 바람이 점점 거세졌고 구름은 동쪽에서 불어오는 태풍처럼 언덕 전체에 연기 기둥을 이루며, 오르토베네 산을 오르락 내리락 했다. 하지만 누오로 너머로는 청금석처럼 새파랗고 처량한 가느다란 하늘 한 줄이 보였고 두 개의 절벽 사이로 새로운 달이 붉은빛을 발하며 떠오르고 있었다.

에픽스가 처마 밑으로 돌아와 보니, 몸을 움직인 소경이 동료의 이름을 부르며 죽은 이의 위로 몸을 굽히고 있었다. 그는 통곡하는 와중에도 더듬거리며 동전이 담긴 꾸러미를 찾고 있었다. 꾸러미를 찾아 가슴께에 집어넣고서, 그는 통곡을 계속했다.

*

그렇게 밤이 지나갔다. 소경은 성경에 나오는 이야기에 빗대어 자신의 이야기를 들려주었다. 순간적으로 지나가는 격렬한 통증처럼, 그는 순식간에 안정을 되찾은 듯했다.

"형제여, 당신이 믿거나 말거나 난 부잣집에서 태어났고 제 아버지는 야곱 같은 분이셨어요. 하지만 자식이 많지는 않았죠. 아버지께서는 늘 이렇게 말씀하셨어요. 내 아들이 소경이라 해도 괜찮다, 그 아이의 눈은 금으로 만들어졌으니까. 그만큼 부자라는 얘기였죠. 보이는 거나 다름없어. 과실처럼 달콤한 목소리를 지녔던 제 어머니는, 제 기억으로는 이렇게 말씀하셨죠. 내 아들이 순수함을 간직할 수만 있다면 그걸로 족해. 나머지는 중요한 게 아니야. 하지만 나의 형제여, 나의 아버지와 어머니가 돌아가시자, 모두 달려들어 나의 재산을 전부 먹어 치워 버렸어요. 저를 포도송이처럼 물어뜯어 버렸어요, 친척들, 지인들, 모두가요. 하느님, 그들을 용서하소서. 전 구걸하러 다니는 신세가 되었어요. 하지만 순수함만은 잃지 않았죠. 당신에게 맹세코, 전 아무한테도 나쁜 짓을 한 적이 없어요. 하느님께서 늘 저를 도우셨어요. 처음에는 주안 마리아, 하느님, 영광을 받으소서. 그다음에는 이 사람이 나의 동료와 형제가 되었어요. 마치 천사들이 성서와 함께하듯 말이죠. 이제는…"

"앞으로도 당신한테 동료가 없진 않을 걸세."

에픽스가 진지한 투로 말했다.

"자네가 순수하다는 건 무슨 뜻인가?"

"전 영원을 향해 걸어가고 있어요."

소경이 목소리를 낮추며 말했다.

"제 앞에 열릴 두 개의 문을 향해서 가고 있어요, 다른 건 생각하지 않아요. 빵이 있으면 먹고, 없으면 잠자코 있어요. 다른 사람의 물건에 손을 댄 적이 없고 여자를 만난 적도 없어요. 한번은 주안 마리아가 제 옆에 여자 하나를 데려왔지만, 악한 냄새를 맡았고 바

바람에 흔들리는 갈대

람처럼 제 몸을 땅바닥에 던져버렸죠. 내가 어찌해야 하나요, 나의 영혼이여? 나의 영혼을 구하는 일 외에 무엇을 해야 하나요, 친애하는 나의 형제여?"

"하지만, 그 돈을, 죽은 사람한테서 그 돈주머니를 가로챘잖나 나쁜 사람 같으니!"

에픽스가 말했다.

"그건 제 거였어요. 죽은 사람한테 돈이 무슨 소용 있죠? 제 말은, 아니요, 전 훔치지도, 피를 뿌리지도 않았어요. 하긴 요셉의 형제들도 피를 뿌리지 않았죠. 유다가 그들에게 말했어요. 저 아이를 죽이는 대신 아라비아 사람들한테 팔아넘기자. 그리고는 그렇게 했어요. 유대인 요셉의 이야기를 당신도 알죠? 당신이 떠나는 게 아쉽네요, 그렇지 않았다면 제가 계속 이야기를 들려줬을 텐데요."

"아니, 난 가지 않겠소."

에픽스가 말했다.

"이제부터, 내가 당신과 동행할 거요. 둘이 손을 맞잡고 다닐 거요."

소경은 동전 꾸러미를 뒤적거리며 잠시 고개를 숙였다. 생판 모르는 사람의 결단에도 그는 놀라는 기색이 없었다. 그가 에픽스에게 물었다.

"당신도 거지인가요?"

"맞소."

에픽스가 대답했다.

"몰랐소?"

"그럼 됐어요. 받아요. 당신이 이걸 챙겨요."

그가 에픽스에게 돈주머니를 건네주었다.

14

둘은 그곳을 떠나 성령 축제에 갔다. 소경은 언제 어디서 축제가 열리는지, 어떻게 움직여야 하는지 잘 알고 있었기에 그가 에픽스를 안내했다.

누오로를 지나가면서 에픽스는 소경을 제분소로 데려가, 그를 벽에 세워두고 자친토에게 인사를 하러 갔다.

"먼 곳으로 떠날 거예요. 이만 안녕히. 약속을 잊지 마세요."

자친토는 빻아놓은 보리의 무게를 재고 있었다. 눈을 들어 에픽스를 보자, 밀가루로 뒤범벅된 새하얀 눈가에 미소를 띠었다.

"약속이라니?"

"무게를 잘 재는 거요."

에픽스가 그렇게 대답하며 자리를 떴다.

자루의 무게를 잰 자친토가 밖으로 달려 나왔다. 두 거지가 병자처럼 덜덜 떨며 창백한 얼굴로 손을 붙잡고 멀어져가고 있었다. 자친토가 그가 이름을 불렀지만, 에픽스는 뒤돌아보지 않고 손짓으로만 인사를 건넸다.

마을에서 멀어지자, 소경은 자루에 동전이 가득한데도 여전히 구걸하고 싶어 하는 눈치였다. 그러자 에픽스가 물었다.

"가진 게 있는데도 구걸해야 하는가?"

"그럼 내일은? 내일은 어쩌려고요? 당신 진짜로 거지 맞아요? 알고 보니 당신, 애송이로군요."

에픽스는 구걸하는 게 부끄러웠기 때문에 변명했다는 것을 깨달았고 이내 얼굴을 붉혔다.

날씨가 나빠지고 있었다. 저녁이 가까워지자 비가 내리기 시작했고 둘은 양치기들이 사는 오두막으로 갔다. 안으로 들어가지 않고 우리 곁에 있는 처마 밑에서 비를 피했다. 개들이 짖어댔고 미세한 슬픔이 축축한 평지를 덮었다. 에픽스가 불을 지피자 비바람이 불어와 불꽃을 흔들어놓았다.

고통의 가면을 쓴 소경은 아무런 움직임도 없었다. 그는 양팔로 무릎을 감싸고 앉아 있었다(그는 절대 눕는 법이 없었다). 그의 누렇고 커다란 이빨이 불빛에 반사되었다. 소경은 보랏빛 눈꺼풀을 내리깔고 에픽스에게 끊임없이 이야기를 들려주고 있었다.

"솔로몬 왕의 궁전을 짓는 데 무려 13년이나 걸렸어요. 레바논이라 불리는 숲이 있는데, 그곳에서 자라는 키 큰 삼목으로 궁전을 지었어요. 공기가 좋은 곳이었죠. 궁전은 온통 금과 은으로 된 기둥들로 지어졌고 대들보는 튼튼한 나무를 장식해 만들어졌어요. 바닥에는 성당처럼 대리석이 깔려 있었어요. 집 한가운데 정원이 있었는데 밤낮으로 물을 내뿜는 분수가 있었어요. 벽은 전부 다 벽돌처럼 똑같은 크기로 자른 고운 돌로 되어 있었어요.

집안에 어찌나 진귀한 것들이 많았던지 헤아릴 수 없을 정도였죠. 금 접시들, 금 화병들, 금 석류와 금 백합들로 꾸며져 있었어요.

심지어 개들의 목줄까지도 금이었고 말들의 마구는 붉은색을 입힌
은이었어요. 세상 반대편에서 그 소식을 듣고 질투심을 느낀 사바
의 여왕이 그를 찾아왔답니다. 그녀 또한 부자였고 누가 더 부자인
지 확인해보고 싶었던 거죠. 여자들은 호기심이 많으니까요…"

그의 이야기에 귀가 솔깃해진 양치기 하나가 몸을 굽히고 처마
밑으로 들어왔다. 다른 양치기들도 마찬가지였다.

신바람이 난 소경은 고개를 쳐들고 타마르와 프리텔레 이야기를
들려주었다.

양치기들은 배꼽을 쥐고 웃음을 터뜨렸다. 소경에게 우유와 빵
을 갖다주었고 동전도 몇 닢 주었다. 하지만 소경의 이야기를 듣던
에픽스의 마음은 서글퍼졌고 둘만 남게 되자 왜 그리 경박하게 구
느냐며 소경을 질책했다.

"당신은 꼭 우리 어머니처럼 말을 해요."

그렇게 말하고서, 소경은 비 아래서 잠이 들었다.

*

성령 축제는 그리 붐비지 않았지만, 유복한 사람들이 모여들었다.
부유한 양치기들과 풍만한 아내들, 곱상하고 날씬한 딸들이었다.
고개를 꼿꼿이 쳐들고 말을 타고 온 갈색 머리 남자들은 기다란 칼
을 문양이 새겨진 가죽집에 넣어 허리춤에 차고 있었다. 키가 크고
하얀 이빨과 반짝이는 눈을 지닌 젊은이들은 마치 베두인족처럼
날렵했다. 나긋나긋한 아가씨들은 소경이 묘사했던 성서에 나오는

여자들처럼 온화했다.

작은 성당 주위로 희뿌연 안개가 끼어 있었다. 갈색 바위들과 평지의 관목들 사이로 무한한 침묵이 흘렀고 시큼한 숲의 향기가 퍼져나갔다. 회색빛 하늘에서 내달리는 구름이 몽환적인 분위기를 더해주었다.

오전 내내 말을 탄 남자들이 안개 낀 오솔길을 헤치고 등장했다. 세상과 동떨어진 비밀스러운 집회에 온 것처럼, 그들은 입을 굳게 다물고 말에서 내렸다. 소경과 함께 성당 입구에 앉아 있던 에픽스는 꿈을 꾸고 있는 것 같았다.

거지라고는 그들 둘뿐이었다. 강하고 거만한 남자들이 그의 앞을 지나치며, 입술과 콧구멍에서 삶의 입김을 내뱉을 적마다 에픽스는 막연한 두려움을 느꼈다. 두려움과 수치심, 그리고 시기심. 그들이야말로 진정한 남자들이었다. 그들의 손은 지나치는 행운을 거머쥐기 위해 고안된 날카로운 발톱 같았다. 모두가 산적처럼 보였고 법 따위는 안중에도 없는 듯했다. 그들은 죄를 짓고도 후회하지 않고 삶에 대해 주어질 심판을 두려워하지도 않았다. 그들은 경멸이 가득한 눈길로 에픽스를 내려다보며 그에게 동전을 던져주었다. 에픽스를 발에 걸리적거리는 더러운 누더기, 아니면 사람 구실조차 못하는 물건인 양 취급했다.

하지만 에픽스는 머나먼 곳을 바라보고 있었다. 안개 너머 저 멀리 또 다른 세상이 시작되고 소경이 이야기했던 문이 활짝 열리는

바람에 흔들리는 갈대

것 같았다. 영원으로 향하는 거대한 문.

그러자 그는 자신의 수치심이 부질없게 느껴졌다.

그의 옆에서는 동료가 애절한 말투로 구걸을 멈추지 않고 있었다. 지나가는 사람이 들으라는 듯 그가 에픽스를 향해 말했다.

"빌어먹고 사는 불쌍한 우리네 인생은 대체 뭘까요?"

"무엇일까?, 소중한 형제여?"

"그건 말이죠, 나의 동료여, 만물은 하느님의 법칙대로 이루어지게 되어 있지요. 우리는 그분의 도구이고 그분께서는 우리를 통해 인간들의 마음을 시험하신답니다. 농사꾼이 비옥한 땅인지 알아보려고 괭이로 땅을 파헤치는 것처럼요. 그리스도인들이여, 우리를 바라보며 불쌍한 두 인간, 애처롭게 떨어진 잎사귀라 여기지 마시오. 우리는 당신들의 마음을 시험하기 위한 하느님의 도구랍니다!"

단단한 꽃 같은 동전들이 쨍그랑거리며 그들 앞에 떨어졌다. 두 명의 잘생긴 누오로 출신 젊은이들이 여자들의 눈길을 끌기 위해 멀리서 동전을 던져 소경을 맞추기 시작했다. 제대로 맞출 때마다 깔깔거리며 웃는 소리가 들려왔다. 그러더니 갑자기 에픽스를 향해 동전을 던지기 시작했다. 에픽스는 날아드는 동전을 피하려 이리저리 몸을 움직였다. 죄인을 향해 던지는 돌에 맞는 기분이었다. 그러면서도 그는 잽싼 동작으로 땅에 떨어진 동전 줍기를 멈추지 않았다. 그들이 동전 던지기를 멈추자, 에픽스는 다시금 후회와 수치심에 빠져들었다.

여자들이 점심 식사를 준비하고 있었다. 저만치 떨어져 있는 나무 아래 불을 지피자 연기가 피어올라 안개와 한데 뒤섞였다. 회색빛 안개 속에서 여자들이 입고 있는 붉은 조끼가 불보다 도드라졌다. 작은 축제에는 춤도 노래도 없었다. 양치기들로 위장한 산적들의 모임 같았다. 에픽스는 성스러운 노래를 부르던 마을 여자들의 목소리가 그리워졌다.

정오가 되자 모두가 나무 아래, 불 주위로 모여들었고 신부님이 한가운데 자리를 잡고 앉았다. 날이 개이자, 구름 사이로 내비치는 금빛 햇살이 만찬이 열리는 나무 위를 비춰주었다. 신부님은 습기를 막으려 자루를 어깨 위에 숄처럼 걸치고 있었고 여자들은 깔깔거리고 개들은 구운 뼈를 던져주길 기다리며 주인 곁에서 꼬리를 살랑거리고 있었다. 성서에 등장하는 감미롭고 평온한 한 장면 같았다.

두 거지를 가엾게 여긴 여자들이 고기와 빵이 담긴 커다란 접시를 가져다주었다. 풀숲을 헤치며 걸어오는 여자들의 사각거리는 발소리를 듣자, 소경이 목소리를 높여 이야기하기 시작했다.

"옛날에 나무들과 동물들, 심지어 불까지 숭배하는 왕이 있었답니다. 그러자 노하신 신께서 왕의 신하들에게 나쁜 마음을 불어넣어 주인을 죽이도록 작당하게 했지요. 신하들은 왕을 죽이고 금으로 만든 신을 숭배했답니다. 그때부터 세상 사람들은 사랑보다 돈이 더 중요하다고 여기게 되었어요. 돈 때문에 피붙이를 죽일 정도

　　　　　바람에 흔들리는 갈대

로 말이에요. 그런 일이 저에게도 있었답니다. 제가 앞을 보지 못하는것을 안 친척들이 달려들어, 바람이 가을 나무의 잎새를 우수수 떨어뜨리듯, 저를 빈털터리로 만들어버렸어요."

사람들은 일찌감치 돌아갔고 지난번과 마찬가지로 두 남자만 슬픔에 잠긴 텅 빈 장소에 남겨졌다.

안개가 옅어지자, 흐릿하고 푸른 지평선 위로 검은 숲이 윤곽을 드러냈다. 그러더니 모든 게 맑게 변했다. 보이지 않는 손이 나타나 나쁜 날씨가 쓰고 있던 베일을 걷어냈다. 선명한 일곱 빛깔 무지개가 떴고 또 하나의 작은 무지개가 풍경을 가르며 떠올랐다. 누오로의 봄이 작은 성당의 문 앞에 앉아 있던 에픽스를 향해 미소를 지었다. 이슬처럼 축축한, 크고 노란 미나리아재비꽃이 은빛 들판에서 빛을 발했다. 저녁이 되자, 이른 별들이 꽃들에게 미소를 건네며 떠올랐다. 하늘과 땅은 서로의 모습이 반사된 거울과도 같았다.

아직 연기가 자욱한 외톨이 나무 위에서 새 한 마리가 노래하고 있었다. 저녁이 선사하는 그 모든 청량함, 저 멀리 맑은 하늘의 조화로움, 꽃들을 향한 별들의 미소, 별들을 향한 꽃들의 미소, 어린 목동들의 희열에 찬 외침과 붉은 조끼 안에 감춰진 여인들의 열정, 부자들이 남긴 음식으로 끼니를 때우는 가난한 사람들의 애잔함, 그리고 머나먼 아픔과 그 너머의 희망, 과거, 잃어버린 조국, 사랑, 범죄, 후회, 기도, 어디서 밤을 보내야 할지 알 수 없지만, 하느님께서 인도하시리라 믿으며 나아가고 또 나아가는 순례자들의 찬미 소리, 그리고 저 아래편 초록빛 농장의 고독, 강과 오리나무들의 목소리, 등대풀의 향기, 그리젠다의 웃음과 울음, 노에미의 웃음과 울음, 에픽스 자신의 웃음과 울음 그리고 온 세상의 웃음과 울음이 고독한 나무 위에서 우는 새의 울음소리에 맞춰 떨리며 들려왔다. 나무 꼭대기가 하늘을 스쳤고 맨 꼭대기 잎사귀는 별들 사이에 매달려 있었다.

에픽스는 다시금 울음을 터뜨렸다. 이유를 알 수 없었지만, 그는 울고 있었다. 새 소리와 더불어 세상에 홀로 남겨진 기분이었다.

자신의 가슴을 치던 누오로 젊은이들이 던지는 동전 소리가 귓가에 들려오는 듯했다. 환희에 찬 전율이 밀려들자 그의 온몸이 떨려왔다. 오직 순교자만이 느낄 수 있는 희열이었다.

그의 동료는 닫힌 문에 몸을 기댄 채 양팔로 무릎을 감싸고 코를 골며 자고 있었다.

*

둘은 그곳을 떠나 거룩한 순교자들의 축제가 열리는 폰니를 향해 갔다. 쉬엄쉬엄 걸어가며, 농장이 나타날 때마다 멈춰서 소경이 이야기를 들려주곤 했다. 소경의 말에 따르면 그는 사람들에게 어떤 이야기를 들려주어야 할지 '냄새를 맡는다'고 했다. 그는 하느님을 두려워하는 순박한 사람들에게 구약 성서에 나오는 가장 감동적인 이야기들을 들려주었고 때로 혈기 왕성한 젊은이들과 마주칠 때면 추잡한 냄새가 풀풀 나는 이야기들을 들려주기도 했다.

바람에 흔들리는 갈대

에픽스는 동료가 이끄는 곳으로 기꺼이 함께 갔다. 그는 종종 구역질이 날 정도로 동료의 모습이 혐오스러웠고 동료를 버리고 떠나고 싶어지기도 했지만, 속죄를 이루는 과정이라 여기며 자신을 다독였다.

"병자를 데리고 다니는 거나 마찬가지야. 그것도 나병 환자를. 하느님께서 나의 자비로움에 보답해 주실 거야."

길을 가던 도중, 축제에 가는 다른 거지들이 나타나 무리를 지어 걸어갔다. 모두가 오래전부터 아는 사이인 듯 소경을 향해 인사를 건넸고 에픽스를 향해 불신의 눈길을 보냈다.

"당신은 아직 건강하고 힘이 있잖소."

절뚝발이 하나가 에픽스에게 말했다.

"어째서 구걸하며 돌아다니는 거요?"

"숨겨진 병이 저를 괴롭히고 일을 못 하게 한답니다."

에픽스는 그렇게 대답하면서도 자신의 거짓말이 부끄러웠다.

"하느님께서는 할 수 있는 한 일을 하라고 명령하셨소. 나도 일할 수만 있다면. 오, 일할 수 있는 사람들은 얼마나 행복할까!"

에픽스는 자친토를 떠올렸다. 일자리를 찾은 뒤로 자친토는 명랑하고 선한 청년으로 바뀌었다. 순간 그는 여주인님들을 버려두고 떠나온 게 잘못이라는 미련에 사로잡혔다.

나아가고 또 나아갔지만, 그는 좀처럼 평화를 누릴 수 없었다. 그의 생각은 늘 저 아래, 갈대와 오리나무들 사이에 두고 온 농장을 향했다. 특히나 저녁 무렵이 되어 새소리가 들려올 때면 그는 심각한 향수에 빠져들곤 했다.

"내가 노에미의 대답을 전해주길 바랐던 돈 프레두는 지금쯤 무슨 생각을 하고 있을까? 하지만 하느님께서 예비하실 거야. 난 지금 죽을죄를 짓고 파면되어 그들에게서 멀리 떨어져 있는 거야."

에픽스는 거지들의 행렬에 끼어 나아가고 또 나아갔다. 위로, 위로 폰니를 향해, 위편의 오솔길을 향해, 구름 낀 저녁 속으로, 환상적인 성벽을 이루며 솟아오른 젠나르젠투 산봉우리들, 성곽들, 기괴한 무덤들, 은빛 도시들, 안개로 뒤덮인 푸른 숲들, 에픽스는 자신의 육신이 텅 빈 자루인 것처럼 느껴졌다. 닳아 빠지고 지저분한, 바람에 너풀거리는 넝마처럼 버려져야 마땅했다. 그의 동료들 또한 그보다 덜하지 않았다. 어디로인지, 왜인지 알지 못하는 채로, 그들은 걷고 또 걸었다. 어느 곳이라 해도 다를 바가 없었다. 고독 외에는 기쁨도 슬픔도 더 이상 느낄 수 없었다. 그들은 발길이 다다르는 곳에서 먹고 쉬었다. 그들 사이에 다툼이 벌어지기도 했고 추잡한 말을 외치며, 하느님을 욕하기도 했다. 서로를 시기하기도 했다. 모두가 행운을 붙잡고 싶은 마음으로 혈안이 되어 있었다. 에픽스는 죽을 만큼 힘들었고 뼛속까지 열이 끓어오르는 것만 같았다. 그는 그들을 질책하려 하지도, 그들에 대해 동정심을 느끼지도 않았다. 농장에서 보냈던 수많은 밤들과 마찬가지로 유령들과 더불어 꿈속을 걷는 기분이었다. 이미 죽은 그가 저편 세상에서 쫓겨나와 세상을 방랑하고 있는 기분이었다.

*

폰니에 다다르자, 거지들은 멀리서 온 사람들로 붐비는 바실리카 성당의 정원 주위에 모여들었다. 에픽스는 전에 없던 두려움을 느끼기 시작했다. 누군가 자신을 알아볼지도 모른다는 두려움에 휩싸인 그는 동료의 뒤로 얼른 몸을 숨겼다.

그들 곁에는 다른 두 명의 거지가 있었다. 나이 든 소경과 함께 있던 젊은 거지는 그곳에 도착하기 전에, 독이 든 식물즙으로 오른편 젖꼭지 부근을 문질러 극심한 종양처럼 퉁퉁 부어오르도록 만들었다. 에픽스는 그의 속임수를 보면서 분노를 느꼈지만, 동료의 모자 속으로 떨어지는 동전들을 보며 그 또한 사람들의 동정심을 현혹하고 있다는 생각에 얼굴을 붉혔다.

동전들이 우수수 떨어졌다. 이 세상에 동정심을 지닌 사람들이 그토록 많았다는 사실을 에픽스는 미처 알지 못했다. 여자들이 남자들보다 더 너그러웠다. 젊은 거지의 풀어헤친 셔츠 사이로 무화과처럼 퉁퉁 부어오른 종양이 보일 때마다, 그녀들의 눈에 잔잔한 그늘이 깃들곤 했다. 지나가던 여자들 대부분이 고개를 숙이고 그에게 말을 걸었다. 키가 크고 늘씬한 여자들이 모직 옷 위에 노랑과 녹색 상형문자가 수놓아진 앞치마와 빨간 망토를 두르고 있었다. 마치 머나먼 이집트에서 온 여인들 같았다. 또 다른 여자들은 엉덩이가 풍만했고 둥그스름한 얼굴에 두 개의 잘 익은 사과 같은 볼과 꿀을 발라놓은 병처럼 촉촉하게 빛나는 두툼한 입술을 지니고 있었다. 에픽스는 눈을 아래로 향한 채 그녀들의 질문에 대답하며, 슬픔에 잠겨 떨어지는 동전을 주워 모았다.

몇몇 남자들도 늙은 소경과 병자인 척하는 젊은 거지 주위에서 발걸음을 멈췄고 그들 중 하나가 몸을 숙여 종기를 들여다보았다.

"하느님께서 저를 도우시기를,"

젊은 거지가 말했다.

"그래요. 저한테는 일 년 밖에 안 남았어요."

"고작 일 년이라고?"

남자가 외쳤다.

"아, 나라면 하고 싶었던 수많은 일 중 세 가지도 못할 걸세. 자, 받게나!"

그가 병자에게 은화 한 닢을 던져주었다. 그러자 주위에 있던 사람들 사이에서 누가 시한부 병자에게 더 많은 돈을 주는지 시합이 벌어졌다. 그의 자루 속으로 동전들이 비처럼 쏟아지자, 에픽스의 동료는 시기심에 사로잡혀 목소리가 떨려오기 시작했다. 정오가 되었지만, 소경은 음식을 먹지 않았고 말도 하지 않았다. 무언가 꿍꿍이를 벌이고 있는 듯했다. 사람들이 다시 정원으로 모여들었고 여자들이 가짜 병자에게 동냥하려고 주머니를 뒤적거렸다. 그러자, 에픽스 옆에 있던 소경이 소리치기 시작했다.

"잘들 보세요! 당신들보다 더 건강한 사람입니다. 독바늘로 찌른

바람에 흔들리는 갈대

거라고요."

　몇몇 사람들이 종기가 가짜인지 자세히 들여다보려고 몸을 숙였다. 젊은 거지는 순간 안색이 창백해졌고 아무런 말도 없이 그 자리에 가만히 있었다. 그러자, 그의 동료였던 키가 크고 늙은 소경이 바람에 흔들리는 통나무처럼 몸을 뒤흔들며 자리에서 일어났다. 몇 발짝 앞으로 걸어가더니 젊은 소경 이스테네에게 다가가 망치 같은 주먹으로 그의 머리를 내리쳤다. 이스테네는 머리를 숙이고 거의 무릎을 꿇을 것 같더니만, 몸을 일으켜 그의 다리를 붙잡고 흔들어 댔다. 그래도 그가 쓰러지지 않자, 그의 무릎을 사정없이 물어뜯었다. 두 명의 소경은 입을 꾹 다문 채 난투극을 벌였다. 침묵했기에 더더욱 비극적인 싸움이었다. 얼마쯤 지나자 그들을 말리려는 한 무리의 사람들이 두 사람 위로 달라붙었고 여자들이 비명을 지르는 소리와 남자들이 웃는 소리가 한데 뒤섞였다.

　"저 사람이 어떻게 한 건지 나도 좀 보고 싶은데!"

　"소경도 아니면서! 아픈 척하며 사람들을 끌어모으다니, 죄다 속임수였어."

　"난 진짜인 줄 알고 동냥까지 했는걸! 이보쇼, 어떻게 종기가 돋게 한 거요? … 말해 보시오, 내가 또 동냥하겠소. 나도 그렇게 해서 징집을 피하고 싶어서 그러오."

　"이봐, 경찰들이 오고 있어."

　"다들 입 다물어. 아무 일도 아니야."

사람들이 경찰이 지나가도록 길을 비켜 주었다. 키가 큰 경찰들이 환상 속의 새처럼 붉고 파란 깃털을 휘날리며 땅에서 나뒹구는 두 명의 거지에게로 다가갔다. 늙은 소경은 분노로 몸을 떨고 있었지만, 입을 열지는 않았다. 젊은 소경은 원래 있던 자리로 되돌아가 자신은 모르는 일이고 가만히 있던 자신을 향해 그 남자가 벽이 무너지듯 달려들었노라고 했다. 경찰들이 두 사람을 일으켜서 끌고 갔고 사람들이 제의 행렬처럼 그들을 뒤따라갔다. 사람들 틈바구니에 있던 에픽스는 다리가 후들거리고 눈앞이 흐릿해졌다.

"경찰들이 나도 잡아갈 거야. 내가 누구인지 알게 될 거야. 모든 걸 알아내고 형을 집행할 거야."

하지만 아무도 그에게 주의를 기울이지 않았다. 두 소경이 경찰서 안으로 들어가자 사람들이 흩어졌고 에픽스는 조금 떨어진 바위 위에 홀로 앉아 동료를 기다리고 있었다.

두려운 건 사실이었지만, 에픽스는 어떤 이유로든 소경을 버리지 않을 작정이었다. 그렇게 한 시간, 두 시간, 세 시간을 그곳에 머물렀다. 주위는 온통 고요했다. 사람들이 축제에 몰려간 마을 한 구석은 아무도 살지 않는 곳 같았다. 움막처럼 작고 누추한 집들의 부서진 지붕 위로 태양이 쨍쨍 내리쬐었고 오후의 바람이 향긋한 풀 향기와 외침 소리, 멀리서 들려오는 소리를 실어 나르고 있었다. 평화로움이 에픽스를 더욱 두려움에 빠져들게 했다. 그는 투명한 공기 중에 보이는 높은 산 위의 바위들처럼 자신의 죄와 오롯이 마주하게 되었다. 아니다. 그가 꿈꾸어 왔던 속죄는 이런 것이 아니었다. 그렇다면, 저 아래 둘만 남겨진 그의 불쌍한 주인님들은? 처음으로 집에 돌아가고 싶다는 생각이 그의 머리를 스쳤다. 돌아가서 충직한 개처럼 그녀들의 발밑에서 생을 마감하고 싶었다. 돌아간다는 것은, 영혼에 사무칠 형벌을 받는 일이었지만, 주인님들을 더는 힘들지 않게 하는 일이기도 했다. 그것이야말로 진정한 속죄였다. 하지만 에픽스는 동료를 차마 버려둘 수 없었다.

마침 경찰서의 문이 열렸고 두 명의 소경이 형제처럼 손을 잡고 밖으로 나왔다. 에픽스가 그들 가까이 다가가 동료의 손을 붙잡았다. 그렇게 셋이서 줄지어 바실리카 성당의 정원으로 돌아왔다. 그리고는 가짜 병자를 찾으러 돌아다녔다. 황혼으로 붉게 물든 종탑과 지붕, 나무들 주위에서 사람들이 악기를 연주하며 춤추고 있었고 성당 안에서 춤사위에 장단을 맞추듯 성구를 낭송하는 소리가 들려왔다. 향이 피어오르는 냄새가 텃밭에서 자라는 채소들의 향기와 어우러졌다.

가짜 병자의 모습은 정원에서도, 성당 안에서도, 길가에서도, 아무리 찾아보아도 보이지 않았다. 누군가의 말에 의하면 그는 경찰이 무서워서 도망쳤노라고 했다. 그리하여 에픽스는 두 명의 소경과 남게 되었다.

15

그렇게 시간이 흘렀다.

셋이서 혹은 다른 거지들과 더불어, 이 축제에서 저 축제로, 돌아
올 수 없는 형벌의 장소를 향해 끌려가는 죄수들처럼 그들은 걷고
또 걸었다.

축제는 전부 엇비슷했다. 봄가을에 주로 열렸고 외진 시골의 작
은 성당, 산 위, 고산지대, 언덕 끄트머리에서 열렸다. 일 년 내내 인
적이 드물었던 장소에서 축제가 열릴 때면, 버려진 들판에 꽃이 피
어나듯 삶의 기쁨이 밀려들었다. 마을 사람들이 입고 있는 알록달
록한 옷들, 주홍빛을 띤 붉은색, 샛노란 띠, 새빨갛게 타오르는 앞
치마가 초록색 덤불과 상아색 그루터기 사이에서 빛을 발했다. 가
는 곳마다 술을 마셨고 노래를 불렀고 춤을 췄고 싸움이 벌어졌다.

다른 거지들과 똑같은 옷차림을 한 에픽스도 두 소경을 뒤에 거
느리고 다녔다. 자신의 운명을 거느리고 다니는 것 같았다. 에픽스
는 그들을 사랑하지 않았지만, 속죄라 생각하며 무한한 인내심으
로 그들을 견뎌냈다. 그들 또한 에픽스를 사랑하지 않았지만, 에픽
스의 관심을 끌기 위해 서로를 시기했고 끊임없이 다툼을 벌였다.

8월과 9월이 되자, 가야 할 곳들이 너무 많아졌고 셋은 쉴 틈조
차 없이 바삐 움직였다. 그들의 첫 번째 목적지는 오르토베네 산
위에서 열리는 구세주의 축제였다.

바람에 흔들리는 갈대

커다랗고 붉은 8월의 달이 바다 위로 솟아나 숲을 비추고 있었다. 산꼭대기에 오른 에픽스는 저 멀리 두고 온 고향의 산을 바라보았다. 그는 푸르른 하늘과 회색빛 땅을 잇는 듯한 검은 십자가 아래서 밤이 새도록 기도를 드렸다. 날이 밝아오자 멀리서 찬송 소리가 들려왔다. 언덕 아래서 제의 행렬이 올라오고 있었다. 바위들이 순식간에 희고 붉은빛으로 뒤덮였고 덤불 사이에서 젊은이들의 웃는 얼굴이 활짝 피어났다. 참나무 아래 늙은 양치기들이 드루이드*개종자들처럼 무릎을 꿇고 있었다.

바위를 깎아 만든 제단 위에 놓인 성배가 태양 아래 빛을 발했다. 푸르른 하늘과 회색빛 땅 사이에 십자가를 놓으려는 듯, 바위로부터 날아오르기를 주저하는 듯 구세주 상이 그곳에 놓여 있었다. 무리 중 누군가가 큰 소리로 울부짖고 있었다. 덤불 뒤, 두 소경 사이에 있던 거지 에픽스였다.

＊

9월이 되자, 고나레 산을 올랐다. 날씨는 다시금 나빠졌고 거센 폭풍이 몰아치고 있었다. 세차게 흐르는 작은 시냇물들이 경사지에 고랑을 이루었고 아래편 숲은 바람에 뒤틀렸다. 천둥소리가 온 산에 울려 퍼졌다. 그러나 신앙심이 깊은 사람들은 폭풍에도 굴하지 않았다. 작은 성당으로 향하는 뱀처럼 구불구불한 오솔길마다 정

---

* 고대 갈리아 및 브리튼 섬에 살던 켈트족의 종교

맥을 타고 심장을 향해 흐르는 피처럼 사람들로 가득 메워졌다.

에픽스는 동료들과 함께 움푹 들어간 바위틈으로 몸을 피했다. 사람들이 구름 위에서처럼 안개를 뚫고 앞으로 나아가는 장면을 바라보았다. 젊은 소경이 이야기했던 대홍수가 떠올랐다.

폭우를 피해 마을에서 도망쳐 나온 몇몇 가장들이 무사히 산 위에 도달했다. 그들은 모든 것을 잃은 동시에 모든 것을 구했다는 듯한, 기쁨과 슬픔이 동시에 깃든 눈빛의 여자들과 자식들을 데리고 산으로 올라왔다. 여자들은 머리에 숄을 두르고 눈을 동그랗게 뜨고서 말 등 위에서 아래를 굽어보고 있었다. 초점을 잃은 그녀들의 눈이 종종 기쁨으로 반짝거렸다. 무언가가 그녀들에게 놀라움과 기쁨을 선사했다. 바람을 뚫고 안개 사이로 내달리는 말들처럼 멀리서 사람들이 울부짖는 소리가 들려오고 있었다.

에픽스는 누군가 자신을 알아볼지도 모른다는 생각이 들자, 덜컥 겁이 났다. 신사처럼 옷을 차려입고 당나귀 털처럼 뻣뻣한 수염으로 뒤덮여 있었지만, 혹시 모를 일이었다, 그는 오솔길을 지나치는 사람들의 모습을 가만히 바라보고 있었다. 하지만 누군가 그를 쳐다볼 때면 숨바꼭질하는 아이처럼 눈을 감고 몸을 숙이곤 했다.

저만치서 두툼한 주홍빛 누빔 외투로 몸을 감싼 남자 하나가 검은 말을 타고 느릿느릿 올라오고 있었다. 스페인 사람들이 입는 것 같은 그의 망토가 세찬 바람에 펄럭이자, 자수로 장식한 자루와 은처럼 반짝이는 박차가 달린 신발과 튼튼한 다리가 보였다. 망토에

바람에 흔들리는 갈대

달린 후드의 그림자 아래 후덕하고 장난기 있는 얼굴을 한 그가 거지들에게 다가오더니 조롱하는 눈빛으로 바라보며 동전을 던져주고 지나쳐 갔다.

에픽스가 눈을 뜨고 서서히 몸을 일으켰다. 그리고는 젊은 소경을 향해 말했다.

"저 사람이 누군지 알아? 내 주인님이야!"

비가 그치자 세 명의 거지들은 길에서 잃어버린 무언가를 찾는 사람들처럼 몸을 굽히고 침묵하며 다시금 산을 오르기 시작했다. 바위와 관목들 사이로 구름 떼가 지나가자, 땅에서 떨어져나와 구름을 따라가고 싶다는 듯 나무들이 바람에 몸을 떨었다. 여전히 천둥소리가 들려왔다. 만물이 고통스럽다는 듯 진동하자, 에픽스는 메마른 잎사귀처럼 두려움에 휩싸였다.

＊

그는 오솔길에 표시해 놓은 십자가 곁에 자리를 잡았다. 바람이 여전히 거셌지만, 구름 사이로 태양이 빼꼼히 얼굴을 내밀고 있었다. 햇살이 지평선을 향해 구름을 몰아가며, 은빛 호수처럼 반짝이는 안개가 깔린 산과 언덕을 빛으로 감싸 안았다. 거지들은 햇살 아래서 젖은 몸을 말렸고 에픽스는 사람들이 지나가는 소리가 들려올 때마다 행여 돈 프레두가 아닌지 두려워하며 구걸을 계속했다. 멀리서 들려오는 목소리를 들으려는 듯 그는 이따금 고개를 들곤 했다. 마치 자신의 농장 앞에 앉아서, 갈대들이 바람에 흔들리는 소리를 듣는 기분이었다. 그의 마음속 목소리가 그를 향해 말하고 있었다.

"에픽스, 진정으로 속죄하고 있다면, 왜 그가 알아보는 걸 두려워하는 거야? 주인님이 지나가거든 일어나서 인사를 해."

순간 그는 기쁨에 사로잡혀 몸을 일으켰다. 젖은 옷을 말려주고 시린 몸을 덥혀주는 햇살이 그의 내면을 가득 채웠다. 다시금 여주인들을 생각했다. 그는 여전히 여주인들을 사랑했고 돈 프레두가 지나가면 그녀들의 안부를 물어보리라 마음먹었다.

하지만 돈 프레두는 내려오지 않았다. 미사가 끝났고 장미처럼 아리따운 아가씨들이 줄지어 내려오고 있었다. 두 아가씨가 웃으며 이야기를 나누고 있었다.

"아까 그 뚱뚱한 남자 봤어?"

한 아가씨가 말했다.

"귀족인 데다 엄청 부자야. 매력적이지 않아?"

"나도 알아, 가난한 여자랑 결혼하기로 했다가 못했다지."

"가 봐, 가서 잡아 봐. 마리아, 어때? 얼른 꼬셔서 결혼이라도 해 보시든가…"

"무슨 소리야! 무슨 모가지가 부러질 소리야, 프란체스카!"

거친 말을 지껄이며 이를 드러내고 활짝 웃는 두 아가씨가 에픽스의 앞을 지나쳐 갔다. 둘 중 하나가 거지들에게 동전을 던져주었고 불어오는 바람에 그녀들의 수놓아진 두건이 펄럭였다.

　　　　바람에 흔들리는 갈대

에픽스는 가장들, 과묵한 여인네들, 가벼운 발걸음의 젊은이들, 고독하고 슬픈 눈을 지닌 어린 목동들 틈에 섞여 내려올 돈 프레두를 기다리고 있었다. 하지만 돈 프레두의 모습은 보이지 않았다.

에픽스는 동료들을 데리고 작은 성당 앞까지 올라갔다. 아직 남아 있던 젊은이들 몇몇이 바위 위에 기어올라 해안가에서 벌어지는 경주마들의 시합을 지켜보고 있었다. 세찬 바람이 불어와 저 아래 오솔길에 다다른, 말을 타고 모자를 뒤집어쓴 마을 사람들의 행렬 속으로 그들을 싣고 가 버릴 것 같았다.

에픽스는 두 소경을 벽에 기대어 앉혀 놓고 성당 안으로 들어가 까치발로 재단 앞 계단을 향해 걸어갔다. 돈 프레두는 꼼짝도 하지 않고 무릎을 꿇고 고개를 든 채 기도하고 있었다. 어둠 속에서 그의 금빛 머리카락이 하늘빛으로 보였고 벌어진 외투 사이로 붉은 허리띠와 박차가 달린 신발이 보였다. 마치 순례에 나선 남작의 모습 같았다. 하인은 바실리카 성당의 오래된 그림 속에서 그 모습을 본 적이 있었다.

에픽스가 다가가 그의 몸을 살짝 건드리자, 기도에 집중하고 있던 돈 프레두가 처음에는 놀라서, 그리고는 화가 나서 에픽스를 향해 몸을 획 돌렸다. 그는 거지가 누구인지 알아보지 못했다.

"이런 악마 같으니! 여기까지 따라와서 날 괴롭혀?"

"돈 프레두, 주인님! 에픽스예요. 저를 몰라보시겠어요?"

돈 프레두가 겉옷을 휘날리며 몸을 일으켰다. 마치 자신의 하인을 껴안으려는 듯했다. 두 사람은 오래된 친구 같은 눈빛으로 서로를 바라보았다.

"뭐야? 뭐냐고?"

"뭐긴요?"

"그렇군."

돈 프레두가 먼저 말을 꺼냈다.

"자친토가 나한테 자네의 용감무쌍한 짓에 대해 말해줬지. 그래, 아주 쉬운 일거리를 찾아냈구먼, 이 늙은이야! 좋은 일거리이고 말고! 자, 받게나!"

에픽스는 그가 주는 동전을 받지 않았고 충직한 개와 같은 눈빛으로 돈 프레두의 눈을 쳐다보며 한숨을 내쉬었다.

"돈 프레두, 나의 주인님, 아가씨들 소식을 알려주세요."

"자네 아가씨들? 누군들 알겠어? 허구한 날 집구석에만 틀어박혀 있는 걸."

"자친토는요?"

"누오로에서 내가 그 배곯아 죽을 아이를 봤지. 자네가 데리고 다니면서 같이 빌어먹기라도 하지 그랬어? 걔가 이제 뭘 하겠다는 줄 알아? 배곯아 죽을 그리젠다랑 결혼하겠다지 뭔가, 멍청한 놈 같으니!"

"잘됐네요, 약속했던 일이니까요."

에픽스의 마음이 기쁨으로 충만해졌다.

"소녀가 그토록 간구했던 은총이 임한 거지요, 나의 주인님."

에픽스가 웃으며 말하자, 돈 프레두는 문득 불쾌한 기분에 사로잡혔다. 그는 괜한 친절을 베풀었다고 후회하며 에픽스를 다시금 거지처럼 대했다.

∗

마모자다에서 열린 성 코지마와 다미아노 축제가 끝난 후에, 에픽스와 소경들은 기적의 성모 마리아 축제가 열리는 비티에 갔다. 가는 도중에 그들은 오루네에 들렀고 에픽스는 몹시 피곤했지만, 마지막 축제에서 구걸한 동전들이 들어있는 자루를 도둑맞을까 봐 잠을 이루지 못했다. 그는 눈을 떴다 감았다 조용히 기도하며, 떡 갈나무 아래에서 잠든 동료들을 지켜보고 있었다.

아직 밤이었지만, 동쪽에서 새어 나온 한 줄기 빛이 산봉우리를 헤치고 바다를 향해 퍼져나가고 있었다. 저 아래편에서 여명이 눈을 뜨기 시작했다. 밀려드는 잠을 이길 수 없었던 에픽스의 눈꺼풀이 내려앉기 시작했고 꿈인지 생시인지 좀처럼 구분할 수 없었다. 늙은 소경이 일어나 앉더니 떡갈나무 기둥에 한 손을 갖다 대고 소리를 들으려 하는 것 같았다. 그가 잽싸게 몸을 일으켜 에픽스의 곁으로 다가오더니 낚시질하는 것처럼 어둠 속에서 손으로 자루를 잡아챘다.

에픽스는 움직이지도, 말하지도 않았다. 노인은 관목들과 바위들 사이로, 푸른 산의 크고 검은 어둠 속으로 뒤도 돌아보지 않고 서서히 사라져 갔다. 그의 모습이 보이지 않게 되어서야 에픽스는 비로소 꿈이 아니었다는 사실을 알아차렸다. 그는 화들짝 놀라며 황급히 몸을 일으켰지만, 보이지 않는 손이 다가와 그를 쓰다듬으며 그대로 앉아 있도록, 움직이지 못하도록 만들었다. 갑자기 놀라운 기쁨이 그를 사로잡았고 에픽스는 껄껄 웃고만 싶은 심정이었다. 에픽스가 웃음을 터뜨리자, 그를 에워싼 하늘이 붉고 푸른 빛으로 변하며 관목들 사이로 새들이 지저귀는 소리가 들려오기 시작했다.

'그래.'

에픽스가 생각했다.

'하느님께서 내 동료 중 하나로부터 날 자유롭게 해 주신 거야. 오, 얼마나 무거운 짐을 덜었는지!'

젊은 소경이 일어나자. 그는 무슨 일이 벌어졌는지 이야기해 주었다.

"봤지요, 에픽스? 당신도 이제 알겠죠? 전 진작부터 그놈이 가짜란 걸 알고 있었어요. 그런데도 당신은 그놈을 데리고 다니면서 밤낮으로 나를 괴롭혔어요. 이제 가서 신고합시다. 놈을 잡아서 뼈를 부스러뜨려야 해요."

에픽스는 그저 웃고만 있었다. 축제가 열리는 내내 그는 행복감에 사로잡혀 있었다. 전에 없던 수많은 인파가 성당과 마당 주위, 마을로 가는 오솔길을 가득 메우고 있었다. 제의 행렬이 빨갛고 하얀 뱀처럼 성당 주위를 휘감고 있었다. 합창 소리, 경주마처럼 치장한 말들의 방울 소리, 기쁨의 함성이 거대한 나비처럼 나풀거리며 순례자들의 엄숙한 노래와 뒤섞였다. 장례 베일을 쓴 것처럼 머리를 어깨까지 풀어 헤친 여인들이 지나갔고 머리를 드러낸 맨발의 남자들이 손에 초를 들고 세상의 끝에서 온 것처럼 먼지를 흩날리며 뒤를 따랐다. 모두가 의문과 소망으로 가득 찬 눈빛을 지니고 있었다. 참을성 있는 말들이 기쁨과 고통의 짐을 짊어지고 길을 올라왔다. 피가 쏠려 불타오르는 시뻘건 얼굴의 젊은이들이 말을 몰고 있었고 창백한 아가씨들의 얼굴은 재 속에 묻힌 여신들처럼 열정을 감추고 있었다. 나약하고 난폭하고 악마에 사로잡힌 모두의 눈빛 속에 삶과 죽음이 이글거리고 있었다.

에픽스는 성당에서 조금 떨어진 인적이 드문 곳에 자리를 잡았다. 소경은 사납고 위협적인 얼굴로 불평을 멈추지 않고 있었다. 저녁이 가까워졌고 벌이는 영 신통치 않았다. 소경은 자신의 분노를 에픽스에게 쏟아부으며, 에픽스가 돈을 다 갖고 도망치려고 동료를 죽인 거라고 우겨댔다.

에픽스는 웃음만 짓고 있었다.

"이리 와 봐."

그가 소경의 손을 붙들고 잠시 걸어가서 말했다.

"들리지?"

소경의 귀에 도망쳤던 동료의 목소리가 들려왔다. 그는 그들과 조금 떨어진 곳에서 구걸하고 있었다.

"지난번처럼 싸우면 안 돼."

에픽스가 말했다.

"지난번처럼 싸웠다가는 둘 다 잡혀갈 거야. 그럼 나랑은 끝장이야."

진짜 소경이 가짜 소경을 향해 몸을 굽히고 이를 부드득 갈며 작은 소리로 말했다.

"왜 그랬던 거야, 이 위선자야?"

"그냥 그렇게 하는 게 좋을 것 같아서."

에픽스는 내내 웃기만 했다. 그가 웃고 있다는 걸 알아챈 진짜 소경이 분노에 휩싸였고 도둑질한 동료가 아닌 에픽스를 향해 분풀이하기 시작했다.

"난 더 이상 당신과 같이 다니고 싶지 않아. 차라리 땅에 쓰러져 죽는 게 낫지. 당신은 멍청이야. 착해 빠져서 아무짝에도 쓸모없는 인간이라고. 나랑 같이 다니면서 나를 괴롭히는 게 그렇게 즐거워? 가서 목매달아 죽어버려. 가장 무시무시한 지옥에나 떨어져 버려."

"내가 당신을 버리지 않을 거란 걸 알고서 그런 말을 하는 거지."

에픽스가 말했다.

"당신은 앞을 못 보지만 나를 잘 알고 나는 앞을 보지만 당신을 잘 알지. 하지만 다른 동료를 찾고 싶다면 그렇게 하도록 해. 내가 도와주지."

가짜 소경은 훔친 자루를 꼭 끌어안고 그들의 이야기를 듣고 있

바람에 흔들리는 갈대

었다. 그러더니 진짜 소경 이스테네의 손을 붙잡고 말했다.

"그럼 나랑 같이 가던가, 이 악마야!"

그들은 경찰서에서 나왔을 때처럼 손을 꼭 붙잡고 있었다. 에픽스가 험한 말을 하며 대항하길 기다리고 있는 것 같았다. 하지만 에픽스는 그날 벌어들인 동전들이 담긴 자루를 그들 앞에서 흔들며 미소를 지었다. 그러더니 진짜 소경의 손 위에 동전들을 쏟아붓고 발길을 돌렸다.

자유였다! 하지만 에픽스는 자신의 뒤에 계속 그들이 따라붙는 듯한 육체적인 기분을 느꼈고 그들이 떠오르기도 했다. 다음 날 밤과 아침까지도 그는 이살레 언덕을 따라 아래편으로, 바다에 도달할 때까지 걷고 또 걸었다. 그곳에서 그는 필리레아 관목 사이로 땅 위에 몸을 던졌다. 온 세상을 다 돌아보고 고향으로 돌아온 기분이었다.

밀려오는 졸음 속에서 에픽스는 다시금 소경의 모습을 보았다. 뻐드렁니 위로 반쯤 벌어진 촉촉한 입술로 그가 에픽스를 비웃으며 동정하고 있는 것 같았다.

＊

큰길을 따라 올라가 농장 가까이 다다르자, 구슬픈 아코디언 가락이 들려왔다. 축제의 소리에 길들어진 그의 귀에 들려오는 아코디언의 노랫소리가 마치 환청 같았다. 그동안 떨어져 지냈던 수많은 것들이 그의 마음속으로 되돌아왔다. 잎새들이 앞다투어 그에게 인사를 건넸다. 울타리, 강, 언덕, 초가집과 초록빛 강물이 베일에 싸인 부드럽고 서글픈 선율에 맞춰 그의 이름을 부르는 것 같았다.

농장 안으로 들어가 주위를 둘러보자마자, 그는 농사가 엉망진창이 되었다는 사실을 알아차렸다. 마치 주인을 잃은 장소 같았다. 나무들은 열매가 다 떨어졌고 부러진 가지들이 여기저기 굴러다니고 있었다. 잔안토니오가 초가집 앞 정자에 앉아 아코디언을 연주하고 있었다. 단조로운 선율이 졸음의 베일을 씌우며 척박한 농장 주위에 울려 퍼지고 있었다. 모르는 남자가 몸을 굽혀 초가집 안을 들여다보려고 하자, 소년은 연주를 멈췄다. 그의 눈이 위협적으로 돌변했다.

"무슨 짓이에요?"

남자가 베레모를 벗었다.

"에픽스 아저씨!"

소년이 소리치더니, 다시금 아코디언을 연주하며 가락에 맞춰 웃으며 떠들기 시작했다.

"죽은 게 아니었군요? 누군가 아저씨가 미국에 가서 부자가 되어서 주인님들한테 큰돈을 보냈다고 했어요. 이제 이곳을 지키는 사람은 저예요. 아저씨를 도둑처럼 쫓아낼 수도 있죠. 하지만 그러진 않을 거예요. 포도 좀 드실래요? 어서 따서 드세요. 제 주인님 돈 프레두한테 이 시시한 땅은 아무것도 아니에요. 여기 말고도 땅과 농장이 아주 많거든요. 밧데 살리테에 있는 커다란 농장 정도는 되어야죠. 주인님께서는 여기서 나는 과일들을 전부 친척 아가씨들, 아저씨 주인님들한테 선물로 보내신답니다. 하지만 아가씨들은 늘 두더지 굴 같은 집안에만 갇혀 있죠. 오, 에픽스 아저씨, 할 얘기가 있는데요. 지난밤에, 초가집 안에 있던 지난밤에 말이에요, 전 늘 유령들이 무섭거든요, 할머니가 문을 긁는 소리가 들리는 거예요. 그리고 그 전날 밤에도 어찌나 무서웠든지! 제 발 주위에서 무언가 물컹한 게 움직이는 거예요. 전 소리를 지르며 땀을 흘렸죠. 새벽녘이 되어서 보니 상처 난 토끼였어요. 덫에 걸렸다가 도망친 토끼가 다리가 부러져서는 애절한 눈빛으로 저를 쳐다보고 있었어요. 제가 다리를 싸매 주었는데, 열이 나더니만 제 손안에서 불에 달궈진 실 꾸러미처럼 펄펄 끓었더랬죠. 점점 검게 변하더니, 그러더니 그만 죽고 말았어요."

에픽스는 먼 곳을 바라보며 초가집 앞에 앉아 있었다.

"넌 어떻게 생각하지?"

에픽스가 심각한 말투로 물었다.

"돈 프레두가 나를 다시 자기 하인으로 들인다면?"

그러자, 소년이 사나운 투로 말했다.

"나를 내쫓으려는 건가요? 그럼 난 어떻게 하라고요? 그리젠다는 결혼해서 집을 떠날 거예요. 난 뭘 하죠? 구걸이라도 하러 다닐까요? 안 될 말이에요. 늙은 아저씨나 그렇게 하세요."

"네 말이 옳구나."

에픽스가 고개를 숙이며 말했다. 그의 순응하는 모습이 어린 하인의 동정심을 불러일으켰다.

"돈 프레두는 부자니까 아저씨도 하인으로 들일 수 있을 거예요. 아저씨를 다른 농장으로 보낼 수 있을 거라고요. 전 여기가 진짜 좋아요. 좋은 곳이에요. 그리젠다도 그랬어요."

"그리젠다는 뭘 하고 있지?"

"결혼식 드레스를 바느질하고 있어요."

"말해 보거라, 잔안토니오, 자친토 도련님이 마을에 오셨었는지?"

"저희 매형 말인가요?"

잔안토니오가 자랑스럽게 말했다.

"그럼요, 왔죠. 지난 7월에 왔었어요. 그리젠다는 계속 몸이 아팠고 죽을 지경이 되었더랬죠. 네, 왔었어요…"

아코디언 위로 고개를 기울인 소년은 추억에 잠긴 눈빛으로 입을 다물었다.

"전부 다 말해 봐라. 나한테는 이야기해도 되잖니, 잔안토니오. 난 가족이나 마찬가지야."

"좋아요 말할게요. 어쨌든 그리젠다가 아팠었거든요. 새처럼 죽어가고 있었어요. 밤마다 열이 펄펄 끓었고 미친 여자처럼 일어나서 말하곤 했어요. 누오로에 가고 싶다고요. 문을 열고 밖으로 나가려고 했지만 그럴 수 없었죠. 아시겠어요, 할머니가 밖에서 문을 열지 못하도록, 나가지 못하도록 막고 있었던 거였어요. 그러던 어느 날, 제가 누오로에 갔죠. 제가 가서 매형을 만났어요. 지옥 같은 곳, 제분소 안에서요. 그리젠다 얘기를 전부 털어놓았죠. 그러자 매형이 사흘 동안 휴가를 달라고 한 후에 말을 빌려서 저를 데리고 마을에 돌아왔어요. 마차보다 말이 훨씬 싸잖아요. 매형이 저를 말 등에 태워줬어요. 정말이지 멋졌어요. 거인이 된 것 같았다니까요. 그리고는 그리젠다에게 아내가 되어달라고 청했고 성인들의 가호 속에 결혼식을 올릴 거예요."

"아내가 되어달라고 누구에게 청했다냐?"

"몰라요. 그리젠다였겠죠."

"말해 보거라, 잔안토니오, 자친토 도련님이 내 주인님들을 찾아 뵈었다냐?"

소년이 다시금 흥분했다.

"네."

그가 말을 이었다.

"갔었죠. 아마도 다툰 것 같았어요. 토끼처럼 새빨간 눈을 하고서 밖에 나왔거든요. 그리젠다가 그 모습을 보고 웃으며 이를 악물었죠. 매형이 그랬어요. 이모들이 나를 보는 건 이게 마지막이야."

에픽스는 구태여 묻지 않았다. 그는 초가집에서 밤을 보냈다. 세찬 바람이 불어왔고 갈대들이 죄지은 영혼처럼 울부짖었다. 에픽스는 소경의 목소리를 흉내 내며 소년에게 성경 이야기들을 들려주기 시작했다.

"나무에도 영혼이 있다고 믿으며 숭배했던 왕이 있었단다. 동물들도 숭배했지. 불까지도 말이야. 그러자 진짜 신께서 노하셔서, 왕의 신하들을 못되게 만들어서는 주인을 죽이도록 했지. 주인을 죽인 신하들은 금으로 만든 신을 숭배했단다. 그때부터 세상은 사랑보다 돈을 더 좋아하게 되었고 돈 때문에 가족들까지 죽이게 되었지. 순수한 영혼들마저 돈을 숭배하게 되었단다."

다음으로 에픽스는 솔로몬 왕의 궁전과 성전들에 대해 묘사하기 시작했다. 잔안토니오는 잠이 들었지만, 그는 이야기를 멈추지 않았다. 밖에서는 갈대들이 전투를 치르듯 사납게 외치며 흔들리고 있었다.

동이 트자, 초가집 밖으로 나간 에픽스는 휘어지고 부러진 수백 개의 기다란 갈대 잎새가 부러진 칼처럼 땅바닥에 널브러져 있는 모습을 보았다. 살아서 가지에 붙어 있는 잎새들이 몸을 굽히고 죽은 동료들을 바라보며 상처를 어루만져주고 있는 듯했다.

"포도 좀 드세요. 에픽스 아저씨."

생각에 잠겨있던 소년이 에픽스에게 아침 인사를 건네며 말했다.

"돈 프레두가 아저씨를 다시 여기로 보낸다고 해도 전 괜찮아요. 아저씨랑 저랑 재미난 이야기를 하며 시간을 보내면 되죠. 이제 그리젠다한테 가 보세요."

*

에픽스는 마을로 향하는 오르막길을 올라갔다. 쌀쌀한 새벽녘이었

바람에 흔들리는 갈대

고 새하얀 언덕들은 눈으로 덮여 있는 것 같았다. 성곽을 지나자, 평지에 흩어져 있는 마을들 위에 작은 산들이 석탄으로 뒤덮인 것처럼 연기를 뿜어내고 있었다. 하지만 에픽스의 영혼은 평온했다. 한 치의 희망도 없는 탕자처럼 집으로 되돌아가는 기분이었다.

그는 먼저 사채업자의 집으로 갔다. 사채업자는 에픽스를 바로 알아보지 못했지만, 돈을 빌리러 심부름을 온 부잣집 하인이라 여겨 그를 반갑게 맞았다.

"칼리나 까마귀들이 와서 눈을 쪼아먹었나? 나를 몰라보겠어? 어쨌거나 당신도 진짜 쪼그라들었구먼."

그녀가 손에 들고 있던 신발을 한 짝씩 땅에 떨어뜨렸다. 그리고는 몸을 굽혀 다시 주워들었다.

"에픽스, 맞지? 내가 저주를 퍼부었던 그대로 됐잖아! 당신 몰골이 그게 뭐야. 나를 죽이려고 덤벼들 때는 언제고."

"그 입 닥치지 않으면 지금이라도 그럴 수 있어! 말해 봐, 어떻게 지내?"

"잘 지내진 않아. 얼마 전부터 늘 머리가 아파. 두통이 심해서 잠도 제대로 못 자. 그러니 이렇게 비쩍 마르고 쪼그라들었지. 흡혈귀한테 피를 빨아 먹힌 것 같아."

'당연한 업보지!'

에픽스는 속으로 생각했지만, 입 밖에 내지는 않았다.

"진짜 개 같은 두통이야, 에픽스. 오죽하면 성 프란체스코 순례길을 떠날 생각까지 하고 있다니까, 돌아오는 10월에…"

"있잖아."

에픽스가 말했다. 화덕 앞에 앉은 그는 좀처럼 갈 생각을 하지 않고 있었다.

"순례길을 가는 건 아무 소용도 없어. 속죄를 하려거든 집에서 하도록 해."

"난 속죄할 게 없는 걸! 속죄가 아니라, 헌신하러 가려는 거야. 내 영혼은 하느님 앞에 있다고 당신 같은 죄인 앞이 아니라."

에픽스가 고개를 숙였다.

"들어봐."

그리고는 다시 말했다.

"난 옷가지와 돈이 필요해. 당신이 나를 좀 도와줘야겠어, 칼리나. 당신이 원한다면 날 좀 도와줘. 난 전쟁에서 돌아온 군인 같은 처지야. 이 꼴을 하고 집에 갈 수는 없어."

"그럼 말해 봐. 대체 어딜 갔다 온 건데?"

"그게 말이지, 세상을 돌아보고 싶었어. 솔로몬의 성전과 궁궐이 있는 동방까지 다녀왔지… 모든 게 금으로 만들어진 집이었어. 문과 심지어 석류 열매까지도… 접시들과 화병들 그리고 열쇠들과 걸쇠들도 금이었지…"

여자는 눈을 아래로 내리깔고 넌지시 그를 쳐다보았다. 신발에 달려있던 리본을 풀었지만 버리지는 않았다. 무언가를 묶는 데 다시 사용할 수 있을 것이었다. 그는 왜 거지들이나 쓰는 말투로 떠들어대고 있는 걸까? 그녀를 조롱하는 걸까? 아니면 열이라도 나는 걸까?

"에픽스, 세상을 돌아다니느라 당신 신발과 머리가 닳아버렸나 봐!"

그리고는 돈을 빌려주었다.

"이런 차림으로는 갈 수 없어. 돈 프레두의 하녀들이 날 보고 비웃을 거야. 당신이 옷을 좀 마련해 줘. 어서. 말짱할 때만이라도 좋은 생각을 좀 해 봐. 어서, 당신도 그리스도인이잖아."

"나도 라니? 난 당신보다 더 신실한 그리스도인이야. 세상을 떠돌아다니느라 집을 내팽개친 적도 없고…"

"그만하지 않으면 몽둥이를 들 거야. 칼리나, 제발 좀!"

둘은 오전 내내 농담과 진담이 뒤섞인 언쟁을 벌였다. 오후가 되자 칼리나가 밖에 나가 옷 한 벌을 사 들고 왔다. 남편이 미국으로 떠난 여자한테서 산 옷이었다.

*

저녁이 가까워지자 에픽스는 여주인들의 집으로 갔다. 고단한 육신을 이끌고 서글픈 심정으로 돌아다니며 자유로운 하루를 만끽한 그는 저녁이 되어서야 집으로 갔다. 저택이 있는 아래편은 모든 것이 고요하고 침울했다. 검은 집 위로 웅장한 산이 모습을 드러냈고 초록빛이 감도는 하늘에 새로운 달이 떠올랐다. 초저녁의 별들이 달님 곁에서 빛나고 있었다.

대문은 잠겨 있었고 벽과 계단에는 버려진 집처럼 풀들이 자라나고 있었다. 에픽스는 문을 두드리기가 망설여졌다. 때마침, 검은 벽 위에 금빛 네모처럼 빛나는 작은 문이 딸린 그리젠다의 집이 보였고 그녀를 찾아가 인사를 하라던 잔안토니오의 말이 떠올랐다.

그리젠다는 타오르는 불 앞에서 치마를 말리고 있었다. 맨발에 죽 뻗은 다리가 마치 동으로 만들어진 조각상 같았다. 에픽스를 보자, 놀란 그녀는 치마를 떨어뜨렸고 기쁨에 겨워 웃으며 그의 주위를 맴돌았다.

"무슨 짓이야, 그리젠다! 아직도 강가에 가는 거야? 신랑이 그러라고 했어?"

"그 사람도 일하잖아요, 아니면, 그 사람이 뭐 귀족이라도 되나요? 그랬다면 저도 떵떵거리며 지냈겠죠… 이리 오세요, 아저씨, 이리 와서 앉으세요. 그 자루는 무거운가요? 금덩어리가 들어있나 보죠? 성공하셨네요. 아저씨 말이에요. 쉿, 조용히, 나쁜 사람 같으니!"

에픽스는 자루를 땅에 내려놓고 앉아서 그리젠다를 쳐다보았다. 그리젠다가 모든 진실을 다 알고 있다는 눈빛으로 그를 쳐다보았다.

"하지만 에픽스 아저씨, 우리도, 저랑 자친토도 무언가를 할 거예요. 부자가 될 수도 있어요. 아시겠어요, 에픽스 아저씨? 모든 게 가능한 세상이라고요. 전 그러리라 믿어요."

"너희들은 이미 부자가 아니더냐? 누가 너희보다 더 부자더냐?"

그녀가 어린아이 때처럼 에픽스에게 몸을 기댔다.

바람에 흔들리는 갈대

"제 말이요! 아저씨네 집 아가씨들은 원하지 않았지만, 저랑 자친토는 결혼하게 되었잖아요, 제가 가난해서 그랬다길래, 제가 그랬죠? 하지만 난 젊잖아? 난 그를 사랑하잖아? 노에미 아가씨와 돈 프레두는 가진 게 많지만, 그렇다고 우리보다 더 부자라고 할 수 있을까요? 우리한테는 시간이 필요할 뿐이에요. 다른 거 말고요!"

"두 분이 결혼한단 말이냐?"

"네, 결혼해요, 그래요! 돈 프레두는 제가 지난봄에 그랬던 것처럼 상사병에 걸려서 죽을 지경이었죠. 다들 돈 프레두가 병들었다고 했어요. 맞아요, 병에 걸렸죠! 사랑의 병이요. 용하다는 점쟁이를 찾아서 오리에나까지 갔다니까요. 마지막으로, 지난주에 고나레의 성모 마리아를 찾아 순례를 떠났는데, 기적을 바란다면서 고작 서푼만 바쳤다나 봐요. 사람들이 그러던데요!"

에픽스는 생각에 잠겨 무릎 사이로 땅을 내려다보았다.

'돌아가야만 할까?'

그가 자신을 향해 물었다.

'내가 돌아가는 일이 불행을 몰고 온다고 생각하시면 어쩌지?'

노에미가 자신이 집에 돌아오기도 전에 청혼을 승낙했다고 생각하자, 에픽스는 마음이 불편해졌다. 하지만 이내 그런 생각을 거둬들였다.

"돈 프레두가 아가씨들 집에 있는 것 같더냐?"

에픽스가 집을 나서며 조심스럽게 물었다.

"전 그 집이 아니라, 여기 있는걸요. 에픽스 아저씨!"

그리젠다가 웃는 얼굴로 그를 배웅하며 말했다.

"가서 엿볼 수도 없어요. 저만 보면 아가씨들이 문에 빗장을 걸어 잠그거든요."

그는 집으로 갔다. 하지만 그의 심장은 또다시 요동치고 있었다. 쾅쾅 문 두드리는 소리가 그의 오장육부를 뒤집어 놓고 있었다.

바람에 흔들리는 갈대

16

문을 열어준 건 노에미였다. 검푸른 정원을 배경으로 에픽스의 눈 앞에 그녀가 모습을 드러냈다. 키가 크고 가녀린, 새하얀 얼굴의 그녀. 소녀 시절의 리아. 되살아난 리아.

들어오라는 말을 하기 전에 그녀는 모르는 사람을 대하듯 에픽스를 한참 쳐다보았다. 그리고는 한마디를 던졌다.

"오, 오, 당신이야?"

놀라움과 불신, 조롱이 뒤섞인 그녀의 한마디를 듣자, 에픽스는 왠지 부끄러워졌다.

"접니다. 제가 돌아왔어요, 나의 노에미 아가씨."

대문 안으로 들어선 에픽스가 정원을 가로지르며 말했다.

"방랑자가 돌아왔습니다. 에스테르 아가씨는 잘 지내시나요? 들어가서 인사를 드려도 될까요?"

검푸른 어둠 속에서 모든 게 제자리를 지키고 있었다. 회색 벽 위편에 검은 발코니, 붉은 꽃들로 둘러싸인 우물, 계단에 매어 놓은 밧줄. 부엌에 불이 켜져 있었지만, 그리젠다의 집처럼 활활 타오르는 불은 아니었다. 어두침침한 불빛이 오래된 벤치 위를 비추며 바닥 한가운데 둥그런 그림자를 만들어내고 있었다. 그랬다. 달라진 것은 아무것도 없었다. 여전히 모든 것이 죽은 채로 있었다. 에픽스가 가슴 아파하며 생각했다.

'노에미 아가씨가 청혼을 허락했다니, 아마도 사실이 아닐 거야.'

집안에 들어간 그는 본능적으로 자루를 벽걸이에 걸려 했지만, 벽걸이는 더 이상 없었다. 아무도 벽걸이를 제자리에 달아놓지 않았기에, 그는 잠시 머물다 떠나는 손님처럼 자루를 손에 들고 있어야만 했다.

에스테르 아가씨는 벤치 앞에 놓인 앉은뱅이 의자에 앉아 평화롭게 책을 읽고 있었다. 불빛 아래 그림자 속에 앉아 있던 고양이가 책장을 넘기는 그녀의 손을 따라 눈동자를 굴리고 있었다. 몸을 숨기려는 듯 그녀의 앞치마 위로 뛰어오른 고양이가 갑자기 벤치 아래로 펄쩍 뛰어내렸다. 고개를 든 그녀가 모르는 사람을 보고는 빤히 쳐다보기 시작했다. 그녀의 손에 들린 책이 떨려오기 시작했다.

"맞아요. 저예요, 주인님! 제가 돌아왔어요. 방랑자가 돌아왔어요. 어떻게 지내셨어요, 에스테르 아가씨? 건강은 어떠세요?"

"에픽스! 에픽스! 에픽스!"

그녀가 연달아 그의 이름을 불렀다.

"네, 에픽스 맞아요! 눈이 안 좋으세요, 에스테르 아가씨? 안경을 쓰시나요?"

"자네구먼, 에픽스! 앉게나 그래. 너무 울어서 눈이 안 좋아졌다네."

노에미는 재미난 구경거리라도 난 듯 냉소적인 눈빛으로 둘의 모습을 지켜보고 있었다.

　　　　바람에 흔들리는 갈대

"에스테르! 나이가 들었으니 안경을 쓰는 게 당연하지."

"여기 앉아."

에스테르가 벤치를 손으로 두드리며 에픽스에게 앉으라고 권했다. 에픽스는 그녀의 배려에 깜짝 놀라, 긴장하며 늙은 여주인 곁에 앉았다. 무슨 말부터 꺼내야 할지 알 수 없었다. 자루를 움켜쥔 그는 부끄러운 듯 고개를 숙이고 가만히 있었다. 에스테르가 안경을 벗어 책장 사이에 끼워 넣었다. 마치 하인에게 몸을 기대고 싶어 하는 눈치였다.

둘은 마침내 서로를 마주 보았고 그녀가 고개를 세차게 흔들며 말했다.

"잘했네! 돌고 돌아 결국 돌아왔군! 소식이라도 전해주지 않고서? 심지어 미국에 간 사람들도 종종 들르곤 하는데!"

에픽스는 대답하려 입을 열었지만, 모든 진실을 알고 있다는 듯한 노에미의 웃음 띤 얼굴과 마주치자, 마음이 졸아들어 다시금 입을 다물었다.

"그렇게 떠나 버리다니, 에픽스! 우리가 나쁜 짓이라도 한 것처럼 한마디 말도 없이, 에픽스! 왜일까, 왜일까, 난 늘 의문이 들었어. 대체 에픽스가 왜 그랬을까? 이제야 그 이유를 알 수 있겠네"

"세상일이 다 그렇죠! 나이를 먹으면 아이처럼 되어 버리지요"

그가 애매한 몸짓을 하며 대답했다.

"이제 전 여기 있으니… 그만 이야기하렵니다."

"그럼, 이제 뭘 할 작정이지? 프레두에게 돌아갈 건가? 오, 사람들이 이야기하는 것처럼 자넨 부자가 된 게야? 자루를 내려놓지 않고서? 뭐라도 좀 먹어야지."

"가 봐야 해요, 에스테르 아가씨… 인사를 드리러 온 겁니다."

"당신은 내일까지 여기 머물러야 해."

노에미가 말하더니, 사나운 고양이 같은 몸짓으로 자루를 빼앗아 옆에 있는 벤치 위에 올려놓았다.

셋은 서로의 눈을 바라보았다. 에픽스는 두 여인이 하고 싶은 말이 있다는 것을, 영원히 끝나지 않을 이야기를 나누고 싶어 한다는 것을 눈치챘다.

"에픽스, 내 말을 들어 보게. 그동안 편지 한 통 없었는데, 적어도 자네한테 무슨 일이 있었는지는 이야기해줘야 하잖나. 얼마나 할 얘기가 많겠어. 오, 에픽스, 에픽스, 자네가 나이 들어서 세상을 구경하게 되리라고 누군들 알았겠나!"

"늦게라도 하는 게 안 하는 것보다는 낫지요, 에스테르 아가씨! 하지만 얘깃거리는 별로 없습니다."

"별로 없는 이야기라도 들려줘…"

"네, 그럼, 말씀 드리지요…"

노에미는 조용히 식탁을 차리고 있었다. 꼬질꼬질하고 오래된 낡아 빠진 바구니, 늘 같은 빵, 늘 같은 음식들. 에픽스는 음식을 먹으며 이야기를 계속했다. 뻔한 거짓부렁처럼 모호한 말들이었다.

그가 바닥에 놓여 있던 컵 안으로 빵 부스러기를 던졌다. 땅은 늘 사람으로부터 얻어먹기를 바라는 법. 갑자기 그가 허리를 곧추세우더니, 주름이 자글자글한 그의 눈이 반짝거리기 시작했다.

"그게 말입니다, 여행길을 함께 했던 사람들은 전부 가난한 악마들이었어요. 가고 또 가고 어디서 끝날지 알 수 없는 길을 갔답니다. 하지만 늘 돈을 벌 수 있다는 희망이 있었습죠. 죄를 짓고 끌려가는 죄수들처럼 줄지어 가고 또 가고…"

"바다에도 갔었나?"

"바다요, 물론입죠. 갔다마다요. 풍랑이 이는 바다에도 갔었죠. 몸이 흠뻑 젖기도 했고요. 배고픔에 시달리지는 않았어요. 아니요, 다른 사람들은 몰라도, 전 그렇지 않았어요. 이따금 알 수 없는 손이 나타나 제 배를 어루만져주었죠. 그렇게 음식을 먹고 물을 마셨어요. 그리고는 그곳에 도착해서 일을 시작했어요."

"무슨 일이었는데?"

"오, 어렵지 않은 일이었어요. 그게… 흙을 파서 다른 곳을 메우는…"

"바다를 건너가려고 운하를 만든다는 게 사실인가? 물이 운하 안으로 넘나들지 않나 보지?"

"네, 넘나들지요. 하지만 기계가 있어서 물을 되돌려 보낸답니다. 펌프 같은 건데 말이죠… 뭐라 표현해야 할지 모르겠네요, 어쨌든!"

노에미는 앞치마 위에서 새근새근 잠자고 있는 고양이의 등을 어루만지며 조용히 그의 이야기를 듣고 있었다. 하지만 그녀의 생각은 딴 곳에 가 있는 듯했다.

"그럼 자넨 농장에 있었던 게야? 거긴 모든 게 비싸다고 하던데. 이민을 떠난 사람들이 이야기해줬네. 성당 근처 아랫마을 사람들 알지? 그리고 놀거리도 통 없는 곳이라고 하던데."

"오, 노는 거라면! 놀고 싶은 사람은 어떻게든 놀기 마련이죠! 누구는 악기를 연주하고 누구는 춤추고 누구는 기도하고 누구는 술에 취하고. 그리고는 모두 가 버리죠…"

"간다니? 어디로?"

"그게… 오두막으로 쉬러 가는 거죠."

"무슨 언어를 쓰지?"

"언어요? 세상의 모든 언어요. 전 제 동료들과 사르데냐 말을 했어요."

"사르데냐 동료들이 있었다고?"

"사르데냐 동료들이었죠. 하나는 젊고 하나는 노인이었어요. 아직도 제 뒤꽁무니를 졸졸 따라다니는 것 같아요. 하느님께 감사하게도 지금은 아니지만요."

노에미의 눈빛이 반짝였다.

"우리가 그 사람들보다 나아야 할 텐데!"

그녀가 에픽스의 팔을 꽉 붙잡았다.

"네, 노인과 젊은이요. 늘 싸움을 벌였어요. 사악하고 시기하고 질투하고, 하지만 자세히 들여다보면 좋은 사람들이었죠. 사람이란 게 그렇게 만들어졌으니까요. 선하면서도 악하게. 그리고 늘 불행한 사람들이 있었어요. 부자들도요. 부자들도 불행했죠. 아, 그랬답니다!"

노에미의 손이 에픽스의 팔을 움켜쥐자, 그는 누오로의 정원에서 자신의 어깨를 쥐고 흔들었던 자친토을 떠올렸다. 자신의 비밀이 떠오르자, 그는 감히 아가씨에게 돈 프레두의 청혼을 받아들였느냐고 물을 수 없었다.

"돈 프레두 같은 사람들 말이에요."

그가 혼잣말처럼 내뱉었다. 그리고는 젊은 여주인을 바라보며 덧붙였다.

"부자이지만 불행하잖아요?"

하지만 그녀는 아무 말도 없이 웃기만 했고 에픽스는 마음에 간직했던 말을 계속했다.

"왜 웃으세요? 돈 프레두가 불행하지 않나요? 나의 노에미 아가씨, 아가씨께서 그 사람을 불쌍히 여기신다면⋯. 알고 보면 좋은 분이에요."

그러자 에스테르 아가씨가 자리에서 일어나 한 손으로 벤치의 팔걸이를 잡고 서서 엄한 눈길로 그를 쳐다보았다.

"좋긴,"

노에미가 웃음을 거두고 말했다.

"늙어 빠져서 이제 다른 사람들을 놀려먹지도 못하게 되었는걸! 그 사람 이야기는 그만 해."

"아니, 이야기해 보자."

에스테르 아가씨가 단호하게 말했다.

"에픽스, 자세히 말해 보게."

"제가 무슨 말을 더해야 합니까, 에스테르 아가씨? 돈 프레두가 노에미 아가씨와 결혼하고 싶어 한다는 것 말씀이세요?"

"아, 자네도 아는가? 자넨 어떻게 아나?"

"제가 첫 번째 중신이었습죠."

"처음이자 마지막!"

노에미가 고양이를 실 꾸러미처럼 바닥에 내팽개치며 말했다.

"그만 해. 더 이상 이야기하고 싶지 않아."

하지만 에픽스는 멈추지 않았다.

"하지만 전 그분께 어떤 대답도 전해 드리지 않았어요, 나의 노에미 아가씨! 제가 어떻게 그럴 수 있었겠어요? 감히 그럴 수 없었기에, 그 때문에 도망쳤던 겁니다."

에스테르 아가씨가 그의 옆자리에 다시 앉았다. 그녀가 부들부들 떨고 있는 게 느껴졌다.

"아, 에픽스,"

그녀가 중얼거렸다.

"돈 프레두가 애초부터 청혼하고 싶다고 했는데, 그런데도 자네는

바람에 흔들리는 갈대

나한테 아무 말도 안 해줬던 건가? 그리고는 도망친 건가? 왜, 대체 왜? 마치 꿈을 꾸고 있는 것 같아. 난 아무것도 모르고 잘 알지도 못하는 사람들이 나한테 와서 말을 전해주다니. 그리고 넌, 내 동생, 넌… 너는…"

"내가 무슨 말을 할 수 있었겠어, 에스테르? 그 사람이 나를 찾아와서 청혼하기라도 했어? 아무런 말도 없이, 선물을 보내고 가끔 집에 찾아와서는 여기 앉아서 언니와 수다를 떨고 나한테는 한마디도 없었잖아. 내가 그 사람을 내쫓기라도 했어?"

"차라리 내쫓아버리는 게 낫지. 그 사람이 찾아올 때마다 넌 비웃고 조롱했잖아."

"그게 어때서! 심은 대로 거두는 법이야."

"노에미, 왜 그런 말을 해? 언제부턴가 넌 이 집안에서 미쳐버린 것 같아! 너한테 청혼하려고 사람까지 보냈는데 왜 너를 놀린다고 생각해?"

"그 사람은 나한테 하인을 보냈어!"

에스테르가 에픽스를 쳐다보았고 에픽스는 한때 주인님들에게 꾸중을 들을 때처럼 고개를 푹 숙이고 입을 다물고 있었다. 그는 노에미가 자신에 대한 경멸을 거두고 다시금 에스테르 아가씨와 혼인 이야기를 나누기만을 기다리고 있었다.

"에픽스, 노에미가 뭐라고 하는지 자네도 들었지? 나한테 그런 말을 한 건 자네만이 아니야. 자친토도…"

그의 이름이 온 집안에 쩌렁쩌렁 울려 퍼지자, 에픽스는 가눌 수 없는 분노와 증오에 휩싸여 자리를 박차고 일어나는 노에미의 모습을 보았다.

"에스테르!"

그녀가 냉혹하게 말했다.

"그 이름을 더 이상 입에 올리지 않겠다고 맹세했을 텐데."

그리고서 그녀는 분노로 거칠어진 숨을 내뱉으며 나가 버렸다.

"그랬지."

에스테르가 에픽스의 귓가에 대고 중얼거렸다.

"어찌나 그 아이를 증오하는지 나한테 다시는 입 밖에 내지 말라고 했다네. 그 아이가 그리젠다와 결혼하겠다며 집에 와서는 노에미더러 돈 프레두의 청혼을 받아들이라고 했었나 봐. 지금처럼 분노에 차서 그 아이를 내쫓았지. 그 아이는 펑펑 울면서 돌아갔네. 말해 보게, 에픽스, 말 좀 해 보게나."

그녀가 슬픔에 잠겨 말을 이어갔다.

"우리네 팔자는 도대체 왜 이 모양일까? 자친토는 우릴 망하게 하더니 그 형편없는 계집애와 결혼하겠다고 하질 않나, 노에미는 굴러들어온 복을 제 발로 차 버리지 않나. 도대체 왜일까, 에픽스, 말해 보게. 자네는 세상을 돌아다녀 봤잖나. 어딜 가나 마찬가지던가? 숙명이 우리를 갈대처럼, 그토록 부질없이 꺾어버리던가?"

"네,"

그러자, 그가 대답했다.

"우린 바람에 흔들리는 갈대들이지요. 나의 에스테르 아가씨. 그 때문이에요! 우리는 갈대이고 숙명은 바람이지요."

"그래, 맞아. 하지만 왜 하필 이런 팔자를 타고난 것인지…"

"바람이 왜 부는지는 오직 하느님만이 아시지요."

"그분의 뜻대로 이루어지길."

그녀가 그렇게 말하며 고개를 가슴께로 숙였다. 그토록 꼬부라지고 노쇠하고 서글픈 그녀의 모습을 보자, 에픽스는 자신이 주인인 그녀보다 더 강하다고 느껴지기까지 했다. 그녀를 위로하기 위해 에픽스는 소경이 했던 이야기 중 하나를 들려주기 시작했다.

"아무도 만족을 모르지요. 사바의 여왕 이야기를 아시나요? 그녀는 아름다웠고 먼 땅에 왕국을 소유하고 있었죠. 그곳에는 무화과와 석류가 열리는 수많은 정원과 온통 금으로 만들어진 궁전이 있었답니다. 하지만 자신보다 더 부유하다는 솔로몬 왕의 이야기를 듣자, 그녀는 잠을 이룰 수 없었지요. 질투심에 사로잡힌 그녀는 여행길에 오르기로 했고 지구를 반 바퀴나 돌아 그를 찾아가서 보기로…"

에스테르 아가씨가 몸을 반대편으로 굽히더니 책을 집어 들고 안경을 끼워두었던 쪽을 폈다.

"그건 여기 적혀있는 이야기라네. 성서에 말이야."

에픽스가 부끄럽다는 듯 책을 들여다보며 이야기를 멈췄다.

*

그는 홀로 남아 바닥에 자리를 깔고 몸을 누였지만, 죽을 만큼 고단했음에도 좀처럼 잠을 이룰 수 없었다. 아직도 소경들이 곁에 달라붙어 있는 것 같았고 바깥 어둠 속에 알지 못하는 마을이 펼쳐져 있는 것 같았다. 그의 여주인들이 벤치에 앉아 그를 바라보고 있었다. 늙은 에스테르 아가씨는 애원하는 듯한 눈길로, 노에미는 전에 없던 잔혹한 미소를 입가에 머금고.

하지만 이상하게도, 그는 더 이상 에스테르 아가씨에게 휘둘리지 않았고 노에미 아가씨도 두렵지 않았다. 마치 자유의 몸이 된 하인이 부자가 되어 가난한 주인들과 마주하고 있는 기분이었다.

"난 아가씨들을 도울 수 있어. 아직은 내가 아가씨들을 도와드릴 수 있어. 아가씨들이 원치 않는다 해도… 내일은…"

그는 근심에 싸여 내일을 기다렸다. 도무지 잠을 이룰 수 없었다. 내일이 되면 그는 노에미 아가씨와 다시 이야기해 볼 참이었다. 오래전에 끝맺었던 이야기를 다시금 시작할 것이었다. 어쩌면 돈 프레두에게 좋은 소식을 전할 수 있을지도 모를 일이었다.

그는 기도를 드리기 시작했다. 작은 소리로, 그리고 점점 더 크게, 기적의 성모 마리아 성당을 찾은 순례자들의 노래가 입에서 흘러나올 때까지.

"내일… 모든 게 잘 될 테지. 내일, 모든 게 끝날 테지. 모든 게 선명해질 테지."

바람에 흔들리는 갈대

그러자, 그는 하느님께서 왜 자신으로 하여금 여주인들의 집을 떠나 방랑하게끔 하셨는지 알 수 있을 것 같았다. 자친토가 양심을 되돌아보고 노에미가 병을 치유 받도록 하기 위함이었다.

'만일 내가 돈 프레두에게 바로 노에미의 답변을 전했다면 모든 것이 거기서 끝나버렸을 거야.'

에픽스는 다행스럽다고 여기며 잠이 들었고 꿈을 꿨다. 희미한 불빛이 들판을 밝히고 있었다. 거대한 동그라미 위에 새하얀 어린 양이 보였다. 동이 텄다. 소경들이 일어나 깍지를 끼고 에픽스에게 다가오더니 자기들의 손 위에 에픽스를 앉혀 놓았다. 그리고는 양팔로 에픽스의 목을 감싸고 그의 몸을 번쩍 들어 올렸다. 위편을 향해, 멀리, 저 멀리, 노래하며, 어린아이들의 가마 놀이처럼.

에픽스는 웃고 있었다. 전에 누려본 적 없었던 기쁨이었다. 하지만 어두운 부엌 한구석에서 에스테르와 노에미 아가씨가 꼼짝도 하지 않고 벤치에 앉아 있었다. 한 여자는 그를 질책하고 다른 여자는 그를 두렵게 만들었다. 그러자 그는 눈을 감고 소경인 척을 한다. 그렇게 셋이서 여기저기, 어디론가, 보드라운 대지 위를, 성령의 거룩한 노래를 부르며 간다. 하지만 손 하나가 나타나 그의 웃옷을 쥐고 뒤로 잡아끌었고 일행은 발걸음을 멈췄다. 바닥에 내팽개쳐진 그가 신음을 내뱉으며 눈을 떴고 노에미가 등잔불을 들고 서 있는 모습을 보았다.

"벌써 잠들었던 거야, 에픽스? 미안하지만, 에스테르가 당신이 내일 아침 일찍 떠날 거라고 해서 내려왔어."

돗자리 위에 누워있던 에픽스가, 손에 등잔을 들고 멈춰 서 있는 그녀의 발밑에서 다급히 몸을 일으켰다. 불빛에서 퍼져나온 그림자가 동그라미를 그리며, 꿈속에서처럼 그를 에워싸고 있었다.

"당신과 둘이서만 이야기하고 싶었어, 에픽스. 에스테르는 모르는 게 있거든. 언니한테 그런 말을 한 건 당신 잘못이야. 잘 알지도 못하면서."

그는 입을 다물고 있었다. 이해할 수 있었다. 하지만 착한 하인처럼 입을 꾹 다무는 척이라도 해야만 했다.

"당신은 알지도 못하면서 말이 너무 많아, 에픽스! 만일 그날 당신이 나한테 청혼을 전달하는 중신 역할만 하고 충고를 늘어놓지 않았다면 훨씬 나았을 거야. 반면에 우린 쓸데없는 이야기들을 너무 많이 했어. 이제 한 가지만 묻고 싶어. 당신이 우리가 나눴던 이야기들을 돈 프레두한테 한 마디도 전하지 않았는지 말이야."

"한 마디도요, 나의 노에미 아가씨!"

"하나만 더 묻고 싶어, 에픽스, 진실을 말해야 해. 당신…"

그녀가 잠시 머뭇거리더니, 소리 높여 말했다.

"그런 얘기를 자친토에게 했어? 진실을 말해 봐."

"아니요."

그가 차분한 목소리로 거짓말을 했다.

"맹세컨대, 이야기하지 않았어요."

"그럼 돈 프레두가 그 아이한테 이야기했다는 거야?"

"그런 것 같습니다, 노에미 아가씨."

"그리고 또 한 가지, 말해 봐. 당신은 왜 떠났던 거지?"

"저도 모르겠어요. 방금 잠이 들면서도 그 생각을 했더랬죠. 하느님께서 날 떠나도록 만드신 거라고요. 돈 프레두에게 아가씨가 거절했다는 소식을 전하기가 부끄럽고 두려웠어요. 네, 노에미 아가씨, 돈 프레두는 그 때문에 저를 하인으로 불렀던 거였어요. 저도 알고 있었습죠. 돈 프레두는 아가씨를 좋아했고 제가 중신을 서 주었으면 했어요. 아가씨가 아니라고 싫다고 말하자, 전 그만 도망치고 말았고요…"

노에미가 웃기 시작했다. 전처럼 악의에 찬 웃음이 아닌 한결 가벼워진 웃음이었다. 에픽스에 대한 동정, 돈 프레두에 대한 동정, 온유하고 만족스러운 웃음이었다. 에픽스는 그녀가 그렇게 웃는 모습을 한 번도 본 적이 없었다.

그의 기억 속에서 그와 비슷한 웃음이 떠올랐다. 흔들리는 불빛의 그림자 속에서 그에게 가까이 다가와 웃던 그 모습을. 그의 심장이 다시금 뛰기 시작했다. 산산이 부서져 버릴 정도로 세차게.

그녀가 도망쳤던 날 밤처럼, 리아가 앞에 서 있었다.

"마지막으로 딱 한 가지만 더 묻고 싶어. 그게 말이지, 당신은 자친토가 정말 그리젠다와 결혼할 거라고 생각해?"

"네, 확실합니다."

"언제 결혼하지?"

"성탄절 전에요."

그녀가 에픽스의 얼굴을 자세히 들여다보려는 듯 등잔을 낮춰 들었다. 그러자 불빛이 그의 얼굴을 비췄다. 창백한 그의 얼굴 속에서 젊은이와 늙은이가 동시에 스쳐 지나갔다.

자부심, 정열, 비참했던 예전의 삶에서 빠져나오려는 열망, 예전의 삶을 깨부수고 새롭고 강한 또 다른 삶을 쌓아 올리려는 열망이 그의 눈 속에서 불타오르고 있었다.

"내 말을 들어봐, 에픽스."

그녀가 등잔을 거두며 말했다.

"좋아, 당신은 돈 프레두한테 가서 내가 허락했다고 말해. 결혼을 서둘러야 해. 그 둘이 결혼하기 전에."

바람에 흔들리는 갈대

17

에픽스는 다시금 아래편 농장에 와 있었다. 풍년이 들어 많은 과실을 수확했다. 주인으로부터 양치기의 임무를 부여받은 잔안토니오는 양 떼를 몰고 마을 주변을 돌아다니며 풀을 먹이게 되었는데, 제법 잘 해내고 있었다.

에픽스는 초가집 앞에서 늘 같은 자리인 검푸른 갈대밭 끝자락에 앉아 있었다. 하얀 언덕 위로 붉은 하늘이 보였다. 갈대들이 스치는 바람에 몸을 떨며 소곤거렸다.

"에픽스, 깨달았나요? 에픽스, 깨달았나요? 떠나갔다 되돌아온 당신은 가족처럼 우리와 함께 머물고 있지요. 우리 중 누군가는 구부러지고 누군가는 꺾인답니다. 오늘 살아남는다 해도 내일은 구부러지고 모레에는 꺾일 거예요. 에픽스, 깨달았나요? 에픽스, 깨달았나요?"

그는 돗자리를 짜며 기도를 드리고 있었다. 이따금 옆구리에 날카로운 통증이 밀려와 몸을 곧추세워야만 했다. 누군가 날카로운 쇠꼬챙이로 콩팥을 찌르는 듯했다. 얼굴이 납빛으로 변한 그가 부들부들 떨며 갈대처럼 몸을 구부렸다. 고통이 물러갈 때면 그의 육신은 감미로운 나른함에 빠져들었다. 그는 어서 빨리 죽음이 찾아오기만을 간절히 소망했다. 그의 하루가 끝났다.

그는 할 수 있는 한 자신의 힘과 눈물을 빨아들인 땅 가까이에서 머물 작정이었다.

＊

10월의 달콤한 나날들과 더불어 가을이 지나갔고 첫 추위가 찾아오는 11월이 되자, 언덕 앞뒤의 산들이 마치 화산처럼 보였다. 모락모락 연기가 피어오르는 구름 떼가 희미한 불꽃처럼 타올랐고 저 아래 바다에서부터 올라온 불기둥이 시퍼런 용암을 흩뿌려 놓았다,

저녁이 다가오자, 세상 모든 광산의 은 덩어리들이 활짝 갠 하늘로 몰려들어, 지평선까지 다다르며 폭포수처럼 쏟아져 내렸다. 보이지 않는 일군들이 땀을 뻘뻘 흘리며, 집과 건물과 도시 전체를 짓고 있었다. 그들의 공든 탑이 와르르 무너져 내리자, 황금빛 풀과 붉은 덤불로 뒤덮인 내리막길에 새하얀 폐허들이 펼쳐졌다. 한 무리의 회색과 검은색 말들이 지나쳐갔고 망토를 벗어 던진 성 뒤에 노란 점 하나가 반짝거렸다. 위편 성에 몸을 숨긴 은자 혹은 산적이 지피는 불꽃 같았다. 달이 떠오르고 있었다. 그녀의 빛이 모호했던 풍경을 서서히 비추자, 이전에 있던 모든 것들이 마법에 걸린 것처럼 순식간에 사라져 버렸다. 지평선을 뒤덮은 푸른 호수에 물결이 넘실거렸다. 차갑고 청명한 가을밤, 하늘에는 커다란 별들이 먼 땅에는 불빛들이 산으로부터 바다에 이르기까지 펼쳐져 있었다. 피처럼 세찬 물결이 곤히 잠든 언덕을 가르며 흐르고 있었다.

에픽스는 죽음이 자신을 향해 가까이 다가오고 있음을 느꼈다.

서서히, 아주 서서히.

방랑하는 영혼들, 아이를 낳다 죽은 강가에서 방망이를 두드리는 여인의 혼령들, 나부끼는 잎새로 변모한 순수한 영혼들을 거느리고서, 죽음은 오솔길 아래서 소리 없이 올라오고 있었다.

어느 날 밤, 초가집 안에서 잠을 자던 그는 누군가 자신을 흔들어 깨우는 듯한 기분에 화들짝 놀라 몸을 일으켰다. 신비로운 존재가 자신을 덮쳐 날카로운 칼로 내장을 들쑤시는 것 같았다. 난도질당한 그의 머리카락, 얼굴, 손, 온몸에서 콸콸 흘러내린 피가 돗자리를 흠뻑 적셨다. 그는 살해당하는 사람처럼 비명을 내질렀지만, 한밤중에 속삭이며 흐르는 강물만 그의 절규에 대답할 뿐이었다. 두려움을 느낀 그는 마을로 돌아가야겠다고 생각했다. 하지만 밤새 피를 쏟아낸 것처럼 진이 빠져 미동조차 할 수 없었다. 그의 온몸이 땀으로 흠뻑 젖어 들었다.

동이 트자마자, 그는 몸을 움직이기 시작했다. 이번에는 진짜 안녕을 고하고 떠나는 것이었기에, 초가집에서 쓰던 살림살이들을 잘 정돈했다. 농기구들을 구석으로 치우고 돗자리를 둘둘 말아 세워놓고 냄비가 쓰러지지 않도록 잘 뒤집어 놓고 갈대 다발을 묶어놓고 빗자루로 화덕의 재를 쓸어냈다. 일을 그만두고 떠나는 하인이 새로 들어오는 하인으로부터 좋은 평판을 얻으려는 것처럼.

주위는 온통 고요했다. 혼령들은 여명의 베일 뒤로 몸을 숨겼고 강물은 오솔길을 걷는 에픽스의 발소리를 배려하려는 듯 소리 없이 흘러갔다. 곧고 단단한 칼처럼 흔들리며 금속 같은 하늘과 맞서는 갈대 잎새들만이 에픽스에게 작별을 고했다.

"안녕, 에픽스. 안녕, 에픽스."

*

그는 주인님들 곁으로 돌아가 부엌 바닥에 자리를 깔고 누웠다.

"잘 왔네, 잘 왔어."

에스테르 아가씨가 이불을 덮어주며 말했다. 노에미가 몸을 숙이고 그의 손목의 맥박을 재며, 그의 팔을 이끌고 침대에 누우라고 권했다.

"저를 그냥 내버려 두세요, 나의 노에미 아가씨."

에픽스가 미소 띤 얼굴로 신음하듯 말했다. 소경처럼 초점을 잃은 그의 두 눈에 죽음의 베일이 덮여 있었다.

"제 자리는 여기에요."

잠시 후, 그는 고통으로 온몸을 뒤틀었다. 그의 안색이 온통 검붉게 변했다. 주인들이 의사를 부르러 사람을 보냈고 에픽스는 신음을 내뱉기 시작했다. 혼령들이 부엌 안을 가득 메웠다. 무시무시한 존재들이 나타나 그의 귀에 대고 끊임없이 부르짖었다.

"네 죄를 고백해! 네 죄를 고백해!"

에스테르 아가씨가 돗자리 곁에 무릎을 꿇고 앉아 속삭였다.

"에픽스, 나의 영혼이여, 파스칼 신부님을 모셔 올까? 성경을 읽어주시면 좀 나아질 거야…"

하지만 에픽스는 땀에 흠뻑 젖은 새카만 얼굴에 유리알 같은 눈동자로 그녀를 응시했다. 마지막 고통이 그에게 엄습하고 있었다. 그는 자신이 주인님들의 집에서 도망쳤던 것처럼, 자신도 모르는 사이에 영혼이 빠져나갈까 봐 두려워하고 있었다. 선한 사람들의 세상에서 쫓겨나 언덕에 거하는 저주받은 혼령들과 더불어 어두운 세계를 방황할까 봐 두려웠다. 하지만 그는 아니라고 아니라고 대답했다. 그는 신부님을 모셔 오는 것을 원치 않았다. 자신의 저주스러운 비밀을 밝히는 건 죽음보다도 두려운 일이었다.

돈 프레두가 찾아와 돗자리 곁에 앉아 우스갯소리를 늘어놓기 시작했다. 그는 기분이 무척 밝아 보였고 다시금 살이 찌기 시작했다. 검은 배 위에 늘어뜨렸던 금줄은 더 이상 보이지 않았다.

"아니, 왜 여기로 돌아온 거야, 이 노인네야? 우리 집에 오지 않고서? 자루에 넣어 내다 버린 고양이가 집구석에 기어들어 온 꼴이로군. 자, 우리 집으로 가자고. 스테파나의 침대 위에 누여줄 테니."

김이 모락모락 나는 수프 사발을 들고 있던 노에미가 몸을 굽혀 에픽스의 얼굴에 흥건한 땀을 닦아주었다. 그녀가 약혼자의 말투를 흉내 내며 말했다.

"자, 어서 마셔. 총각 신세로 죽고 싶은 건 아니겠지?"

"그러게요."

에픽스가 고개를 들고 수프를 마다하며 말했다.

"가야만 합니다…"

"무슨 말이야? 또 어딜 가려고? 떠돌이 같으니…"

"오, 뭐 하는 거야, 이 사람아? 스테파나가 석류를 입에 넣어 줄 테니 나랑 같이 가자니까… 어서, 이 팔팔한 양반아!"

하지만 에픽스는 고개를 숙이고 두 눈을 꼭 감았다. 주인님들의 농담에 기분이 상해서가 아니라, 그들로부터 아주 멀리 떨어져 있는 듯했기 때문이었다. 앞으로 나아가기만 하고 되돌아와서는 안 되는 행렬처럼, 모두에게서 멀리, 더 멀리. 소경들을 거느리고 다니는 것보다 훨씬 혹독한 일이었다.

＊

드디어 의사 선생님이 도착했다. 그는 에픽스의 몸 전체를 진찰했고 손가락을 구부려 북처럼 단단해진 배를 두드려 보았다. 이불을 걷고 발효된 빵처럼, 그의 몸을 이리저리 뒤집었다.

"아무래도 간에 문제가 생긴 것 같습니다. 침대에 누워있어야 하네, 에픽스."

병자가 손가락을 들고 아니라는 표시를 했다.

"어쨌든 전 죽게 될 겁니다. 하인처럼 죽도록 놔두세요."

"하느님 앞에서는 주인도, 하인도 없는 법이라네."

에스테르 아가씨가 말하자, 돈 프레두가 양팔로 에픽스의 몸을 억지로 들어 올리려 했다.

"조용, 조용히 좀 해, 이 노인네야!":

하지만 에픽스는 날아오르고 싶은 상처 입은 새처럼 기운 없이 고개를 흔들며 신음을 내뱉었다.

"다들 저를 제 명에 못 살게 하려고 그러시나요…."

그러자 의사 선생님이 고개를 들고 하늘을 쳐다보며 끝났다는 손
짓을 했다. 돈 프레두가 병자를 제자리에 눕히고 이불을 덮어주었
다. 그는 더 이상 우스갯소리를 입 밖에 내지 않았다.

그들은 그렇게 에픽스를 내버려 두었다. 시간이, 나날이 흘러갔다.

에픽스는 섬망에 빠져 꿈을 꾸며 걷고 또 걸어갔다. 소경들을 거
느리고 언덕과 높은 지대의 오두막 사이를 걸어갔다. 축제가 열리
는 꿈을 꾸기도 했다. 훤칠한 젊은이들이 산 밑 해안가에서 경주마
를 몰았고 저 멀리서 욕설을 퍼부으며 동전을 던지는 소리가 들려
왔다.

동처럼 붉고 얼룩덜룩한, 한구석에 벤치가 놓인 높다란 벽들이
지평선을 에워싸고 있었다. 에픽스는 자신의 짐을 덜고 고통에서
벗어나고자 그 너머로 가고 싶었지만, 갈 수 없었다.

두 번이나 몸을 일으켜 정원으로 나가려고 하는 그를 발견한 노
에미가 문을 열쇠로 걸어 잠갔다. 에스테르 아가씨는 몸을 굽혀 그
의 뺨을 쓰다듬었고 이불을 덮어주며 손목의 맥박을 재어 보기도
했다.

"에픽스, 교장 선생께서 병문안을 올 걸세."

그는 눈을 감은 채로 손가락을 들고 싫다는 표시를 했다.

그 뒤로 며칠 동안 문안객들이 집에 찾아왔다. 노에미가 나가서

대문 틈으로 얼굴을 내밀고 사람들을 모두 돌려보냈다. 집안에 누워있던 에픽스의 귓가에 문안객들의 말소리가 들려왔다. 자신을 기억하는 누군가가 먼 곳까지, 세상의 변방까지 찾아왔다는 사실이 놀랍기도, 두렵기도 했다.

"좀 전에 누가 절 찾아왔죠?"

어느 날 아침, 그가 에스테르 아가씨에게 물었다.

"잔안토니오였던 것 같은데."

"만일 다시 오거든, 들어오도록 은혜를 베풀어주세요. 에스테르 아가씨… 제 일거리를 물려줘야 해요…"

"그게 무슨 말이야, 에픽스! 왜 자꾸 그런 생각을 해? 왜 교장 선생을 오지 못하게 하는 거야? 성경을 읽어주시면 죽음에 대한 두려움이 사라질 거야…"

에픽스는 대답하지 않았다. 아니, 속아 넘어가지 않았다. 아직 때가 이르지 않았을 뿐이었다. 그가 두려워하는 건 오로지 여주인들의 집에 폐를 끼치는 것이었다.

✳

에픽스가 누워있는 동안, 집안의 삶은 새로운 국면에 접어들었다. 돈 프레두가 찾아올 때면, 기쁨의 파도가 집안에 밀려들었다. 에스테르 아가씨의 수줍은 웃음소리, 약혼자들의 의논, 계획, 수다, 그러다가도 그들은 병자를 떠올리며 입을 다물었다. 그럴 때마다 에픽스는 주인님들에게 폐를 끼치는 기분이었고 어서 빨리 세상을 뜨기만을 바랐다.

어느 날 아침, 에픽스를 간호하기 위해 지층 방에서 잠을 잔 에스테르 아가씨가 평소보다 일찍 눈을 떴다. 혼잣말을 중얼거리며 집안 정돈을 끝낸 그녀가 에픽스에게 다가와 몸을 숙이고 우유를 마시도록 하며 말했다.

"에픽스, 기뻐해 줘! 프레두가 오늘 혼삿날을 잡을 거야. 기쁘지 않아?"

그가 그렇다는 표시로 고개를 끄덕였다. 그리고는 이불을 끌어올려 머리끝까지 뒤덮었다. 마치 죽은 사람처럼 보였지만, 그는 이불 속에서 마음껏 기뻐하며 주인님들의 행운을 빌고 있었다.

노에미도 일찌감치 일어나 언니와 이것저것 의논하고 있었다. 그녀가 콧대 높은 투로 말했다.

"왜 내가 아닌 그 사람이 혼삿날을 잡아야 하지? 내가 평범한 여자도 아니고 평민들이나 그렇게 하는 거잖아."

"그 정도도 못 참아? 이미 다 알려진 사실이야. 오늘 그 사람이 와서 자세히 이야기해 줄 거야."

노에미는 신경이 곤두섰고 에픽스는 그녀가 조용하지만 불안한 발걸음으로 집안을 오락가락하는 소리를 들었다. 마침내 그녀가 현관문 앞에 앉아 입을 다물고 바느질을 시작했다. 돈 프레두가 도착하자 수틀을 거두며 그를 맞아들였고 그가 인사를 건네자 고개를 까딱하며 화답했다. 에스테르 아가씨가 두건을 매듭지으며 총총걸음으로 위층에서 내려왔다. 약혼자들 사이에 혹시라도 오해가 생기면 중재자 역할을 맡을 참이었다. 동생은 돈 프레두의 말이라면 무조건 삐딱하게 굴었고 자칫하면 모든 게 물거품이 되어 버릴 수도 있을 터였다.

돈 프레두는 집안에 들어서자마자, 에픽스에게 가서 그의 모습을 내려다보았다.

"좀 어떤가? 내가 보기에는 좋아진 것 같은데. 일어나 보자고, 어서!"

에픽스가 뻥 뚫린 구멍처럼 휑한 눈을 부릅뜨자, 돈 프레두가 그를 살피려 몸을 숙였다. 자신의 스러져가는 육신을 무너뜨리려는 그의 튼튼한 육신을 거부하려는 듯 에픽스가 손을 뻗었다.

"가세요, 이만 저리 가세요…"

돈 프레두는 약혼녀 곁으로 가서 앉았다.

"오늘은 기분이 좀 어떠신가?"

"비켜요, 프레두, 수틀을 끌어당기지 말고요. 그러다가 바늘에 찔리겠어요."

"그게 바로 내가 원하는 거요!"

"프레두, 나를 좀 내버려 둬요. 철부지처럼 굴지 말고!"

"나를 아이처럼 만든 건 다 당신 탓이야…"

"프레두! 그만 좀 해요!"

"그 철학 선생 같은 스테파나가 뭐라는지 알아? 당신이 거꾸로 주술을 걸었다던데, 처음에는 내가 살이 빠지도록 했고 이번에는 살이 찌도록 말이야."

"당신은 농담으로 그러겠지만, 아무리 그래도 당신 하녀들은 말이 너무 심하네요."

"어쨌든 내가 살이 찌고 있는 건 사실이잖소. 주술을 풀 방법도 딱히 없고 말이오…"

에스테르 아가씨는 노에미 아가씨가 앉아 있는 의자에 몸을 기대고 잠자코 사촌의 말을 듣고 있었다. 돈 프레두가 그녀를 향해 고개를 들더니, 그녀의 무릎을 손으로 툭 치며 말했다.

"그래, 언제 일을 치르는 게 좋겠소?"

"당신이 결정하기에 달렸어요, 프레두."

노에미는 바느질을 멈추지 않고 있었다. 고개를 든 그녀의 두 눈이 잠시 반짝였다. 하지만 이내 아무런 말도 없이 고개를 숙였다.

"난 대림절 전이 좋을 것 같은데, 에스테르."

"대림절 전이라, 그게 좋겠네요."

"당신 생각에는 이달 중순까지 모든 준비가 끝날 것 같소?"

"그럼요, 다 끝날 거예요, 프레두."

"그럼 좋소."

침묵이 흘렀다. 노에미는 계속 수를 놓고 있었고 에스테르는 동생의 어깨를 내려다보고 있었다. 돈 프레두가 수줍은 말투로 입을 열었다.

"노에미, 당신 생각은 어떻소?"

"무슨 얘긴지 난 도통 모르겠네요."

"노에미!"

에스테르 아가씨가 동생을 나무라려 했지만, 약혼자는 조용히 하라고 손짓하며 약혼녀의 무릎 위에 놓여 있는 수틀을 빼앗으려 하기 시작했다.

"주술에 대해 말하는 거요! 내가 더 살이 찌기 전에 주술을 풀어야 하지 않겠소. 어떻게 하면 될지 당신이 말해 보시오. 이렇게, 맞아요, 이렇게 말이오!"

마지못해 미소를 짓는 에스테르 아가씨와 삐딱하게 구는 노에미 사이에서, 에픽스는 그가 그녀의 어깨를 세차게 끌어당겨 볼에 입을 맞추는 소리를 들었다.

'아, 어찌나 행복한지! 난 이제 죽어도 여한이 없겠구나.'

에픽스가 이불 속에서 생각했다. 하지만 한편으로 그는 당장 갈 수 없을 거라는, 자신을 둥그렇게 에워싼 벽에서 쉽사리 빠져나갈 수 없을 거라는 생각에 빠져들었다.

*

사촌들에게 점심 초대를 받은 돈 프레두는 온종일 집에 머물렀다. 그는 웃고 떠들며, 또다시 다른 사람들을 놀려대다 종종 입을 다물곤 했다. 노에미 또한 에픽스를 살뜰히 챙길 정신이 없는 듯했다. 에픽스의 주위에 침묵만이 감돌았다. 그는 아가씨들 그리고 돈 프

　　　　바람에 흔들리는 갈대

레두에게 짐스러운 존재가 되어가고 있는 기분이었다. 가야만 했다. 약혼자들이 코앞에 다가온 죽음을 개의치 않고 마음껏 사랑하고 즐길 수 있도록. 순간 에픽스는 캄캄한 이불 속에서, 자신이 왜 당장 갈 수 없는지 깨달았다. 제대로 끝내지 않은 셈처럼 무언가가 아직 그를 주인님들의 집에 묶어두고 있었다. 셈을 끝내야만 했다.

에스테르 아가씨가 다가와 에픽스가 잠들었다고 생각하며, 몸을 숙이고 이불을 슬쩍 들춰보았다. 에픽스가 시뻘건 얼굴로 두 눈을 부릅뜨고 입술을 덜덜 떨고 있었다.

"에픽스, 왜 그래?"

그가 눈으로 괜찮다는 시늉을 하며, 낮은 목소리로 속삭였다.

"나의 에스테르 아가씨, 은혜를 베풀어주세요. 원하신다면 파스칼레 신부님을 불러주세요."

고해성사가 끝나자, 에픽스는 아무런 말이 없었다. 아무런 말도, 신음도 하지 않았다. 에스테르 아가씨는 이불을 걷을 때마다 마른 자두처럼 점점 더 보랏빛으로 변해가는 가련한 그의 얼굴을 보았다.

*

어느 날 저녁 그가 놀란 토끼 눈으로 그녀를 쳐다보자, 에스테르 아가씨는 말로 다 할 수 없는 연민을 느꼈다. 그가 잦아드는 목소리로 가까스로 말했다.

"너무 멀어요, 나의 에스테르 아가씨! 조금만 참아 주세요."

"뭐가 그리 멀단 말인가, 에픽스?"

"길이요… 당도할 수가 없어요!"

그는 줄곧 걷고 있는 기분이었다. 오두막을 가로질러 산 위에 올라갔다. 산 끝자락에 다다르자, 또 다른 평야가 펼쳐졌다. 그리고는 바다 한가운데가 나타났다. 하지만 그는 어느덧 평안히 걷고 있었다. 주인님들의 집에서 폐를 끼치며 당도하지 못하는 것만이 아쉬울 뿐이었다. 어느 날 낮, 또는 밤이 되자, (그는 더 이상 시간을 알지 못했다) 그는 농장의 나지막한 울타리에 다다른 기분이었다. 그의 위로 갈대숲이 펼쳐져 있었다. 그는 고단한 몸을 겨우 바위 위에 누였다. 갈대들이 사각거리며 그의 몸에 닿을 만큼 구부러지더니 잎새들이 그의 몸을 핥기 시작했다. 마치 손가락이나 혀처럼, 살아 있는 무언가처럼 느껴졌다. 갈대들이 그에게 말을 걸었고 줄기 하나가 잘 들어 보라며 그의 귀를 꼬집었다. 언덕에 사는 혼령들, 강의 목소리, 순례자들의 낭송 소리, 제분소의 방아 찧는 소리, 잔안토니오의 울부짖는 아코디언 소리가 어우러진 신비로운 속삭임이었다.

에픽스는 그 모든 소리들을 귀로 들으며 벽을 부여잡고 힘겹게 매달린 채, 저 위편 안개 낀 고나레 산처럼 펼쳐진 주인님들의 부엌을 내려다보고 있었다. 에스테르 아가씨가 검은 날개로 얼굴을 가리고 언덕을 걸어 올라오고 있었다. 날개를 젖히자, 그녀의 침울하고 고통스러운 얼굴, 동정심으로 가득 찬 두 눈이 모습을 드러냈다. 그녀는 떨어질까 봐 두렵다는 듯 이내 벽 뒤로 물러섰다. 또 다

바람에 흔들리는 갈대

른 형상들이 언덕을 올라왔다. 모두가 검은 날개 뒤에 얼굴을 숨기고 있었다. 모두가 벽 가까이 다가왔으나 저 너머로 떨어질까 두려워하며 뒤로 물러났다.

에픽스는 그 모습들을 하나도 빠짐없이 알아볼 수 있었다. 그들이 나누는 이야기 소리가 귓가에 들려왔다. 모두가 진짜 살아있는 존재들이었다. 그럼에도 그는 꿈을 꾸고 있는 것만 같았다. 삶이라는 꿈속에 등장하는 모습들, 신부님이었고 밀레제였고 잔안토니오였고 돈 프레두의 하녀들이었고 돈 프레두 자신과 노에미였다. 그들 중 누군가는 그에게 용기를 북돋아 주었고 그를 벽 아래로 끌어내리려고도 해 보았지만 소용없는 일이었다.

그는 그들 모두가 거슬리기 시작했다. 고개를 돌려 안개 낀 언덕을 응시했다. 그러자 안개가 옅어지기 시작했다. 열린 하늘 틈 사이로 금빛을 띤 숲속에서 작은 나무들이 모습을 드러냈다. 위편 내리막길에서 소경이 말했던 쩍 벌어진 새빨간 석류가 가지를 구부린 채 진주알 같은 열매들을 떨어뜨리고 있었다. 하지만 저편에 있는 사람들은 그가 평화롭게 그 장면을 바라보도록 내버려 두지 않았다. 그는 더 이상 그들을 돌아보지 않게 되었다.

*

어느 날, 어떤 손이 다가와 그의 어깨를 붙잡고는 그의 귀에 대고 이름을 불렀고 에픽스는 그제야 매달려 있던 벽에서 펄쩍 뛰어내릴 수 있었다.

"에픽스! 에픽스!"

자친토의 얼굴이, 그의 촉촉하고 부드럽고 사랑스러운 두 눈이 에픽스를 바라보고 있었다. 자신을 둘러싼 수많은 죽은 자들의 모습 속에서 그는 유일하게 살아있는 존재처럼 느껴졌다. 그의 모습이 어찌나 생생했던지 뜨거운 손이 다가와 에픽스의 몸을 일으켰고 이편 세상까지 오도록 이끌어주었다. 하지만 아주 잠시뿐이었다. 자친토의 모습 위로 베일이 덮이더니 힘을 잃었고 다른 이들처럼 혼령으로 되돌아갔다. 그러자 에픽스는 자신이 아닌, 자친토가 죽음에 이르는 것 같은 고통을 맛보았다.

"에픽스, 기운 내, 정신 차려! 왜 그래? 나한테 아무 말도 안 할 작정이야? 난 당신 때문에 여기까지 왔는데, 알아? 내가 여기 왔다고. 이모들이 집안에 발을 들이지 못하도록 했는데도 내가 여기까지 왔다고. 기운 내, 날 좀 쳐다봐!"

에픽스가 그를 쳐다보았으나 자친토의 눈은 더 이상 보이지 않았다.

"노에미 이모는 나를 보더니 줄행랑을 쳤어! 절대로 나를 용서하지 않을 거야! 당신한테 뭐라고 했는지 말해 봐! 더 이상 나를 보고 싶지 않다고? 더 이상 내 이름을 입에 올리지 말라고? 나도 알아. 하지만 그건 중요한 게 아니야. 난 이모가 결혼하게 되어서 기뻐. 내가 마지막으로 집에 왔을 때 무슨 일이 있었는지 알아? 내가 이모한테 그랬지. 결혼하세요, 노에미 이모, 피에트로 삼촌은 부유하고 이모를 사랑해요. 이모를 행복하게 해 줄 거예요. 이모가 경멸하는 눈빛으로 날 노려봤어. 난 이모가 절대 승낙하지 않을 거란 걸 알았지. 그래서 말인데 에픽스, 내 말을 좀 들어 봐. 누가 들을지도 모르니 조용히 말할게. 난 당신의 충고를 떠올렸지. 그녀의 눈을 똑바로 보면서 내가 그랬어. 노에미 이모, 전 그리젠다와 결혼할 거예요. 나처럼 가난하고 나처럼 젊고 나처럼 고독한 그리젠다만이 나의 배필이 될 수 있어요. 그러자 노에미 이모의 얼굴이 죽은 사람처럼 창백해졌어. 난 두려워졌고 곧장 집을 나왔지. 펑펑 울면서 말이야. 당신한테 얘기했었던가? 기운 내, 에픽스, 내 말을 하나도 안 듣고 있잖아. 기운 내라고! 에스테르 이모는 농담 삼아서 에픽스가 나와 노에미가 결혼하는 꼴을 보지 않으려고 일부러 아픈 척을 하고 있다고 말하곤 해. 결혼 선물을 하지 않으려고 말이지. 어떤 사람들은 당신이 여행길에서 많은 돈을 벌어서 돌아왔다고도 하던데…”

에픽스는 그가 하는 말을 모두 알아듣고 있었다. 하지만 글로 쓰는 것처럼 소리를 잃어버린 말들이었다.

“적어도 어디가 아픈지는 나한테 말해 줘야지. 어디에 갔다 왔는지도 말해 주지 않았잖아. 당신이 제분소에 왔을 때 내가 어딜 가느냐고 물었던 거 기억나? 당신은 좋은 곳에 간다고만 했었지. 기억나지 않아? 눈을 뜨고 나를 좀 쳐다봐. 대체 어딜 갔었던 거야?…”

에픽스는 다시금 거슬리기 시작했다. 잠시 눈을 떴던 그가 죽음의 잠에 빠져들 듯 다시 눈을 감았다. 벽 너머로 선선한 바람이 부는 갈대밭에서 들려오는 자친토의 이야기가 그를 다독여주었다. 그는 다시금 몸을 일으킬 수 있을 것만 같았다. 그러나 저녁 내내 불로 지지는 듯한 거센 통증이 밀려와 그를 소금에 절인 고기처럼 짓이겨 놓았다.

통증에 시달리며 귀가 안 들리고 말을 못 하는 와중에도, 그는 안되겠다는 몸짓을 하는 노에미를 쳐다보는 돈 프레두의 실망스러운 눈빛을 보았다. 결혼식이 코앞으로 다가왔고 만일 그가 오늘 세상을 떠난다면 신랑 신부에게 액운을 몰고 오는 것이었기에 결혼식은 미뤄질 수밖에 없었다. 그는 진작 자신의 육신을 휘감았던 어둠 속에서 저 멀리 반짝이는 한줄기 불빛을 보았다. 죽음과 싸워보려는 그의 의지였다.

에픽스가 얼굴을 가리고 있던 이불을 걷으며 말했다.

"에스테르 아가씨, 이제 좀 나아졌어요. 마실 것 좀 주세요."

두 명의 주인님들이 동시에 달려왔고. 노에미가 그의 머리를 들고 마실 거리를 주었다.

"잘했네, 에픽스! 잘했어! 오늘이 무슨 날인지 알지?"

그는 마시면서, 그렇다는 표시를 했다.

"기쁘지, 그렇지, 에픽스? 이날이 오기만을 자네가 얼마나 기다렸던가? 마치 꿈을 꾸는 것 같지?"

그는 연신 그렇다는 시늉을 했다. 모든 게 이루어졌으나 모든 게 꿈이었다.

✳

노에미가 옷을 갈아입어야 했기에, 아가씨들은 에픽스를 혼자 놓아두었다. 그는 고개를 들고 주위를 바라보았다. 모든 게 숨어서 그렇다고 그렇다고 고개를 끄덕이고 있는 듯했다. 모든 게 잘 되어가고 있었다. 결혼식은 신랑의 집에서 치러질 예정이었기에, 아가씨들의 부엌 안은 예전처럼 평화가 깃들어 있었다. 병자를 돌보느라 정신이 없었음에도 부엌은 마치 결혼식을 치르는 것처럼 깨끗하게 정돈되어 있었다. 집안과 정원은 고요했다. 벤치 위에는 검은 고양이가 초록색 눈을 반짝이며 고독의 우상처럼 미동조차 없이 앉아 있었다. 침묵 속에서 발코니의 낡고 벌레 먹은 나무가 삐거덕거리는 소리만이 들려왔다. 에픽스는 고개를 조금 더 들고서 마지막으로, 오래된 묘지의 무너져 내린 벽과 풀들 사이로 꽃처럼 피어난 유골을 바라보았다.

문 앞에 누군가의 모습이 보였다. 키가 크고 가녀린, 검은 꽃무늬가 수놓아진 몸에 달라붙는 옷을 입고 머리에 장미 화관을 쓴 누군가가. 그녀의 얼굴, 분위기, 발, 반짝이는 것들, 눈동자, 보석, 신발… 그는 눈을 동그랗게 뜨고 노에미를 바라보았다. 그녀의 뒤에는 검은 날개가 달린 숄을 두르고 동생의 머리 장식에 달린 장미와 옷 주름을 매만지는 에스테르 아가씨가 신부의 그림자처럼 달라붙어 있었다.

"어때, 좀 괜찮아?"

노에미가 그에게 다가와 소매의 매무새를 가다듬으며 물었다.

"이 옷, 나한테 너무 조이는 것 같지 않아? 이렇게 입는 거라고 하던데. 이것 좀 봐, 얼마나 멋진지. 프레두의 선물이야."

그녀는 불편한 옷을 추스르며 몸을 숙여 커다란 금 십자가와 진주로 만들어진 묵주를 에픽스에게 보여주었다.

"보여? 옛날 주교가 쓰던 십자가래. 프레두와 우리 할머니가 쓰시던 거래. 내가 물려받았어. 어때? 정말 멋지지 않아? 그리스도를 봐, 눈물과 피를 흘리면서도 웃고 있는 것 같지. 그리고 뒤에는, 잘 봐…"

에픽스는 아무런 말도, 움직임도 없이, 검고 비쩍 마른 손으로 이불 끄트머리를 쥐고 그녀의 묵주를 바라보았다. 이미 죽은 사람이 된 그가 주인의 마지막 행복을 지켜보기 위해 저세상에서 고개를 내밀고 있는 것 같았다. 그녀가 무릎을 꿇고 얼굴이 스칠 정도로 에픽스에게 고개를 가까이 갖다 댔다.

"얼마나 근사한 선물인지 좀 봐, 에픽스!"

그녀의 창백한 얼굴이 화려한 옷과 대조를 이뤘고 그녀의 사나운 눈에 눈물이 가득 고였다.

에픽스는 어느덧 고통조차 느낄 수 없었다.

"우리는 그분처럼 고통받기 위해 태어난 거랍니다. 울어야만 하고

　　　　　바람에 흔들리는 갈대

침묵해야만 하지요 …"

그가 숨을 헐떡이며 말했다.

그것이 그의 마지막 축복의 말이었다.

∗

에픽스는 더 이상 아무 말도 하지 않았다. 저세상으로 떨어지지 않으려 이불 끝을 꼭 붙잡고 벽의 맨 꼭대기까지 올라가 세상을 두루 구경하고 있었다.

돈 프레두와 친지들이 신부를 데려가기 위해 찾아왔다. 집안에 들어온 사람들이 꿈속에 등장하는 형상들처럼 혼미하게, 독특한 장면을 묘사한 부조처럼 부엌 주위에 자리를 잡는다.

돈 프레두는 검은 옷을 입었다. 몸에 착 달라붙는 새 옷을 입고 거친 숨을 내쉬고 있다. 하지만 에픽스는 그의 얼굴을 알아보지 못한다. 밀레제의 얇은 입술이 보인다. 가늘고 길고 억지스러운 웃음을 띠고 있다. 그리고 아가씨들의 친척 중 한 여자의 불뚝 튀어나온 배가 보인다. 신부의 들러리이다. 하얀 손이 두 개의 초와 두 줄의 분홍 리본으로 가려져 있다.

모두가 심각하다. 신부가 아닌 죽은 그를 데리러 온 것 같다. 소리를 내지 않으려 모두가 조심조심 걷는다. 에스테르 아가씨가 매듭이 풀린 숄을 어깨 위로 휘날리며 행렬을 이끈다. 제일 앞줄에는 초를 높이 든 아이들, 다음으로는 신부와 친지들, 그 뒤로는 신랑과 친지들. 얼마 안 되는 손님들로 이루어진 행렬이다. 제일 뒤에 서 있는 밀레제가 소리죽여 웃고 있다.

"이제 다들 날 혼자 내버려 두겠지."

에픽스가 씁쓸해하며 생각했다.

"이게 다 내 덕인데, 결국 나 혼자 남겨지다니!"

문을 나서던 노에미가 뒤돌아보며 금 십자가를 들고 안녕의 표시를 했다. 안녕히. 그러자 에픽스는 자친토가 찾아왔을 때처럼, 자신이 아닌 노에미가 죽는 듯한 고통을 맛보았다.

모두가 집을 나섰고 모두가 떠나버렸다. 에스테르 아가씨가 에픽스를 향해 몸을 숙였다. 그녀의 검은 날개로 그의 육신을 덮어주려는 듯했다.

"난 금방 돌아올 거야, 배웅만 하고 올게. 가 봐야 해. 가만히, 그대로 있어."

그랬다. 그는 자신의 자리에서 가만히 있었다. 가만히 그리고 홀로.

신랑 신부를 축복하는 잔안토니오의 아코디언 연주 소리가 들려오자, 수많은 것들이 그의 뇌리에 스쳐 지나가기 시작했다. 제분소의 소음, 누오로, 고나레 산의 구름, 길 끝자락 갈대들의 속삭임…

"에픽스, 깨달았나요? 에픽스, 깨달았나요?"

부엌이 어찌나 거대하게 변모했던지! 부엌은 캄캄하고 포근했고 벽은 저 멀리, 한밤중 오두막처럼 신비스러운 후광에 휩싸인 채 저 멀리 떨어져 있었다. 어디선가 새들의 지저귐 소리가 들려왔고 소

경이 나타나 금으로 만들어진 솔로몬 왕의 궁전 이야기를 들려주기
시작했다.

"모든 게 금이었어요, 진실의 세계처럼 말이죠, 모든 게 순수하고
도 빛났어요. 금 석류, 금 꽃병, 금 쟁반…"

그의 눈앞에 돈 프레두의 집이 보였다. 열매를 잔뜩 품은 석류들,
종려나무들, 포도송이와 금빛 호박이 수북하게 쌓인 쟁반들.

"노에미는 잘 지낼 거야… 거기서… 잘 먹을 거고 살이 찔 거고
발코니를 손보도록 에스테르 아가씨에게 돈을 보내줄 거야. 잘 지
낼 거야… 사바의 여왕처럼. 하지만 그녀, 사바의 여왕조차도 행복
하지 않았지… 노에미도 그녀의 금 십자가에 싫증을 느끼게 될 테
고 멀리 떠나고 싶어질 테지. 리아처럼, 사바의 여왕처럼, 우리 모두
처럼…"

하지만 그는 아무런 감흥도 느낄 수 없었다. 멀리, 아주 멀리, 우
리가 사는 이 땅보다 위대한 존재들이 거하는 다른 곳으로 가야만
했다. 그는 그렇게 가고 또 갔다.

그는 두 눈을 꼭 감고 이불을 머리끝까지 끌어 올렸다. 다시금 농
장 울타리에 와 있었다. 갈대들의 속삭임이 귓가에 들려왔다. 리아
와 자친토가 초가집 앞에 나란히 앉아 바다를 바라보고 있었다.
잠이 들 것만 같았다. 울타리에서 떨어질 것만 같은 아슬아슬한 기
분이 들자, 그는 아래를 향해 펄쩍 뛰어내렸다. 저편, 죽음의 언덕
아래로.

*

집에 돌아온 에스테르 아가씨가 이불 밑에서 조용히 움직이지 않고 가만히 그대로 있는 그를 발견했다. 그의 몸을 흔들며 그의 이름을 불렀고 그가 죽었다는 사실을 알아차렸다. 그가 홀로 숨을 거두도록 내버려 두었다는 생각이 미치자, 그녀는 큰 소리로 울부짖기 시작했다. 어찌나 격렬한 통곡이었던지 자신마저도 깜짝 놀랄 지경이었다. 진정하려고 해 보았지만, 할 수 없었다. 그녀의 의지를 초월한, 영혼 깊은 곳에서 흘러나오는 절규였다. 그녀가 하인의 죽음에 그토록 슬피 우는 소리가 새어 나가지 않도록, 가족 모두가 혼인 잔치에 간 사이에 홀로 죽었다는 사실을 눈치채지 못하도록, 그녀는 얼른 현관문을 닫았다.

시간이 지나 다른 사람들이 오길 기다리는 동안 그녀는 시신을 옮겼다. 아이처럼 깡마르고 가벼운 그의 주검을 씻기고 옷을 갈아입히고 낮은 소리로 기도하며 혼인 예식이 어떻게 치러졌는지 이야기를 들려주었다. 노에미가 새로 살게 될 집에 들어가면서 눈물을 흘렸다는 이야기(물론 기쁨의 눈물이었다), 온 집안에 선물이 가득 찼다는 이야기, 정원에 모인 사람들이 행운을 빌면서 신랑 신부 위로 곡식과 꽃을 뿌렸다는 이야기, 모두가 기뻐했다는 이야기.

"자네가 다 했잖아… 이렇게, 숨어서 가 버릴 거면서… 아무 말도 없이… 지난 번처럼… 아, 에픽스, 자넨 그러면 안 되는 거잖나… 오늘, 하필이면 오늘 같은 날!"

에스테르 아가씨는 그가 꽃을 좋아했었다는 사실을 떠올렸고 우물가에서 제라늄꽃 한 송이를 꺾어다가 십자가에 못 박힌 자국처럼 그의 손가락 사이에 끼워 주었다. 마지막으로 그녀는 결혼식을 치르느라 바깥에 깔아놓았던 초록빛 비단 깔개를 가져다가 그의 육신을 덮어주었다. 하지만 깔개는 너무 짧았고 문 쪽을 향한 그의 맨발이 고스란히 드러났다. 영원으로 가는 여정을 떠나기 전, 마지막 숨을 고르며 귀족들의 집에서 고이 잠든 하인처럼.

바람을 좋아한다.

살랑살랑 불어오는 봄바람, 더위를 식혀주는 여름 바람, 살을 에는 겨울바람도 나름 매력적이다. 바람은 천 개의 목소리를 지녔다. 속삭이는가 하면, 때로 휘몰아치기도, 때로 휩쓸어버리기도 한다. 누구도 바람을 막을 수 없다.

"우린 바람에 흔들리는 갈대들이지요, 나의 에스테르 아가씨. 그 때문이에요! 우리는 갈대이고, 숙명은 바람이지요."

사나운 팔자를 탓하는 여주인에게 늙은 하인은 위로의 말을 건넨다.

"왜 태어나는 걸까?"

"오, 그런 말 마세요. 하느님의 뜻이기 때문이죠!"

젊은이의 넋두리에 늙은 하인이 잘라 말한다.

탄생부터가 신비스러운 일이니, 숙명은 말할 것도 없다.

바람처럼, 그저 받아들여야 한다.

핀토르 가문을 위해 평생 몸 바쳐 일해온 늙은 하인의 이름은 에픽스이다.

이야기는 에픽스가 기거하는 초가집이 있는 농장의 밤을 묘사하는 장면으로부터 시작된다.

저녁 기도와 더불어 해가 저물고 인간들의 시간이 끝나자, 달빛 아래 혼령들, 요괴들, 요정들이 나와 오래된 성과 언덕과 강물에서 노닌다. 그 장면이 어찌나 매혹적이든지, 첫 장을 옮기며 이미 마음을 빼앗겨 버렸던 기억이 생생하다.

그가 피땀 흘려 일군 농장은 혹독한 노동을 요구하는 장소인 동시에 이루 말할 수 없이 아름답고 풍요로운 장소이기도 하다. 나무와 강과 갈대, 바람과 해와 구름, 바위와 산, 새와 나비, 꽃과 열매가 있는 그곳은 어머니의 품처럼 아늑하고 포근한 자연이 지배하는 곳이다. 생명이 있는 존재마다 영혼이 깃들어 있고, 밤이 되면 죽은 영혼들까지 나와 노니는 곳, 이성과 논리와 숫자로 설명할 수 없는 삶이 지배하는 곳이다.

반면에, 핀토르 가문의 세 자매가 사는 저택이 있는 마을은 인간의 법칙이 지배하는 장소이다. 몰락한 귀족의 허물어져 가는 저택, 폐허가 되어버린 마을, 묻히지 못한 유골들이 즐비한 무덤, 빛바랜 바실리카 성당이 있는 그곳을 지배하는 건 돈과 지위와 권력이다. 그곳에 거하는 사람들은 돈을 세고, 물건을 사고팔고, 사채업을 하고, 재산을 불린다. 이성과 숫자와 물질이 삶을 지배하는 곳이다.

에픽스는 자신의 피와 눈물을 빨아들인 농장에서 평화로운 여생을 보내고 싶었지만, 핀토르 가문에 불어닥친 소용돌이는 하인이었던 그마저 자유롭게 놓아주지 않았다. 농장에서 나오는 수확으로 세 자매를 먹여 살리는 것도 모자라, 그는 집을 나간 리아 아가씨의 철부지 아들 자친토까지 챙겨야 하는 신세가 되었다. 그 모든 게 자신이 저지른 죄에 대한 형벌이자 속죄의 과정이라 여기며, 그는 담담히 앞으로 나아간다. 아무도, 자신의 숙명조차도 탓하지 않는다. 오직 주인 아가씨들이 잘되기만을 바라며, 주어진 삶의 자루를 오롯이 짊어지고 나아간다.

에픽스의 삶이야말로 하찮은 존재가 고귀함에 다다르는 여정이다.

올여름에도 어김없이 태풍이 찾아왔다. 어제까지만 해도 맹위를 떨쳤던 더위가 슬그머니 자취를 감추더니 세찬 바람과 빗소리가 들려온다. 〈코지마〉와 〈엘리아스〉에 이어 그라치아 델레다의 작품을 세 권이나 번역하는 호사를 누리게 되었다. 두루두루 감사의 인사를 전해야겠다.

〈바람에 흔들리는 갈대〉는 1913년 8월 20일, 이탈리아 밀라노에서 단행본으로 출간되었다. 이번에 번역한 한국어판은 무려 110년이라는 세월을 뛰어넘어 2023년 8월 중순에 세종에서 출간된다. 이 또한 숙명이라는 바람에 실려 온 선물이 아닐까 싶다.

바람에 흔들리는 갈대 Canne Al Vento

1판 1쇄 찍음 2023년 8월 25일
1판 1쇄 펴냄 2023년 8월 30일

지은이 그라치아 델레다
옮긴이 나윤덕
편집 김효진
디자인 위하영
펴낸곳 마르코폴로

등록 제2021-000005호
주소 세종시 다솜1로9.
이메일 laissez@gmail.com

ISBN 979-11-92667-37-9 03880

책값은 뒤표지에 있습니다. 잘못된 책은 구입하신 서점에서 바꿔 드립니다.